FISCHER SAUERLÄNDER

TAMARA MOLINA

# Kiss me
## IT'S CHRISTMAS

Aus dem Spanischen von
Ursula Bachhausen und Sabine Giersberg

FISCHER SAUERLÄNDER

FSC
www.fsc.org
MIX
Papier | Fördert gute Waldnutzung
FSC® C014496

Erschienen bei Fischer Sauerländer Taschenbuch
Frankfurt am Main 2025

Die spanische Originalausgabe erschien 2024
unter dem Titel *Besar a un elfo* bei Editorial Planeta, Barcelona

Lektorat: Anne Grunwald
Vignetten: © Adobe Stock


Umschlaggestaltung: Kristin Pang, unter Verwendung
von Motiven von Shutterstock
Satz: Pinkuin Satz und Datentechnik, Berlin
Druck und Bindung: GGP Media GmbH, Pößneck
ISBN 978-3-7335-0958-3

Kontaktadresse nach EU-Produktsicherheitsverordnung:
*produktsicherheit@fischer-sauerlaender.de*

*Für Isa und Toni,*
*weil ihr die Magie eines Elfen in euch tragt.*
*Nur dass ihr nicht so spitze Ohren habt.*

## Mall of America

Die Mall of America in Bloomington, Minnesota, ist eines der größten Einkaufszentren der Welt. Ich habe mich beim Schreiben weitgehend an die Grundstruktur des Komplexes gehalten, bei der Lage der einzelnen Geschäfte habe ich mir allerdings größere Freiheiten genommen – für einen besseren Fluss (und höheren Unterhaltungsfaktor) der Geschichte. Die Mall of America: riesengroß und voller Überraschungen.

Da verliert man leicht mal den Überblick. Aber nun ist es an der Zeit, euch selbst ganz in der Geschichte zu verlieren. Viel Spaß dabei.

*Diese Geschichte ist nicht jugendfrei. An manchen Stellen geht es ordentlich zur Sache. Es kommen Schimpfwörter, Gewalt und Drogen darin vor, gewürzt mit einer kräftigen Prise Humor.*

*Lasst euch nicht vom Cover täuschen, es ist kein zuckersüßes Weihnachtsbuch. Also haltet es unter Verschluss, damit es nicht in Kinderhände gerät.*

*Oder macht, was ihr wollt. Das ist mir, ehrlich gesagt, völlig schnuppe.*

*Es grüßt euch*
*euer Cupido*

# KAPITEL 1

## Lola

Weihnachten war die einzige Zeit des Jahres, in der Lola sich hässliche Pullover gönnte. Sie konnten ihr nicht scheußlich und skurril genug sein. Das diesjährige Exemplar war ziemlich ausgefallen, aber nicht mit dem obszönen Teil aus dem letzten Jahr zu vergleichen, als sie das Fest noch zu Hause in Spanien gefeiert hatte. Den Pulli aus dem letzten Jahr hatte sie auf einer dubiosen Webseite erworben, und seine schreiend rote, ins Orange changierende Farbe tat allen in den Augen weh. Selbst ihrem Kater, den sie auf den Namen Casimiro getauft hatte.

Und Casimiro war seit einer Konjunktivitis vor acht Jahren blind.

Ein stümperhaft auf der Brust aufgestickter Schlitten wurde von vier Rentieren gezogen, die ihrerseits durch Lichterketten verbunden waren. Lola hatte es nicht allein das hektisch flimmernde Licht angetan, das sich im Zickzack über die Vorderseite zog und an den Ärmeln endete. Noch mehr begeisterte es sie, dass der grimmige Weihnachtsmann auf dem Schlitten ein Weihnachtslied zu schmettern begann, wenn man auf seinen Minipenis drückte, ein aus dem billigen Stoff herausragendes Knöpfchen. An falschen Tönen und Genuschel war das Lied obendrein kaum zu überbieten.

Sie hatte kurz erwogen, ihn dieses Jahr wieder anzuziehen, doch den Gedanken gleich wieder verworfen aus Sorge, er könnte im prüden Amerika als anstößig empfunden werden. Auch wenn er den Gören, auf die sie aufpasste, sicher gefallen hätte. Aber der von diesem Jahr war auch sehr speziell.

»Kann ich ihn noch mal anfassen?«, fragte Sophie und streckte langsam die Hand aus.

Bevor Lola antworten konnte, war es schon geschehen, und Sophie betrachtete verzückt den Glitzerstaub, den der glänzende Bart wie Schnee auf ihrer Handfläche hinterlassen hatte. Ohne Vorwarnung verteilte sie ihn auf ihren Wangen.

»Bald hat er keinen Bart mehr«, scherzte Lola und entfernte vorsichtig ein paar Partikel, die zu nah an Sophies Auge gelandet waren.

»Ich hab Durst«, maulte die Kleine und hustete, ohne sich die Hand vor den Mund zu halten.

Warum mussten Kinder bloß immer so quengelig sein?

Lola reichte ihr die neue pistaziengrüne Wasserflasche mit den wilden Tieren. Diese würde hoffentlich länger halten als die alte, die auf dem Dach des Hauses in der Sonne geschmolzen war, weil Sophie, O-Ton, »ein Ökosystem aus Wasser und Spucke machen wollte«.

Lola seufzte. Wie niedlich und unschuldig die Kleine mit ihren glänzenden Wangen aussah, wenn sie ausnahmsweise mal den Mund hielt.

»Aaahh …«, stieß Sophie aus, nachdem sie vernehmlich einen Schluck getrunken hatte. »Glaubst du, es wachsen Glitzertierchen, wenn ich den Staub da reinmache?«, plapperte sie munter weiter.

Mit der Stille war es vorbei.

Lola wich zurück, als die Kleine wieder nach dem Bart greifen wollte, und nahm ihr schnell die Flasche ab, bevor sie sich ein neues Experiment einfallen ließ.

In der Tat, der aktuelle Pullover war lange nicht so geschmacklos wie der mit dem schlaffen Ding aus dem letzten Jahr. Es störte sie, dass der frische Fuchsiaton so unerwartet gut zu ihrem dunklen Teint passte und das Gesicht des Weihnachtsmanns für ihren Geschmack nicht schäbig genug war. Immerhin waren der Bart, die herzförmige Brille und die Weihnachtsmütze mit abartig viel Glitzerstaub übersät, der sich bei der kleinsten Bewegung ablöste und überall seine Spuren hinterließ.

Das verflixte Zeug hatte sich bestimmt schon in *allen* Körperritzen festgesetzt.

Zumindest hatte es sich auf den Autositzen verteilt, wie sie beim Aussteigen feststellte. Erst dachte sie noch, das Malheur ließe sich mit ein paar kräftigen Schlägen beseitigen, doch weit gefehlt: Der verdammte Glitzer klebte an dem Stoff, als wollte er sich nie mehr lösen. So wie sie, wenn sie vor einer Soap saß.

Sie ließ es dabei bewenden und vertagte die Reinigung auf später. Es würde sich eine Lösung finden. Sie hatte gerade andere Probleme.

»Yeah! Da ist sie ja!« Finn, die kleine Nervensäge, hatte die Augenklappe entdeckt, die Lola strategisch geschickt im Fach an der Fahrertür versteckt hatte. »Ich bin der gefürchtetste Pirat von ganz Amerika! Yeah!«, grölte er, rollte den Zeigefinger zu einem Haken ein und entzog sich Lola, die ihn vergeblich zurückzuhalten versuchte.

»Jetzt wartet doch mal.«

Es war, als redete sie gegen eine Wand. Sollte er doch seine Augenklappe tragen, wenn er wollte. Bevor sie den Buggy aus dem Kofferraum holte und die kleine Olivia hineinsetzte, überprüfte sie noch einmal, ob die Geschirre sicher festgezurrt waren. Die Zwillinge waren nämlich wahre Entfesselungskünstler.

Die Mutter der Rasselbande nannte es euphemistisch Antiweglaufgurt, aber Lola kam es eher so vor, als versuchte sie zwei Rottweiler zu bändigen. Insgeheim nannte sie das Teil daher *demon control strap* – auf Englisch klang das gleich viel schicker.

»Mama hat gesagt, du sollst uns Schokolade kaufen, damit unsere Gluposewerte nicht in den Keller rutschen.«

Sophie setzte ihr gewinnendes Lächeln auf, bei dem man ihre Grübchen sah. Sie hatte ihre Hände auf dem Rücken verschränkt und wippte sanft vor und zurück, als könnte sie kein Wässerchen trüben.

Sie hatte es drauf, das musste man ihr lassen.

»Es heißt Glukose. Und komisch«, meinte Lola kopfschüttelnd, während sie den Gurt noch ein weiteres Mal kontrollierte – sicher ist sicher –, »zu mir hat deine Mutter gesagt, wenn ihr Süßkram wollt, sollt ihr euch an die Zauberbonbons halten.«

Ja, echt zauberhaft: Hokuspokus Fidibäääh!

Aus der Tasche am Griff von Olivias Wagen holte sie einen kleinen Plastikbeutel mit selbst gemachten Bonbons, die so verlockend aussahen wie die Knöpfe am Nachthemd ihrer Großmutter.

Mr und Ms Nightingale hatten ihr unmissverständlich verboten, den Kindern ohne ihre ausdrückliche Erlaubnis irgendetwas Gezuckertes oder industriell Verarbeitetes zu kaufen. Und die zu bekommen, war aussichtslos: Sie hatte es ein paarmal probiert und war immer kläglich gescheitert, also ließ sie es bleiben. Die Nightingales hatten das Sagen, und Lola musste ihre Regeln akzeptieren, auch wenn sie ihr völlig übertrieben vorkamen. Es waren doch achtjährige Kinder!

Sophie und Finn verzogen angewidert das Gesicht, und Lola steckte die unbeliebten Bonbons wieder in die Tüte. Sie konnte die beiden nur zu gut verstehen, die Dinger waren wirklich ekelhaft.

Sie ging vor ihnen in die Knie und fasste sie sanft bei den Händen, damit sie ihr zuhörten – falls sie das überhaupt konnten.

»Ihr wisst, das Einkaufzentrum ist riesig, und da laufen eine Menge Leute herum«, erklärte sie in ihrem besten Englisch, weil sie hoffte, dass so bei den kleinen Teufeln etwas ankam. »Also benehmt euch und macht, was ich sage, okay?«

»Wir machen doch immer, was du sagst«, frotzelte Finn und unterdrückte dabei ein Grinsen.

»Ich meine es ernst.« Sie erhöhte den Druck auf die Hände. »Es ist nicht leicht, euch am Gurt zu haben und gleichzeitig den Wagen eurer kleinen Schwester zu schieben. Also wäre ich euch dankbar, wenn ihr euren Teil beisteuert und mir helft. Kriegt ihr das hin?« Sie nickten mechanisch. »Wisst ihr noch, warum wir hier sind?«

»Wir wollen zu Santa Claus!«, jubelten die zwei wie aus einem Munde.

»*Caus!*«, stimmte Olivia ein.

»Und was tun wir, wenn wir bei Santa Claus sind?« Sie drückte die Hände der Kinder noch fester, um ihren Eifer zu bremsen.

*Bitte, liebes Universum, lass mich wenigstens noch stressfrei vom Parkplatz kommen*, flehte sie innerlich, bevor sie das Auto abschloss.

»Wir setzen uns auf seinen Schoß und bitten ihn um viele Geschenke«, trällerte Sophie fröhlich.

»Und was noch?«

»Das Foooto!«, rief der gefürchtetste Pirat Amerikas. »Foto, Foto, Foto!«

Vielleicht hatte sie auf der Fahrt zu sehr mit dem Thema genervt, aber sie wusste ja, wie Ms Nightingale war. Mit einem gewöhnlichen Foto mit dem Weihnachtsmann würde sie sich keinesfalls zufriedengeben, bei ihren tollen Sprösslingen doch nicht. Es musste ein Bild sein wie auf einer Weihnachtskarte oder in einem Lifestylemagazin. Ihre drei Engel mit den goldenen Locken und himmelblauen Augen, die bezaubernd in die Kamera lächelten, als wären sie einer Werbeanzeige für Schulbedarf entsprungen, einer Abbildung aus ihrem Englisch-Übungsbuch – oder einem göttlichen Traum.

Wohl eher Lolas schlimmstem Albtraum.

Sie hoffte inständig, dass sie es schafften, das verdammte Foto zu schießen, bevor eines der Kinder dem Weihnachtsmann die Perücke herunterriss oder ihm die Brille klaute, um sie später als Brennglas zu verwenden, weil man damit wunderbar Ameisen versengen konnte.

»Gut, dann los.«

Lola atmete tief ein und ging im Kopf noch einmal minutiös jeden Schritt des Planes durch. Jetzt kam es darauf an, das

Ganze so schnell wie möglich und ohne Blessuren oder einen Rauswurf hinter sich bringen.

Die Ärmste konnte ja nicht ahnen, was sie erwartete …

Lola war in dem naiven Glauben dorthin gefahren, frühmorgens wäre es noch nicht so überlaufen und die Sache im Nu erledigt. Doch als sie an den unzähligen Fahrzeugen vorbeiging, wurde ihr klar, dass sie sich geirrt hatte.

Die Mall of America war einer dieser Orte, die *immer* voll waren, ganz gleich, ob es stürmte oder schneite oder sich der Boden auftat und die Reiter der Apokalypse aus der Unterwelt emporkamen. Es war wirklich eine Superidee von den Nightingales gewesen, sie ausgerechnet in *dieses* Einkaufszentrum zu schicken. Die Mall of America, die größte Shoppingmall der USA, wo es von Menschen nur so wimmelte.

»Die wollen mich quälen«, grummelte sie. »Anders ist das nicht zu erklären.«

Sie überprüfte noch einmal, ob die Leinen, an deren anderen Enden die beiden kleinen Teufel hingen, sicher an dem Gurt an ihrer Taille befestigt waren.

Lola war nicht gläubig, aber in dem Moment war sie kurz davor, ein Stoßgebet zum Himmel zu schicken.

Das hätte sie mal besser getan.

# KAPITEL 2

## Lola

Die erste Klippe, die es zu umschiffen galt, waren die Stände, an denen Spenden gesammelt wurden.

In der Adventszeit füllten sich die Eingangsbereiche der Shoppingmalls mit großen und kleinen Ständen diverser NGOs, Stiftungen und Tierschutzorganisationen. Lola fühlte sich erbärmlich, wenn sie mit einem entschuldigenden Lächeln an den Ehrenamtlichen vorbeieilte und deren Bitte, ihnen ein paar Minuten ihrer Zeit zu schenken, geflissentlich überhörte. Zu gern hätte sie die Organisationen mit ein paar Dollar unterstützt, aber als Au-pair schwamm sie nicht gerade in Geld.

*Au-pair*, das hörte sich so bombastisch an, aber eigentlich war sie nichts anderes als ein Kindermädchen, das sich für Kost und Logis und einen bescheidenen Lohn verdingte, um sich fern der Heimat über Wasser halten zu können.

Dabei konnte sie sich wirklich glücklich schätzen mit dem, was Beatrice und Gregor ihr zahlten. Kurz nach ihrer Ankunft in Minnesota hatte sie eine andere Spanierin kennengelernt, die ebenfalls als Au-pair arbeitete. Sie war vom Glauben abgefallen, als sie hörte, dass die Arme gerade mal die Hälfte verdiente.

Beide hatten sie sich ins Abenteuer gestürzt, um die große weite Welt kennenzulernen und ihr Englisch gründlich aufzupolieren. Lola hielt sich, was ihr Sprachtalent (und alles andere) anging, für eine Versagerin. In der Schule hatte sie sich gerade mal die Formen des Verbs *to be* und die verflixten unregelmäßigen Verben eingeprägt, die ihr Lehrer sie gebetsmühlenartig hatte wiederholen lassen. Sie hatte alles mechanisch heruntergeleiert, ohne wirklich den Sinn zu verstehen.

Durchschlagen konnte sie sich hier nur, weil sie sich Unmengen von amerikanischen Soaps reingezogen hatte. Das war einer der Gründe, warum sie sich für die USA entschieden hatte: Sie wollte einmal im Leben wie eine ihrer Lieblingsfiguren durch den Alltag gehen.

Jetzt war sie die Protagonistin des Films, nur leider in einem B-Movie. Wie die, die sonntagnachmittags im Fernsehen kommen. Man will nur kurz reinschauen, weil die Handlung so kitschig und abstrus ist, und ehe man sich's versieht, ist man doch bis zum Schluss hängen geblieben und hat nun eine neue Lieblingsweihnachtskomödie. Nach den Festtagen ist die dann freilich schnell vergessen, bis im nächsten Jahr wieder die Glöckchen klingeln.

Plötzlich wurde Lola ruckartig nach hinten gezogen.

Die vorderen Räder des Buggys hoben ab, und für eine Sekunde blieb ihr das Herz stehen, weil sie glaubte, die kleine Olivia würde herausgeschleudert. Doch mit einer geschickten Vorwärtsbewegung gelang es ihr, die Räder wieder zu Boden zu bringen. Die Kleine erschrak durch die Wucht und fing an zu weinen, und noch bevor Lola sie beruhigen konnte, folgte der nächste Ruck.

»Was soll das werden, verdammt?«, keifte sie auf Spanisch. Die arme Olivia begann erst recht zu schreien.

*Und wir sind noch nicht mal richtig drin. Herr, erlöse mich.*

»Schau mal! Kätzchen!«, rief Sophie hinter ihr.

Gemeinsam mit Finn drängte sie auf einen Spendenstand zu, an dem eine winzige Weihnachtsfrau mit zittrigen Händen und freundlichem Gesicht ein Lachen zu unterdrücken versuchte.

»Hallo?« Diesmal war es Lola, die kräftig an der Leine zog, damit die beiden Monster auf sie hörten. »Wie war das mit dem guten Benehmen?«

»Aber die sind so niedlich«, rief Finn. »Können wir hingehen?«

Sie schnaubte entnervt und schob den Wagen zu der kleinen Frau mit dem weißen Bart und dem viel zu großen Kostüm, die vor einem Plakat mit Hunde- und Katzenfotos stand. Einige waren noch jung, andere schon ergraut, aber eines hatten sie gemeinsam: Mit traurigem Blick suchten sie ein neues Zuhause.

Das gab Lola den Rest. Als fühlte sie sich nicht schon erbärmlich genug.

Unter dem Plakat befand sich ein rechteckiger Korb voller liebevoll verzierter roter, grüner, weißer und goldener Weihnachtskugeln mit einem kleinen Schild:

**3 $**

WEIHNACHTSGLÜCKSKUGELN

GLÜCK FÜR DICH – GLÜCK FÜR SIE

Alle Spenden werden für die Versorgung und das Wohlergehen unserer Tiere verwendet, damit wir ihnen die Aufmerksamkeit und Liebe schenken können, die sie verdienen.

»Tierschutzorganisation Pfötchenbande«, las Lola amüsiert, während sie den Buggy sanft schaukelte, damit Olivia sich beruhigte. »Könnten Sie mir drei von den Glückskugeln geben, bitte?«

Stattdessen hätte sie am liebsten gefragt: *Kann ich zwei Kratzbürsten gegen zwei Katzen eintauschen?*

»Gerne!«

Die Frau wählte bedächtig drei Kugeln aus, und als sie mit einer Kopfbewegung fragte, ob sie sie den Kindern geben dürfe, nickte Lola.

Während Sophie und Finn vor Freude herumhüpften und Olivia ihre Kugel gleich mal in den Mund steckte – die Frau versicherte ihr sofort, dass sie absolut ungefährlich für Tier und Mensch seien –, öffnete Lola ihre Tasche und reichte ihr einen Zehndollarschein.

»Stimmt so«, sagte sie, als sie bemerkte, wie die zittrigen Finger der Frau in der Tasche des riesigen Mantels zu kramen begannen. »Für die Pfötchenbande, scherzte sie.

»Das ist nett von dir.« Wenn sie lachte, sah man die Gummis, mit denen der Bart an ihren Ohren befestigt war, aber den Kindern schien das egal zu sein.

Die Frau betrachtete Lola eingehend und nickte, als führe sie einen Dialog mit sich selbst. Entschlossen nahm sie eine weitere Kugel aus dem Weidenkorb.

»Das ist doch nicht nötig!«, sagte Lola rasch, als sie ihr die Kugel reichte. »Warten Sie, dann gebe ich Ihnen noch die fehlenden zwei Dollar …«

»Nein, das ist ein Geschenk«, erwiderte die Frau entschieden. Sie legte Lola die Kugel in die Hand und schloss sie, damit sie nicht widersprechen konnte. »Auch du verdienst Glück«, sagte sie. Und fügte mit einem Seitenblick auf die Kinder hinzu: »Das kannst du bestimmt brauchen.«

»Das können Sie laut sagen.« Lola lachte. »Vielen Dank.«

»Ich danke dir, Darling, frohes Fest.« Sie lächelte den Zwillingen zu. »Euch Wildfängen natürlich auch.«

»Was sagt man?«

»Vielen Dank, Pfötchenbande«, riefen Finn und Sophie einstimmig. Die Ehrenamtliche musste schallend lachen.

Sie setzten ihren Weg fort, und Lola atmete erleichtert auf, als sie sah, dass die kleinen Teufel damit beschäftigt waren, ihre Kugeln zu öffnen und zu entziffern, was auf den Zetteln darin stand.

Lola war sich ihres Handelns durchaus bewusst: Die Gören benahmen sich daneben, und sie belohnte sie auch noch, indem sie ihren Willen bekamen.

*Ich bekenne mich schuldig, nehmt mich fest.*

Ihr war klar, dass das nicht die geeignete Erziehungsmethode war, um das Fehlverhalten zu bekämpfen, aber sie wusste durch eigene leidvolle Erfahrung, wie die beiden tickten. Das hatten die Eltern zu verantworten. Lola hatte versucht, das Muster aufzubrechen, aber am Ende aufgegeben. Sie hatte nicht die Fähigkeit – und auch nicht die Geduld –, die beiden Racker zu ändern. Ihr blieben hier nur noch ein paar Monate, und sie würde sich nicht verausgaben und ihre psychische Gesundheit aufs Spiel setzen, um die Kinder fremder Leute einzunorden.

Zudem hatte sie eh nicht viel für Kinder übrig.

»Das Leben ist … kurz, und Zuckerstangen sind hart. Lächle, bevor du deine Zähne verlierst«, las Finn laut. »Bei mir wackelt einer, guck mal!«

Er riss direkt vor Lola den Mund auf und ruckelte mit dem Finger an einem seiner Milchzähne, der – Gott sei Dank – bald ausfallen würde. Dann müsste sie dieses ekelerregende Schauspiel nicht länger ertragen.

»Finn, lass den Zahn in Ruhe!«

Er amüsierte sich königlich über ihr angewidertes Gesicht.

»Was steht auf deinem Zettel, Sophie?«

»Weihnachten … ist ein guter Anlass … etwas zu wagen. Trau dich!« Sie rümpfte die Nase. »Das ist blöd. Was soll ich damit?«

»Da bin ich ganz deiner Meinung«, erwiderte Lola und riss ihr den Zettel aus der Hand, bevor der Spruch sie auf dumme Gedanken brachte.

*Das fehlte mir gerade noch.*

»Hier, mach meine auf.«

Sophie griff nach der Kugel, wollte schneller sein als Finn, der seine flinken Finger schon ausgestreckt hatte.

»Lola hat sie mir gegeben!«, brüllte Sophie und versetzte ihm einen Ellbogenstüber.

»Gib her! Ich kann viel schneller lesen als du!«, entgegnete ihr Bruder und versuchte ihr die Kugel abzujagen.

»Schluss jetzt!«, ging Lola dazwischen und nahm den Zankapfel wieder an sich.

Finn verschränkte die Arme vor der Brust und schaute grimmig drein, während Sophie leise zu schluchzen begann – das Vorzeichen eines aufziehenden Dramas.

»Finn, ich habe die Kugel Sophie gegeben, und sie liest jetzt vor, was auf dem Zettel steht.« Die Kleine zog weiterhin eine Schnute, klammerte sich an Lola und vergrub den Kopf in ihrem Pullover. »Hier, Sophie.« Lola hielt ihr die Kugel hin, aber es kam keine Reaktion. »Willst du nicht vorlesen?« Sophie schüttelte den Kopf. »Soll Finn vorlesen?« Noch heftigeres Kopfschütteln. »Soll ich vorlesen?« Nach kurzem Zögern nickte sie.

Lola drehte die Kugel auf und entfaltete den Zettel. Vorher warf sie Finn noch einen tadelnden Blick zu. Der schaute zerknirscht zu seiner Schwester. Lola räusperte sich und verkündete die Botschaft:

»Dieses Jahr kommt Santa Claus in Begleitung. Mach dich bereit für Cupido. Er hat einen Pfeil für dich im Köcher!«, las sie. »Hast du gehört, Sophie? Du wirst deinen Märchenprinzen treffen, wie die Prinzessinnen!«, versuchte sie sie aufzumuntern. Nicht dass sie noch auf die Idee kam, Pfeile abzuschießen! »Olivia, sag etwas Nettes zu Sophie.«

»*Linda!*«, brabbelte die Kleine auf Spanisch.

Lola hatte sich einen Spaß daraus gemacht, ihr Komplimente und Koseworte aus Telenovelas beizubringen, die sie nach der Aufforderung »Sag etwas Nettes« abspulte. Wahrscheinlich beherrschte die Kleine inzwischen mehr Wörter auf Spanisch als in ihrer Muttersprache. Die Wörter aus Olivias Kindermund zu hören, war für sie jedes Mal ein kleiner Freudenkick.

Nach ein paar weiteren theatralischen Schluchzern hob Sophie ihren Kopf von Lolas Bauch. Zurück blieb ein nasser Fleck auf dem Pullover. Lola hoffte inständig, dass das nur Tränen waren, ohne allzu viel Rotz und Sabber. Sophie grinste sie schelmisch an.

»Das ist nicht wahr. Die Kugel war für dich.« Das Grinsen wurde noch breiter. »Es ist *dein* Prinz.«

Lola lächelte gerührt und schob ihr eine blonde Strähne hinters Ohr.

Sie hatte eine Stunde damit zugebracht, der Kleinen einen perfekten Zopf zu flechten, doch das Kunstwerk begann sich schon wieder aufzulösen. Da war einfach nichts zu machen.

»Mal sehen, ob mir der schmucke Prinz bei der Wildtierbändigung hilft«, murmelte sie.

Die Zwillinge kreischten, als Lola sich unerwartet auf sie stürzte. Noch bevor sie flüchten konnten, hatten Lolas Arme sie schon umschlungen. Nach ein paar Wochen als Kindermädchen war sie Expertin in Kitzelattacken, die Lachanfälle auslösten, bis den Kindern die Luft wegblieb und sich ihre Wangen feuerrot färbten. Bevor das Rot in Violett überging und sie zu ersticken drohten, ließ Lola von ihnen ab, damit sie Atem schöpfen konnten. Sie genoss die kurze Ruhepause, bevor sie sich ins Getümmel stürzten.

»So viele Menschen!«, rief Sophie, als sie den Eingangsbereich hinter sich gelassen hatten. »Lola, schau mal! Da geht's zum Aquarium!«

»Ich will zum Vergnügungspark!« Finn hüpfte auf der Stelle

und nahm die Augenbinde ab, damit er alles in Augenschein nehmen konnte. »Achterbahn, ich komme!«

»*Aterbahn!*«, wiederholte Olivia.

Lola atmete tief ein.

Ein und aus.

Ein und aus.

Wenn Cupido einen Pfeil für sie bereithielt, dann hoffte sie inständig, dass er sie an der Stirn träfe.

Ihr Wunsch war mir sozusagen Befehl.

# KAPITEL 3

## Der Elf

Bitte in der Reihe bleiben«, wiederholte er nun schon zum achten Mal.

Neben der riesigen Zuckerstange beobachtete er, wie ein Junge die Schuhbänder des Mädchens vor ihm erst löste und dann wieder zusammenband – diesmal überkreuz von einem Schuh zum anderen. Die junge Frau, an deren Taille er mit einer Leine hing, war voll und ganz damit beschäftigt, einem ebenfalls angegurteten kleinen Mädchen einen Zopf zu flechten. Die Kleine wehrte sich und maulte.

Er fragte sich, ob es die Mühe wert war, irgendwann Kinder zu bekommen, auch wenn der Akt der Fortpflanzung zweifellos Vergnügen bereitete.

Als er seinen Posten verließ, um der jungen Frau zu Hilfe zu eilen, schielte der Knirps zu ihm hinüber. Er stand auf und versteckte mit Unschuldsmiene die Hände hinter dem Rücken. Der Racker wusste, wie man es macht.

»Mensch, Sophie, hampel nicht so«, fauchte die junge Frau.

»Ich will keinen Zopf! Ich will das Haar offen tragen!«

»Das geht jetzt nicht, wir müssen den Zopf richten, den du heute Morgen unbedingt haben wolltest!«

»Ich will den dummen Zopf nicht mehr! Ich will das Haar offen tragen, so wie du!«

Die leidgeprüfte junge Frau schnaubte resigniert und gab auf. Triumphierend schob die Kleine ihre Finger zwischen die Stränge des notdürftig wiederhergerichteten Zopfes und löste ihn.

Der Elf hatte Mühe, ein Lachen zu unterdrücken, als er sah, wie die Kleine ungeschickt ihre goldblonden Strähnen zu Locken zu drehen versuchte, um so auszusehen wie die junge Frau, die jetzt damit beschäftigt war, den Pony des Babys im Kinderwagen zu richten, das offenbar auch gegen seine Frisur rebellierte. Es hatte sich das Haarband vom Kopf gezogen und kaute nun genüsslich mit seinen kleinen Zähnchen darauf herum.

»Verzeihung ...« Obwohl er bewusst leise gesprochen hatte, schrak die junge Frau auf. »Dein, äh ... Sohn? ... begeht gerade einen Angriff auf die körperliche Unversehrtheit eines anderen Kindes.« Als sie ihn verwirrt ansah, deutete er diskret auf die Turnschuhe des kleinen Mädchens vor ihnen.

Sie riss die Augen auf – jetzt hatte sie es offenbar kapiert – und bückte sich rasch, um den teuflischen Knoten zu lösen, den der Rotzlöffel in einem unbeobachteten Moment gebunden hatte. Der Schuldige, der die ganze Zeit so getan hatte, als sei er mit den Schnallen seines Gurtes beschäftigt, versteckte sich flink hinter dem Buggy. Mit dem Nebeneffekt, dass sich die Leine in den Rädern verfing.

»Mein Gott, ich kann nicht mehr!«, murmelte sie auf Spanisch. Mit einem Ruck löste sie die Leine, die sich daraufhin um den Buggy legte. »Sorry«, sagte sie an ihn gewandt. »Ich hab das nicht mitbekommen. Ich war so damit beschäftigt, die Mähne der Kleinen hier zu bändigen. Erst will sie einen Zopf, dann wieder nicht. Wie das aussieht …«

»Ein Elf!«, rief da die Aufsässige begeistert.

*»Ef!«*, tönte es aus dem Wagen, und das entlockte ihm ein Schmunzeln.

Er nickte verständnisvoll.

»Kein Problem. Wenn du wüsstest, was ich hier tagtäglich so alles erlebe.« Er schaute zu dem Weihnachtsmann hinüber, der mit einem Kleinkind kämpfte, das an seinem Schnurrbart zog. »Wenn du Hilfe brauchst, du findest mich bei der Zuckerstange«, sagte er in fließendem Spanisch.

Sie sah ihn überrascht an und lächelte zum ersten Mal.

*Ist sie nicht viel zu jung für drei Kinder? Wie früh soll sie die bekommen haben?*

Er kam zu dem Schluss, dass es wahrscheinlich nicht ihre eigenen waren. Außerdem sahen sie ihr überhaupt nicht ähnlich. Sie hatte zimtfarbene Haut, hübsche Mandelaugen und eine wilde schokobraune Mähne. Er verstand, warum die Kleine auch solches Haar haben wollte. Es sah toll aus. Er fragte sich, warum ihm bei ihrem Anblick so viele leckere Dinge in den Sinn kamen.

Nun … Sie sah einfach zum Anbeißen aus.

Bevor er nach ihrem Namen fragen konnte, bewegte sich die Warteschlange ein Stück, und ein kleiner Junge zwei Plätze weiter hinten stürzte zu Boden, als er einen Schritt nach vorn machte. Er fing an zu weinen, und alle drehten sich zu ihm um.

Das Gesicht der jungen Frau war unbezahlbar, als sie bemerkte, dass bei dem Pechvogel ebenfalls die Schnürsenkel beider Schuhe überkreuz zusammengebunden waren.

Der Elf blickte zu dem blonden Rotzlöffel, der zerknirscht hinter dem Buggy stand. Irgendwie konnte man ihm nicht böse sein. Vielleicht hatte er bei seinem Streich nicht beabsichtigt, dass jemand zu Schaden kam.

Doch die junge Frau – wahrscheinlich die Nanny, wie es ihm inzwischen dämmerte – warf dem Jungen einen Blick zu, bei dem man auf der Stelle auf die Knie fallen und um Gnade flehen wollte.

Sie schien innerlich zu brodeln, und er hörte, wie sie dem Kleinen zuzischte: »Sobald wir das Foto für eure Eltern haben, geht es ab nach Hause. Kein Vergnügungspark, kein Aquarium, keine Süßigkeiten, alles gestrichen. Das hast du dir selbst zuzuschreiben.«

Beklommen beobachtete der Elf, wie sie sich aufrichtete und ihr Gesicht in den Händen verbarg, als wollte sie sich für einen kurzen Moment wegbeamen.

Es fehlte nur noch, dass sie anfing zu weinen. Er hatte zwar tagtäglich mit Geheul und Geschrei in allen Tonlagen zu tun, aber da ging es um irgendwelche Winzlinge mit Milchzähnen oder Windeln, die sich nicht damit abfinden konnten, dass sie nicht am Bart des Weihnachtsmanns ziehen oder ihm die spitzen Elfenohren vom Kopf reißen durften.

Noch nie war er in die Bredouille gekommen, einen Menschen trösten zu müssen, der erwachsen war – wenngleich immer noch klein genug, dass er ihn notfalls schützend unter seine Fittiche nehmen konnte. Und der noch dazu pralle rosafarbene Lippen hatte, die an Drachenfrüchte erinnerten und einen süßen, fruchtigen Duft nach Honig und Feige verströmten.

Diese komischen Assoziationen mit Essbarem sind auf

dem Mist des Elfen gewachsen, das möchte ich, Cupido, an dieser Stelle klarstellen.

»Wie heißt du?«, fragte der Elf den Kleinen und beugte sich zu ihm.

»Finn«, erwiderte das Kind schüchtern.

»Also, Finn, ich bin der Elf.« Er tippte auf das Schild an seiner Brust, auf dem »Elf« stand. Da hatte die Kreativabteilung sich echt was einfallen lassen. »Meine Aufgabe ist es, dem Weihnachtsmann bei der Entscheidung zu helfen, welche Kinder brav waren und Geschenke bekommen. Ich nehme mal an, du möchtest Geschenke, nicht wahr?«

Finn nickte, und das Mädchen mit dem Zopf, unverkennbar seine Zwillingsschwester, gesellte sich zu ihm.

»Ich will auch Geschenke«, sagte sie leise.

»Nun, wie ich sehe, seid ihr alles andere als brav. Ich überlege, ob ich dem Weihnachtsmann sagen soll, dass er eure Geschenke besser an die artigen Kinder verteilt …«

»Nein! Nein!«, schrie die Kleine außer sich. »Die gehören uns! Das dürft ihr nicht! Lola, sag ihnen, dass sie für uns sind!«

Damit hatte er nicht gerechnet. Der Junge stand mit gesenktem Kopf da. Er tat ihm leid. Im Grunde war seine Aktion ja nur ein Streich gewesen. Dieser Finn war nicht der erste kleine Chaot, mit dem er es in seinem Job zu tun hatte, und er würde mit Sicherheit auch nicht der letzte sein.

»Also benehmt euch, ihr seid gleich dran. Santa freut sich, euch kennenzulernen, und wenn ihr ganz artig seid«, er blickte zu der Nanny, die ihn beglückt ansah, »lege ich bei ihr ein gutes Wort für euch ein, dass ihr nicht gleich nach Hause müsst, okay?«

»Ja, ja, ja!« Sophie hüpfte wild auf der Stelle und zog ihren Bruder an den Ärmeln, um ihn zum Mitmachen zu bewegen, doch der blieb verhalten.

»Wollt ihr Sticker?«, fragte der Elf und zog zwei in Form von Lebkuchenmännern aus der Tasche. »Schaut mal, das sind die letzten. Für euch.«

»Yeah, Sticker!« Das Mädchen nahm einen der Lebkuchenmänner und drückte ihn sich auf die Stirn, ohne die Folie zu entfernen.

»Gib mal her, ich helfe dir«, sagte die Nanny geduldig und zog die Folie ab.

»Einmal hat Lola vergessen, den Aufkleber von einem Apfel abzumachen, und ich hab ihn mitgegessen.«

Zu seiner Überraschung drückte Lola ihr den Lebkuchenmann auf den Mund.

»Gönn deiner Stimme mal 'ne kleine Pause, Schätzchen.«

Die Kleine grinste, amüsiert über den Maulkorb.

Der Elf hob die Augenbrauen und lächelte Lola verschwörerisch zu, die kopfschüttelnd und mit vor der Brust verschränkten Armen dastand und ihn musterte.

Sein Blick fiel auf den unglaublich kitschigen Pulli mit den fusseligen Ärmeln und dem Weihnachtsmann mit der herzförmigen Sonnenbrille, der ihr unverschämt gut stand. Mit all dem Glitzer hätte sie in einer Dragshow auftreten können.

Plötzlich fühlte er sich vor ihr lächerlich in seiner Verkleidung.

Grün war nicht seine Farbe, und die alberne Zipfelmütze machte es nicht besser, ganz zu schweigen von den Glöckchen an den nach oben gebogenen Spitzen der Filzschuhe, den Bonbonknöpfen und den spitzen Elfenohren. Okay, die Ohren machten sich nicht schlecht, mehr als einmal hatte eine Frau ihn gebeten, sie anzulassen, wenn sie miteinander …

Na ja, ihr wisst schon.

»Vielen Dank, Elf.« Sie legte eine Hand auf seine Schulter und drückte sanft zu. Die Berührung löste ein Kribbeln in ihm aus. »Aber bei den beiden wird deine Taktik nicht aufgehen.«

»Glaub mir, mit Kindern kenne ich mich aus, das ist mein Job.« Nun ja, eigentlich war er Schauspieler, aber als Gehilfe vom Weihnachtsmann gab er eben den geduldigen, wachsamen Elfen.

Er zwinkerte ihr zum Abschied zu und wollte sich wieder auf seinen Posten neben der überdimensionalen Zuckerstange begeben.

Doch schon beim ersten Schritt geriet er ins Straucheln und fiel bäuchlings zu Boden.

Er ahnte, was ihn zu Fall gebracht hatte.

*Wie hat das kleine Aas es nur geschafft, sich an meinen Schnürsenkeln zu schaffen zu machen?*

# KAPITEL 4

## Lola

*Mein Gott, ich würde am liebsten im Erdboden versinken.*

Es gab nur wenige Dinge, die Lola peinlich waren: ihre Ungeschicklichkeit, schlecht erzogene Menschen, ihr Facebook-Account, dessen Zugangsdaten sie nicht mehr hatte, ihre persönlichen Notizen auf dem Handy, die TikToks, die ihre Tante Paquita postete, und der Ex ihrer Freundin Gala. Aber die üblen Streiche der Brut toppten alles.

Die Scham ging mit einem tiefen Schuldgefühl einher. Eine innere Stimme erinnerte sie ständig daran, dass sie eine wandelnde Katastrophe war und nichts auf die Reihe brachte, sosehr sie sich auch bemühte. Die Scham zwang sie dazu, sich selbst aus der Außenperspektive zu betrachten und sich den Vorwürfen und der Missbilligung der anderen auszusetzen. Dabei konnte sie ja nichts dafür.

Sie verabscheute diesen Blick von außen, so wie den der beiden Frauen in der Warteschlange. *Sie hat die beiden überhaupt nicht im Griff.* Lola konnte förmlich hören, was sie dachten. *Was für unerzogene Blagen.* Es spielte keine Rolle, ob sie das tatsächlich dachten oder nicht. Die Worte schwirrten einfach in ihrem Kopf herum. *Unverantwortlich so was.* Und das Ergebnis war immer dasselbe: *Du bekommst nichts auf die Reihe.*

Nachdem sie dem Elfen aufgeholfen und sich tausendmal entschuldigt hatte, gönnten ihr die beiden kleinen Teufel eine Verschnaufpause, und sie dankte dem Universum dafür. Olivia kaute immer noch auf ihrem Haarband herum, Sophie war damit beschäftigt, ihre Strähnen zu Locken aufzuwickeln, und Finn ... nun, der schaute sich schon wieder verwegen um, aber immerhin lagen seine Hände untätig aufeinander, und das war das Wichtigste.

Wie zu erwarten, hielt der Frieden nicht lange.

Als sie endlich an der Reihe waren, um mit dem Weihnachtsmann die Fotos zu schießen, kam der gefürchtete Moment: Sie musste sie von der Leine lassen.

Kennt ihr diese klassische Filmszene, wo der Mafioso ein Rudel kampflustiger Hunde an der Leine führt und sie nach einem kurzen Moment der Spannung freilässt und »Fass« ruft? Nun, so ähnlich lief es jetzt auch ab. Nur dass sie nicht den Befehl zum Angriff gab, sondern die Kinder daran erinnerte, dass sie sich benehmen sollten, weil der Elf sie im Auge hatte. Aber da hätte sie genauso gut mit der Wand reden können.

Als sie ihnen die Gurte abnahm – die durften ja keinesfalls auf dem Foto auftauchen –, gab es kein Halten mehr. Sie schwärmten aus, und man hörte das Stöhnen des Weihnachtsmanns, als sie auf seinen Schoß sprangen.

»Wo ist denn deine Frau?«, fragte Sophie, die auf seinem linken Bein saß.

Lola legte ihr Olivia in den Arm, die glücklich lächelte. Sie war die Einzige, die auf die lustlosen Gesten reagierte, mit denen die als Elfe verkleidete Fotografin die Aufmerksamkeit der Kinder zu erhaschen versuchte. Es sah eher aus, als wollte sie eine Fliege vor dem Gesicht vertreiben.

»Hierher schauen!«, rief der wandelnde Fliegenwedler zum dritten Mal erfolglos.

Auch Lola versuchte, mit dem Handy Fotos zu schießen, ohne über die von ihrer Taille herabhängenden Leinen zu stolpern. Da sah sie auf dem Display, wie Finn an einem roten Faden am Ärmel des Weihnachtsmannkostüms zog.

»Ich sehe dich, Finn«, sagte sie leise, und er hielt sofort inne. Besser so.

»Nun sag schon, wo ist Ms Claus?«, bedrängte Sophie den Weihnachtsmann weiter.

»Am Nordpol«, erwiderte der Weihnachtsmann. »Sie bereitet das Abendessen vor, damit es auf dem Tisch steht, wenn ich heute Abend mit meinem Rentierschlitten durch die Lüfte zurückgeflogen bin!«

»Warum machst du das nicht selbst, statt hier faul herumzusitzen?«

»Sophie!« Lola versuchte mit aller Macht, ein Grinsen zu unterdrücken. Die Bemerkung gehörte sich nicht, aber ehrlich gesagt, sie hatte was.

»Bist du ein Macho?«, attackierte die Kleine ihn weiter.

»Sophie, bitte!« Aus den Augenwinkeln sah sie, wie der Elf neben seiner Zuckerstange ebenfalls die Lippen aufeinanderpresste, um ein Lachen zu unterdrücken. »Haben Sie es endlich?«, fragte sie die Fotografin ungeduldig.

»Nein. Wenn die eine endlich still sitzt, hampelt der andere wieder rum«, erwiderte die genervt. »Bring sie endlich unter Kontrolle.«

Lolas Lider flatterten. Hallo? Das war an Unverschämtheit ja kaum zu überbieten.

»Wie bitte?«, fragte sie verdattert. »Ich kann sie nicht *unter Kontrolle bringen*, wie Sie es nennen. Schießen Sie halt irgendwie das Bild. Ich versuche sie dazu zu bringen, dass sie alle drei in die Kamera schauen und …«

Das Geräusch des Auslösers unterbrach sie.

»Fertig.« Die Elfe ließ die Kamera sinken. »Die Nächsten!«

»Halt, halt, ich habe sie doch noch gar nicht vorgewarnt.«

»Hier ist das Bild.«

Missmutig zeigte die Fotografin ihr kurz das Foto auf dem Display. Das reichte, um einen Eindruck zu gewinnen. Olivia hatte beseelt die Hände in den Bart des Weihnachtsmanns gekrallt. Sophie musterte ihn kritisch, und Finn schickte einen Kuss in die Kamera, stolz, dass es ihm gelungen war, den Stoff des Kostüms auf Schulterhöhe ein Stück aufzudröseln, sodass die nackte Haut hervorschaute.

Ich fand das Bild ausgesprochen witzig.

Lola ebenfalls, aber ihr war klar, dass sie bei den Nightingales damit nicht aufzutauchen brauchte. Sie würden ihr einen Tritt in den Hintern verpassen und sie postwendend zurück nach Hause schicken.

»Bitte, noch ein Foto, nur eins!«, flehte sie. Sie hasste es, die Bittstellerin zu geben, aber das war ein Notfall. »Kinder!«, rief sie auf Spanisch. »Jetzt alle mal schön in die Kamera lächeln!«

Zu ihrer Überraschung gehorchten sie ausnahmsweise. Vielleicht fanden sie die Situation witzig, vielleicht hatten sie Mitleid mit Lola, weil sie so unter Druck stand, vielleicht war es auch nur reiner Zufall, aber Tatsache ist, sie hörten auf sie.

Die Zwillinge setzten sich gerade hin und lächelten engelsgleich in die Kamera. Selbst Olivia hörte auf, mit dem Bart des Weihnachtsmanns zu spielen, und blickte nach vorn. Alle drei posierten brav für das ersehnte Foto. Es geschehen noch Zeichen und Wunder! Das war die perfekte Gelegenheit …

Doch die selten dämliche Fotografin reagierte nicht.

»Der Nächste!«, rief sie wieder.

»Bitte!«, flehte Lola ein letztes Mal. Sie versuchte, selbst mit dem Handy die einmalige Szene einzufangen. Doch die Elfe trat nicht mal einen Schritt beiseite, um ihr das zu ermöglichen. Echt jetzt?

»Ich habe gerade die Nächsten aufgerufen. Bist du taub?« Sie sah Lola missbilligend an. »Verzieh dich endlich mit deinen Gören. Die sind ja die reinste Pest.«

Lola spürte, wie ihr Blut in Wallung geriet.

Die blöde Kuh hatte ja keine Ahnung, wie schwer das alles für sie war.

Was wusste sie schon davon, wie wichtig dieses dumme Foto war.

Mit glühenden Wangen ging sie auf die Elfe zu.

»Ihr Benehmen ist unerhört«, fauchte sie wütend. »Ich habe Sie nur um ein Foto gebeten, nichts weiter. Ja, mit den dreien dauert es ein bisschen länger, mag sein. Aber ist das so schlimm? Es sind Kinder, es ist nicht in Ordnung, wenn Sie so abfällig über sie reden.«

»Sie sind die reinste Pest, und wenn du nicht sofort verschwindest, rufe ich die Security.«

Das war der Tropfen, der das Fass zum Überlaufen brachte. Und das hatte sich Lola selbst zuzuschreiben.

Zu ihrer Verteidigung muss ich sagen, dass sie sich – im Rahmen ihrer Möglichkeiten – gut geschlagen hat. Die verbiesterte Elfe hatte sie einfach an ihre Grenzen gebracht, und sie konnte nicht anders, als dem Rat der weisen Botschaft aus der Weihnachtskugel zu folgen: »Weihnachten … ist ein guter Grund … etwas zu wagen. Trau dich!«

Lola biss sich in die Innenseite der Wange und verspürte einen kurzen Schmerz. »Ich gebe Ihnen gleich einen Grund, die Security zu rufen.«

Sie streckte die Hand aus, um der Elfe die Kamera zu entreißen und selbst die Fotos zu machen. Doch ihr genialer Plan wurde vereitelt, als zwei starke Arme sie packten und wegzogen.

»Hast du den Verstand verloren?«, brummte ihr der Elf ins Ohr, während er sie aus der Schusslinie nahm. Die Leute hatten bereits zu tuscheln begonnen.

Lola wand sich, während sie verwirrt herauszufinden versuchte, wer sie da hinter das Lebkuchenhaus zerrte. Vergeblich versuchte sie, sich aus dem übermächtigen Griff zu lösen.

»Du kannst doch nicht die Hand gegen einen Elfen des Weihnachtsmanns erheben!«

»Ich wollte sie nicht schlagen!«

Lola gab den Widerstand auf. Sie spürte die steinharten Bizepse des Elfen, der sie fest umklammerte, und es sei die Bemerkung gestattet, dass sie diese Berührung unter anderen Umständen bestimmt genossen hätte.

»Ich wollte ihr nur die Kamera wegnehmen, um das verdammte Foto zu machen.« Sie linste zu ihm auf. »Und ihr dann ordentlich eine verpassen«, flüsterte sie auf Spanisch.

Ein sanfter Hauch auf ihrem Haar verriet ihr, dass der Elf lachte.

»Verständlich.« Er gab sie frei. »Dulce kann manchmal unerträglich sein.«

»Dulce?« Ungläubig drehte sie sich zu ihm um. »Ausgerechnet ›Die Süße‹? Ist das ihr echter oder der Elfenname?«

»Der echte.« Er grinste breit. »Ihr Elfenname ist Cookie.«

»Cookie«, wiederholte sie angewidert. »Wie passend. Die hat mit einem süßen Keks so viel gemein wie ich mit einer Friedenstaube, sie sollte sich also besser in Acht nehmen.«

»Du darfst auch gegen einen Elfen des Weihnachtsmanns keine Drohungen aussprechen.«

»Wo steht das geschrieben?«, gab sie, schon friedfertiger, zurück und verschränkte die Arme vor der Brust.

Der Elf gab ihr keine Antwort und betrachtete sie amüsiert. Doch das bemerkte Lola nicht. Sie war viel zu sehr mit dem Grübchen beschäftigt, das sich an seinem Kinn bildete, wenn er lächelte. Es kam ihr vor, als wäre es ein wenig nach links verschoben, aber vielleicht lag das daran, dass er auf dieser Seite einfach den Mundwinkel höher zog. Er hatte volle Lippen. Zum Anbeißen. Solche Lippen hätte sie auch gerne gehabt, dann hätte sie sich die dreihundert Euro für die Lippenunterspritzung sparen können. Damals war sie noch jung und total unsicher gewesen.

Das Ergebnis gefiel ihr, auch wenn ihr im Nachhinein, mit zunehmender Reife – sofern man bei ihr davon sprechen konnte –, klar geworden war, dass ihr Selbstwert nicht von einem kosmetischen Eingriff abhing. Sie war schön, ganz gleich, ob mit oder ohne Eingriff. Sie bereute ihn nicht, aber derzeit war sie zufrieden mit ihrem Äußeren – ich habe sie schon des Öfteren vor dem Spiegel erwischt, wie sie sich Küsse zuwarf und »*I am beautiful*« trällerte oder Ähnliches.

Und eines war klar, sie würde das nie wieder machen lassen, denn es hatte zu sehr wehgetan. Als wäre ein Bienenschwarm über ihren Mund hergefallen.

Ihr ging durch den Kopf, dass der junge Mann seinem Spiegelbild vermutlich auch ein paar Lieder widmete, bevor er unter die Dusche ging. Und wenn nicht, wurde es Zeit, dass er damit anfing.

*So ein süßer Elf, den sollte ich mir schnappen und mit nach Hause nehmen*, dachte sie, während sie sein Gesicht studierte. Er hatte eine markante Nase und wunderschöne bernsteinfarbene Augen …

Beinahe hätte sie in ihrer Versunkenheit vergessen, dass sie drei Kinder zu beaufsichtigen hatte, und das in einem Land, in dem die Leute einfach so mit einer Waffe in der Tasche herumspazieren durften.

*Shit.*

Die Leute waren ihre geringste Sorge.

Viel schlimmer war der Gedanke, die Kinder könnten ihre Hände in eine dieser Taschen mit den Waffen stecken.

Langsam setzte sie sich in Bewegung, damit nicht der Verdacht aufkam, sie wolle einen neuen Angriff auf Cookie Dulce starten. Selbstbewusst nahm sie die baumelnden Leinen hoch und ging zurück zum Thron von Santa Claus, der hoffentlich noch den größten Teil seiner Barthaare hatte und nicht mit nacktem Oberkörper dasaß, weil sein Kostüm noch weiter aufgeribbelt worden war.

»Am Nachmittag hat ein anderer Fotograf Dienst«, hörte sie den Elfen sagen, der ihr gefolgt war. »Elijah ist wesentlich netter, er schießt euch bestimmt so viele Fotos, wie ihr braucht. Ich könnte dir meine Nummer geben und …«

»Die Kinder.« Hektisch wanderte Lolas Blick durch den Raum. »Die Kinder.« Sie eilte zu Santa Claus. »Die Kinder. WO SIND DIE KINDER?«

Der Weihnachtsmann hatte die kleine Olivia auf dem Arm und neckte sie, während sie mit den Knöpfen seiner Jacke spielte. Es kam Lola wie eine Ewigkeit vor, bis er endlich von ihr Notiz nahm und – als wüsste er nicht, dass dies die schlimmste aller Katastrophen war – gleichmütig sagte:

»Die sind weg.«

# KAPITEL 5

## Der Elf

»Was soll das heißen, sie sind weg?«, rief die Nanny wütend. Hätte er nicht das kleine Kind auf dem Arm gehalten, hätte sie den Weihnachtsmann wahrscheinlich eigenhändig erwürgt. »Wie konnten Sie das zulassen?«

»Sie mussten mal«, erwiderte Santa erschrocken.

*Sie ist genauso Furcht einflößend wie hübsch.*

»Und Sie halten es für eine gute Idee, zwei Achtjährige allein auf die Toilette gehen zu lassen, weil …?« Er vermochte nicht zu sagen, wann sie ihm mehr Angst machte, wenn sie tobte oder wenn sie mit diesem latent drohenden Unterton sprach, der selbst dem Meister des Nordpols das Blut in den Adern gefrieren ließ.

»Dulce hat gesagt, sie hat ein Auge auf die beiden.« Der Weihnachtsmann hüstelte nervös. »Sie sind doch noch auf der Toilette, oder, Dulce?«

»Wer?«, fragte die. »Ach so.« Die Elfe verdrehte die Augen und rief die Nächsten aus der Reihe zu sich. »Die Nervbacken.«

Unendlich langsam richtete Lola ihren Blick auf Dulce. Unwillkürlich musste der Elf an das Mädchen aus *Der Exorzist* denken. Er hätte nie gedacht, dass er die Deeskalationstechniken mal so nötig brauchen würde, die er bei seiner Ausbildung zum Security-Elfen erlernt hatte. Zu seiner Überraschung stürzte sich das Mädchen aus *Der Exorzist* nicht auf die Fotografin, aber er beschloss, in der Nähe der beiden zu bleiben, falls die Situation eskalieren sollte.

Unter anderen Umständen hätte er die Art, wie Lola sich in die Wange biss, um nicht auszuflippen, oder die Dolche in ihrem Blick durchaus attraktiv gefunden.

Wie gesagt, unter anderen Umständen.

»Hör mir gut zu, Cookie Dulce.« Bedächtig neigte Lola den Kopf zur Seite. »Ich gehe jetzt zur Toilette, und sollten sie nicht dort sein, komme ich zurück und stopfe dir jedes einzelne Plastikbonbon von diesem verdammten Lebkuchenhaus ins Maul.« Sie schnaubte vernehmlich. »Kapiert, meine Liebe?«

»Was hat sie da gerade gesagt?«, fragte Dulce ihren Kollegen. Offenbar war die Schärfe der Drohung nicht bei ihr angekommen. »Soll ich die Security rufen?«

Das Paar mit dem Baby auf dem Arm, das als Nächstes dran war, beschloss, das Ganze lieber aus sicherem Abstand zu beobachten. Wenn ein Drama in der Luft lag, hatten es alle plötzlich nicht mehr so eilig, wie sie zuvor behauptet hatten.

»Das ist nicht nötig.« Der Elf traute sich noch einmal, Lola bei den Ellbogen zu fassen. Erstaunlicherweise übte die sich in Selbstbeherrschung und fuhr nicht wie eine wütende Katze herum. »Alles gut, sie hat doch nur nach den Kindern gefragt.«

»Lass mich los! Ich gehe«, fauchte sie und entwand sich seinem Griff. Sie setzte Olivia in den Wagen. »Shit, wenn sie nicht da sind, war's das«, murmelte sie leise in ihrer Muttersprache vor sich hin, während sie davoneilte. »Lieber bringe ich mich um, bevor Beatrice es tut. Ich bin echt eine wandelnde Katastrophe, verantwortungslos und zu nichts zu gebrauchen.«

Der Elf zögerte. Er konnte sie unmöglich einfach so ziehen lassen.

»Jetzt mach schon deinen Job«, drängte ihn Dulce. »Da drüben gibt's einen Streit zu schlichten.«

Gelangweilt betrachtete er die beiden Frauen, die sich ankeiften, weil die eine meinte, die andere habe sich vorgedrängelt. Doch unwillkürlich – es war wie ein innerer Zwang – wanderte sein Blick sofort wieder zu der jungen Frau, die wie ein Wirbelsturm davonstob.

»Rob, kannst du das übernehmen?«

Der Elf namens Rob – oder Schneeflocke, wenn man nach dem Schild ging –, der an der anderen riesigen, den Thron flankierenden Zuckerstange Dienst tat oder besser gesagt abhing, als ginge ihn das ganze Treiben nichts an, nickte schlapp und schlurfte mit den Händen in den Taschen gemächlich auf die beiden Frauen zu.

Das glückselige Lächeln war eigentlich schon Anzeichen genug, dass Rob nach seinem allmorgendlichen Joint in anderen Sphären schwebte, doch spätestens daran, dass er wie ferngesteuert durch die Gegend taperte, ohne dass ihm das etwas auszumachen schien, war das unmissverständlich zu erkennen. Als er bei den Frauen eintraf, hatten die sich schon gegenseitig die Handtaschen entrissen.

Der Elf konnte nur hoffen, dass keine der beiden bewaffnet war.

Aber das war jetzt das Problem von Schneeflocke Rob.

»Ausgerechnet Rob? Nicht dein Ernst«, maulte Dulce, der der Zustand des Kollegen nicht verborgen geblieben war. »Du kannst doch nicht einfach verschwinden.«

»Tut mir leid. Ich bin gleich wieder da!«

Dulce rief ihm noch etwas hinterher, doch er hörte nicht mehr hin.

# KAPITEL 6

## Lola

Sie hatte schon so eine Vorahnung, dass die Zwillinge nicht auf der Toilette zu finden sein würden, aber es bestand zumindest die winzige Hoffnung, dass sie, einmal kurz aus den Augen gelassen, schon wieder auf krumme Gedanken gekommen waren und dabei die Zeit vergessen hatten. Wer weiß, vielleicht hatten sie ja Papierkügelchen aus nassem Toilettenpapier geformt und sie an die Decke geworfen oder die Türverriegelung so manipuliert, dass die Leute nicht mehr rauskamen, oder die Klos verstopft.

»Hier sind sie nicht«, sagte der Elf, nachdem er die Herrentoilette inspiziert hatte.

»Hier auch nicht.« Lola kam seufzend aus der Damentoilette.

Ihr war zum Heulen zumute.

Am liebsten hätte sie sich eingerollt, die Beine an die Brust gezogen und wie ein kleines Kind geweint. Stattdessen stieß sie einen gellenden Schrei aus, um den Frust rauszulassen. Sie rieb sich die Schläfen und rannte nervös im Kreis herum wie ein Hamster in einer Schuhschachtel. Das schien ihr eine deutlich erwachsenere Reaktion zu sein.

Wie durch Watte vernahm sie die beruhigende Stimme des Elfen. Aber was er sagte, hörte sie nicht. Und das wollte sie auch nicht. Sie durfte ihre Zeit nicht damit verschwenden, sich von seiner sonoren Stimme einlullen zu lassen oder seine kräftigen Hände zu bewundern, die sie sanft streichelten. Sie musste so schnell wie möglich die Kinder finden.

Finn hatte die Shoppingmall als »Donut-Berg« beschrieben. In der Tat bestand sie aus weitläufigen kreisförmigen Geschossen mit riesigen Freiflächen in der Mitte und sternförmig ausstrahlenden Gängen, die untereinander mit Brücken verbunden waren. Das reinste Labyrinth.

In dem offenen Bereich, der sie vom gegenüberliegenden Gang trennte, hing eine Kaskade von Weihnachtslichtern herab. Von hier oben konnte Lola einen Blick in einzelne Abschnitte der unteren Etagen werfen.

Ihre Fingerknöchel knackten, als sie fest das Metallgeländer umklammerte und sich auf halsbrecherische Weise nach vorne beugte. Sie nahm es in Kauf, kopfüber hinunterzustürzen, Hauptsache, sie fand endlich die verdammten Kinder.

»Vorsicht!«, rief die wohlbekannte Stimme. Arme schlangen sich um ihre Taille. »Glaub mir, von hier siehst du nichts, da kannst du dich noch so weit vorbeugen.«

»Doch! Lass mich!«, erwiderte sie und versuchte, sich den starken Händen zu entwinden, die sie zurückhalten wollten.

Der Elf packte den Gurt, an dem noch die Leinen hingen, und zog Lola mit einer kraftvollen Bewegung an seine Brust. Reflexartig lösten sich ihre Hände vom Geländer, und er nutzte die Chance, um sie bis zur Wand wegzuziehen. Sie strampelte wild, aber irgendwann gab sie ihren Widerstand auf. Er hielt sie vorsorglich weiter fest, bevor sie den nächsten Bungee-Jumping-Versuch ohne Sicherungsseil starten konnte.

Sturheit war Lolas zweiter Vorname, und normalerweise gab sie nicht so schnell klein bei, doch nachdem die erste Panik vorüber war, musste sie sich eingestehen, dass der Elf recht hatte.

Von hier oben sah man die Menschen in den unteren Stockwerken nur wie Mäuse durch die Gänge wuseln. Man konnte bestenfalls noch die Nussknacker als solche ausmachen, die neben den mit Kunstschnee verzierten Weihnachtsbäumen standen.

Es brachte in der Tat rein gar nichts, sich über das Geländer zu beugen und unnötig in Gefahr zu bringen.

Und sie musste sich auch eingestehen, dass die warme Brust und die kräftigen Arme, die sie umschlungen hielten, ihre Hormone aktivierten. Für einen Moment blendete sie den überbordenden vorweihnachtlichen Trubel aus und konnte wieder klar denken.

»Ich habe sie verloren«, sagte sie kläglich und ließ den Kopf auf die Schulter des Elfen sinken.

»Reg dich nicht auf, es wird bestimmt alles gut«, flüsterte er ihr ins Ohr. Er wollte sie offensichtlich trösten, auch wenn ihm klar war, dass er ihr nur etwas vormachte.

»Sie haben sich bestimmt verlaufen«, rief sie aufgebracht.

»Ich würde eher sagen, sie sind abgehauen.«

»Das ist noch schlimmer.«

»Wir finden sie, aber du musst Ruhe bewahren.«

»Und wenn sie entführt wurden?«

»Sie wurden nicht entführt.« Sein Atem kitzelte an ihrem Ohrläppchen. »Und wenn doch, wollen die Entführer sie bestimmt so schnell wie möglich loswerden. Nach allem, was ich so gesehen habe.«

Die Chancen, dass er sie in der Situation zum Lachen bringen konnte, gingen gegen null, aber auf einmal spürte sie ein Lächeln über ihr Gesicht huschen, das sich in ein leises Glucksen verwandelte. Angst und Stress waren nicht verschwunden, aber zumindest löste das ihre Anspannung ein wenig. Der Elf lockerte die Umklammerung.

Sie atmete tief ein und versuchte ihre rotierenden Gedanken und ihren Herzschlag herunterzufahren und das unpassende – aber angenehme – Gefühl zu verdrängen, das die Berührung in ihr ausgelöst hatte.

»Okay, okay.«

Sie drehte sich zu ihm um und sah ihn an. Bei der Gelegenheit befreite sie sich gleich von dem lästigen Gurt mit den Leinen und verstaute ihn unten in Olivias Buggy.

»Es ist nichts passiert, alles wird gut«, redete sie sich ein. »Ich muss sie nur suchen zwischen all den …«

Sie stellte sich die riesige Fläche der Mall mit all den Geschäften, Restaurants, Fahrgeschäften, Freiflächen, blinkenden Lichtern, Menschenmassen und Nussknackern vor, dazu die Geräuschkulisse aus Stimmengewirr, Geschrei und Weihnachtsliedern – der reinste Horror.

»Olivia, Schatz, kannst du mir etwas Nettes sagen, bevor ich mich in die Tiefe stürze?«

»*Hermosha*«, sagte die Kleine, und ihr ging das Herz auf.

»Ich helfe dir, sie zu finden.« Lola durchzuckte es, als sie die warme Hand des Elfen auf ihrer Schulter spürte. Sie sah ihn an.

»Echt?« In dieser ausweglosen Lage hätte sie selbst den

Grinch auf Knien um Hilfe angefleht. Da tat es ihr unbeschreiblich gut, dass der junge Mann mit den spitzen Ohren und der markanten Nase ihr so uneigennützig zur Seite springen wollte.

»Klar doch. Hat Santa dir das nicht gesagt?«

»Was?« Sie hob die Augenbrauen.

»Na, dass es keinen besseren Gehilfen gibt als einen Elfen.«

Sorry, aber das wage ich zu bezweifeln.

# KAPITEL 7

## Der Elf

Er war überrascht, dass Lola nicht davon ausging, dass er die Regie übernahm und für sie sprach. Sie gestikulierte hektisch, um ihre Worte zu untermauern – einen gewissen Hang zur Dramatik konnte man ihr nicht absprechen –, die sie in leicht ungelenkem, aber verständlichem Englisch vorbrachte. Zumindest war es für ihn verständlich.

Die Absicht zählt.

»Wo haben Sie die Kinder verloren?«, fragte der Security-Angestellte.

Er kannte den schnauzbärtigen Typen vom Sehen. In der Mall arbeiteten unzählige Leute. An sich suchte er keinen Kontakt zu den Festangestellten – er selbst war als Schauspieler von einer Zeitarbeitsfirma für die Weihnachtszeit engagiert worden und verbrachte nur wenige Wochen dort –, aber den einen oder anderen kannte er vom Sehen und manche auch namentlich. Hätte er vorher gewusst, mit wem sie es zu tun bekämen, hätte er Lola geraten, sich an einen Kollegen zu wenden, der mehr Grips hatte.

Das wäre nicht weiter schwierig gewesen.

»Ich habe es Ihnen doch schon erklärt«, zischte Lola, bemüht, nicht die Fassung zu verlieren. »Sie waren im Reich der Bonbons für ein Foto mit dem Weihnachtsmann.«

»Weihnachtsmann?«

Selbst ich fragte mich, wie man nur so strunzdumm sein konnte.

»Santa Claus, Mann!« Sie seufzte entnervt. »Aber darum geht es nicht. Zwei Kinder sind verschwunden!« Sie blickte den Elfen an und sagte auf Spanisch: »Drücke ich mich so unverständlich aus, oder ist der einfach nur blöd?«

Der Elf konnte nicht fassen, dass sie immer gleich raushaute, was ihr durch den Kopf ging. Sie tat es zwar in einer anderen Sprache, aber es schien ihr völlig gleichgültig zu sein, ob ihr Gegenüber sie verstand oder nicht. Auch wenn sich die Frage bei diesem Samuel nicht stellte, er hatte schon Probleme, Dinge in seiner Muttersprache zu erfassen.

Bevor Lola den Security-Mann erneut verbal attackieren konnte, zog der Elf sie sanft hinter sich. Er dachte nicht darüber nach, ob sie das als zu vertraut empfinden könnte. Jedenfalls schien die Nähe sie nicht zu stören.

Absolut nicht, das kann ich euch versichern.

»Samuel, nicht wahr?« Der Mann nickte. »Könntest du deinen Kollegen über Funk mitteilen, dass zwei achtjährige Kinder, Zwillinge, blond mit blauen Augen und gemeingefährlich, in der Mall verschwunden sind?«

»Sie heißen Finn und Sophie.« Lola nahm das Handy aus der Tasche. Mit der anderen Hand ruckelte sie sanft an dem Buggy, um sich zu beruhigen. Sie zeigte besagtem Samuel ein Foto der Zwillinge.

»Sind das eure Kinder?«

Der Elf brauchte Lola nicht anzuschauen, um zu wissen,

dass ihr bestimmt gerade die Augen aus dem Kopf fielen. Es wurde Zeit, dass mal jemand gegen seine Stirn klopfte, damit es dahinter endlich zu rattern begann.

»Ja, das sind unsere Kinder, und wir machen uns große Sorgen«, log er frech. Die Räder des Kinderwagens standen auf einmal still. »Könnten Sie uns behilflich sein, sie wiederzufinden?«

»Selbstverständlich, dafür sind wir da.«

Als hätten diese freundlichen Worte sein Hirn zum ersten Mal an diesem Tag auf Touren gebracht, führte er das runde Mikrofon am Revers seines weißen Hemdes an den Mund, das über ein unauffälliges Kabel mit dem Walkie-Talkie an seinem Gürtel verbunden war.

»Will? Hier Samuel, vierte Etage, *over*«, sagte er.

»William hier, womit kann ich dienen?«

Amüsiert – und stolz – beobachtete der Elf, wie Lola verwirrt ihr Handy einsteckte, den Kopf zur Seite neigte und ihn ansah, als wollte sie sagen: »Was geht denn hier ab?« Oder: »Wie kommst du dazu, zu behaupten, das wären unsere Kinder?« Doch er zeigte keine Reaktion. Er war viel zu sehr damit beschäftigt, ihre schokobraune Lockenmähne zu betrachten, von der ihr ein paar Strähnen ins Gesicht gefallen waren. Er fragte sich, ob es übergriffig wäre, sie ihr hinters Ohr zu streichen.

*Sie ist schön. Schön wie eine Schlange, bevor sie dir den tödlichen Biss versetzt.*

»Keine Sorge, ihr beiden«, sagte der Security-Angestellte nun lächelnd. »Es ist alles unter Kontrolle. Das Sicherheitsteam ist informiert, und gleich kommt eine Lautsprecherdurchsage. Ich werde informiert, sobald es Neuigkeiten gibt.«

Mit schwitzigen Fingern klopfte er auf das Funkgerät in der Halterung.

Lolas rasche Bewegung überraschte den Elfen komplett. Im ersten Moment dachte er, sie wollte sich auf den Wachmann stürzen, ihn würgen oder ihm den Schnurrbart aus dem Gesicht reißen.

*Jetzt kann ich endlich mal zur Anwendung bringen, was ich gelernt habe.*

Doch zu seiner Überraschung warf sie sich in die Arme von Mr Schnauzbart. War da jetzt etwa die neue Zärtlichkeit ausgebrochen?

»Vielen Dank, echt«, stammelte sie, während ihr Samuel tapsig auf den Rücken klopfte. »Entschuldigen Sie mein Benehmen, die Sorge um die Kinder, mir sind die Nerven durchgegangen.« Sie klammerte sich förmlich an ihn. »Danke für Ihre Hilfe.«

»Kein Problem, Miss, das ist mein Job«, erwiderte Samuel.

Der Elf blinzelte irritiert, als sich die Giftschlange vor seinen Augen in einen sanften Schmetterling verwandelte, den Wachmann aus der Umklammerung entließ und sich höflich verabschiedete.

»Komm, Papi«, trieb sie ihn lächelnd an und schob den Kinderwagen weiter. »Vielleicht schaffen wir es ja, unsere Kinder vor dem freundlichen Wachmann zu finden«, legte sie mit einem breiten Grinsen nach.

Papi? Er hatte wohl nicht richtig gehört.

Der Wachmann nickte zum Abschied mit stolzgeschwellter Brust und zog ab. Bevor der Elf dazu kam, Lola zu fragen, was ihr einfiel, war sie schon in die entgegengesetzte Richtung entschwunden. In verdächtig schnellem Tempo.

»Was sollte das denn eben?«, fragte er, als er sie eingeholt hatte.

»Ich musste doch so tun, als wäre ich deine Frau, oder nicht? Und viele Paare sprechen sich als Papi und Mami an, wenn sie Eltern geworden sind. Und wenn es nur ironisch gemeint ist.« Sie musterte ihn von oben bis unten. »Das passt zu dir.«

»Das meinte ich nicht, ich … Du findest echt, Papi passt zu mir?« Er durfte nicht abschweifen. »Egal. Ich meine die Umarmung und die Entschuldigung dafür, dass du ihn als blöd betitelt hast.«

»Ich habe mich nicht dafür entschuldigt, dass ich ihn als blöd betitelt habe.« Sie zuckte mit den Schultern.

Er sah sie argwöhnisch an.

»Wofür hast du dich dann entschuldigt?«

Ein süßes verschlagenes Lächeln huschte über ihr Gesicht.

»Dafür.«

Der Elf folgte der Bewegung ihres Kinns zu der kleinen Olivia, die neugierig mit einem rechteckigen schwarzen Apparat mit Knöpfen spielte, der sich kurz zuvor noch am Gürtel des Wachmanns befunden hatte.

Das Walkie-Talkie.

»Achtung, Achtung. Eine Durchsage für alle Kunden und Mitarbeiter der Mall of America. Wir möchten Sie darüber informieren, dass die achtjährigen Zwillinge Finn und Sophie verschwunden sind. Sie sind weiß, blond, blauäugig und blau-weiß gekleidet. Das Mädchen ist mit Glitzerstaub übersät, und der Junge ist … gefährlich. Passen Sie auf Ihre … Schnürsenkel auf? Was soll das denn? Ähm. Entschuldigung. Wenn Sie die Kinder sehen, wenden Sie sich bitte an die Information im Erdgeschoss oder an das Sicherheitspersonal. Vielen Dank.«

# Vierter Stock

Fliegende Äxte, Mangobrüste und Lachkonserven

# KAPITEL 8

## Lola

Das Stockwerk, in dem sie sich befanden, war noch relativ übersichtlich, das könnten sie rasch durchkämmen, erklärte der Elf, um sie zu beruhigen. Doch wenn die Gänge hier oben noch die kürzesten in diesem Moloch waren, wollte sie lieber nicht darüber nachdenken, was sie weiter unten erwartete.

Wie in allen Shoppingmalls war die oberste Etage der Entertainment-Bereich mit Kinos, einem Theater, diversen Shows, Videospielen und Ähnlichem.

Sie entschieden, dass es das Klügste wäre, sich direkt zu The Fair on 4 zu begeben, wo auf einer riesigen Fläche mit angesagten Videospielen und einer Kartbahn Nervenkitzel pur geboten wurde. Mit den bunten Bildschirmen und dem Bling-Bling war das mit Sicherheit ein verlockender Ort für die beiden hyperaktiven Adrenalinjunkies.

Die einlullende Hintergrundmusik aus den Lautsprechern vermischte sich mit den schrägen Melodien aus den Arcade-Maschinen. Es war schrill, spektakulär und laut – wie gemacht für Kinder.

»Wie kann es hier am frühen Morgen schon so voll sein?«, fragte Lola angesichts der vielen Leute.

Der Elf erwiderte etwas, aber bei dem ganzen Getöse kam nichts bei ihr an.

»Was?«

Er startete einen weiteren Versuch, aber wieder verstand sie kein Wort. Sie verzog das Gesicht, um ihm zu bedeuten: »Hey, ich kann dich nicht hören«.

Also beugte er sich zu ihr und sprach ihr direkt ins Ohr.

»Ich hab gesagt, hier ist immer was los.« Sie erschauderte, als sie seinen Atem auf ihrer Haut spürte. »Diese Mall ist wie ein Casino, man verliert jegliches Zeitgefühl, weil man nicht mehr weiß, ob Tag oder Nacht ist.«

Lola musste lachen, doch dann trat sie rasch einen Schritt zurück und begann unruhig in der Menge nach den Zwillingen zu suchen. Sie verdrängte die Erregung, die die unerwartete Berührung in ihr ausgelöst hatte.

Hastig durchforsteten sie jeden Winkel der Spielhalle, ohne Rücksicht darauf, dass sie dabei den einen oder anderen Spieler störten, der so viel wie möglich aus den zwei Minuten Thrill herausholen wollte, für die er einen Dollar geopfert hatte. Eine wilde Abfolge von Bildern und Bällen, Lichtern und Köpfen, Freudensprüngen und enttäuschten Mienen rauschte an ihnen vorbei. Doch von den Kindern keine Spur.

Diese beknackte Halle trieb sie noch in den Wahnsinn.

Sie hatte das Verdeck des Buggys nach vorn geklappt, damit der armen Olivia diese Tortur für die Augen erspart blieb. Als sie in den Wagen schaute, um sich zu vergewissern, dass die Kleine nicht vor Angst weinte oder inzwischen taub war oder blind wie Casimiro, stellte sie zu ihrer Überraschung fest, dass Olivia schlief. Sie schlief! Es war nicht zu fassen. Lola lächelte fasziniert und zog das Verdeck noch ein wenig weiter herunter, damit die Kleine weitgehend von dem Geflimmer verschont blieb und friedlich weiterschlafen konnte.

Soweit das in dieser Hölle möglich war.

*Deine Geschwister könnten sich von dir eine Scheibe abschneiden.*

Erneut spürte sie die Nähe des Elfen, der sanft an ihrem Handgelenk zog. Er deutete auf das Display seines Handys, und sein Mund näherte sich wieder ihrem Ohr.

»Ich muss kurz telefonieren.« Da war es wieder: dieses Kribbeln. »Ich sehe mich derweil bei den Gokarts um.«

Lola nickte und suchte verzweifelt weiter. Sie sparte sich die Bemerkung, dass es äußerst unwahrscheinlich war, dass die beiden die Kartbahn unsicher machten. In ihrer Sorge klammerte sie sich an jeden Strohhalm.

Auch wenn sich allmählich ein gewisser Frust in ihr breitmachte, war sie doch heilfroh, die lärmende Spielhalle verlassen und endlich wieder ihr eigenes Wort verstehen zu können. Als Nächstes kam die Kegelbahn.

Das Geräusch der umgeworfenen Kegel war deutlich angenehmer für die Ohren, und der polierte Boden sorgte dafür, dass der Buggy leicht darüberglitt, als befände sie sich auf einer Eisbahn. So würde sie schneller vorankommen. Doch ein markanter Signalton ließ sie innehalten. Hektisch nahm sie das Handy aus der Tasche am Griff. Wie befürchtet, war eine Nachricht von Beatrice eingegangen:

Hi, Lola. Wie läuft's mit den Kindern? Was ist mit dem Foto? Achte darauf, dass Sophies Zopf über die linke Schulter fällt, das steht ihr besser. Und dass Olivia keinen Sabber am Mund hat. Und Finn soll den Kopf auf seine niedliche Art zur Seite neigen.

Der Ton, den sie für Beatrice' Nachrichten ausgewählt hatte, stammte aus einer Sprachnachricht an ihre Freundinnen, in der sie gegen die Nightingales wetterte. Sie endete mit einem spitzen Schrei, und der hatte es ihrer Freundin Elena besonders angetan. Sie hatte ihn ausgeschnitten, mehrfach kopiert und die Geschwindigkeit so hochgedreht, dass er als Signalton verwendet werden konnte.

Lola fand ihn perfekt für Ms Nightingale. Der Schrei sprach ihr aus der Seele.

»Verdammt, das hat mir gerade noch gefehlt.« Lola seufzte.

Sie war sowieso schon das reinste Nervenbündel. Das würde sie sich nicht auch noch aufladen. Nein, sie war nicht bereit, Beatrice zu erklären, was los war, zumindest noch nicht. Sie mochte verpeilt, chaotisch und ungeschickt sein, aber sie war nicht blöd. Sie wusste, wenn sie der Frau mitteilte, dass ihre Kinder verschwunden waren, würde das die Panik erst recht befeuern.

Es war ohnehin schon kaum zum Aushalten, aber das musste sie Beatrice ja nicht auf die Nase binden.

Sie atmete tief ein, versuchte das Gedankenkarussell zu stoppen und einen kühlen Kopf zu bewahren. Sie wog jedes Wort und jedes Zeichen genau ab, um ja keinen Verdacht zu erregen.

Hi, Beatrice ☺ Wir warten in der Schlange für das Foto, es ist viel los heute. Die Zwillinge sind total begeistert und spielen mit anderen Kindern vor uns.

Hast du die Eltern nach dem Impfstatus gefragt? Und vergiss nicht: Keine Süßigkeiten außer den Zauberbonbons.

Lola verdrehte die Augen.

Kein Thema. Ich halte dich auf dem Laufenden. Viel Spaß bei der Arbeit. ☺

*Sie ist gar nicht so gaga wie sonst.*

Als Beatrice nur mit einem Daumen nach oben antwortete, fiel die Anspannung von Lola ab, und sie konnte wieder normal atmen, also zumindest hyperventilierte sie nicht mehr.

Wer sollte es ihr verdenken, dass sie aufgeregt war? Sie hatte nicht nur die Kinder aus den Augen verloren – nun ja, eigentlich waren sie schlichtweg abgehauen –, sondern sie hatte auch noch dreist ihre Chefin belogen. Klar, dass ihr das zusetzte.

Sie erging sich in Selbstvorwürfen.

*Kann man es noch mehr verkacken?*

Mal sehen …

HAUPTAUFGABEN EINES KINDERMÄDCHENS

- Auf die Kinder aufpassen und sie schützen. X
- Die Eltern oder gesetzlichen Vormünder über jedes Problem oder wichtige Ereignis informieren. X
- Sich beliebt machen, indem man den Kindern heimlich Schokolade zusteckt. √

Bravo. Einer von drei Punkten, es hätte schlimmer kommen können.

# KAPITEL 9

## Der Elf

Er hatte keine Angst vor Dulce.

Aber er fühlte sich in ihrer Gegenwart seltsam beklommen, sie gab ihm das Gefühl, dass er ihr nichts recht machen konnte. Dulce arbeitete als Fotografin für dieselbe Agentur wie er mit dem – jep, ziemlich geschmacklosen – Namen Stars à la carte. Sie waren schon öfter bei wenig anspruchsvollen kleinen Einsätzen wie dem in der Shoppingmall zusammengetroffen. Mit diesen Jobs konnte er sich eine Weile über Wasser halten und den romantischen Traum von einer Karriere als Schauspieler weiterverfolgen, für den er hart arbeitete.

Natürlich wäre es geschickter gewesen, nach Los Angeles oder Florida zu ziehen, aber vor über zwei Jahren hatte ihn das Leben – und seine bescheidenen finanziellen Mittel – nach Richfield verschlagen. Im Moment war er dankbar, in der Nähe der unabhängigen Theater- und Filmszene von Minneapolis zu leben, wo für ihn immer wieder kleine Projekte heraussprangen, bei denen er Erfahrungen und Referenzen für seinen Lebenslauf sammeln konnte.

Trotz der vielen Begegnungen waren Dulce und er nicht miteinander warm geworden. Sie war spröde und abweisend, doch das war nichts Persönliches. Es war einfach ihre Art, oder zumindest gab sie sich nach außen hin so. Und das machte es so nervtötend, mit ihr zu reden.

Dulce war wie eine graue Wolke. Die Sorte Mensch, die nur negative Vibes verbreitet und allen die Stimmung verhagelt. Zumindest meistens. Und deshalb zog er sich vor einer Begegnung mit ihr immer warm an, wie man so sagt.

Auch wenn er am liebsten alle Bedenken in den Wind geschossen und das Gewitter auf später vertagt hätte, wusste er, dass es klüger war, sie über das Geschehen in Kenntnis zu setzen.

Als Dulce abnahm, legte er sofort los.

»Ich glaube, ich brauche doch etwas länger als gedacht.«

»Wie jetzt? Was heißt ›etwas länger‹?«

»Na ja …« Er hatte Kurs auf die Kartbahn genommen und drehte sich zu der Spielhalle um, in der er Lola immer noch vermutete. »Ein paar Minuten, bis wir die Kinder gefunden haben.«

»Ist das dein Ernst? Wofür haben wir denn die Security?«

»Schon, aber …« Sein Blick scannte rasch die Umgebung ab, vielleicht steckten die kleinen Teufel ja hinter einer Säule. »Ich will ihr helfen.«

»Warum hängst du dich da so rein?«, schnaubte sie. »Schön blöd.«

War ja klar, dass wieder so ein Spruch kommen würde. Er verdrehte die Augen.

»Halt mir nur kurz den Rücken frei, ich bin so schnell wie möglich wieder da.«

»Mensch, komm zu dir! Ich brauch dich hier, bei all den Schwachmaten.«

Angefressen beendete er das Gespräch, ohne sich zu verabschieden. Er konnte das Gemecker nicht mehr hören. Immer das Gleiche.

Wie andere aus seinem Umfeld hatte Dulce die schlechte Angewohnheit, ihn sofort zu kritisieren, wenn er mal nett sein wollte. Es war ihm schleierhaft, warum man ihn immer als bescheuert hinstellte, nur weil er ein hilfsbereiter Mensch war.

*Schön blöd.* Das hallte in seinem Kopf nach, während er die letzten Meter der Kartbahn absuchte und sich dann zur Kegelbahn begab, wo Lola gerade aufgeregt inmitten einer Gruppe Jugendlicher stand und ihnen das Handy direkt vor die Nase hielt in der Hoffnung, dass einer von ihnen die Vermissten gesehen hatte. Er musste schmunzeln, weil sie so vehement auftrat. Man hätte den Eindruck gewinnen können, es handele sich um ein Verhör von Schwerverbrechern.

Als sich ihre Miene bei seinem Anblick sofort entspannte, setzte sein Herz für einen Moment aus. Die Sorgenfalten waren nicht verschwunden, und sie biss sich nach wie vor in die Wangen, aber zumindest strahlten ihre Augen für einen kurzen Moment. Und nur das zählte. Dulce konnte sich ihre dämlichen Kommentare sonst wohin stecken.

»Hier sind sie nicht. Keiner hat sie gesehen«, empfing Lola ihn. Frustriert ließ sie die Arme sinken.

»Bei der Kartbahn auch Fehlanzeige.«

Er deutete mit dem Kinn auf den nächsten Bereich.

»Komm, lass uns weitersuchen!«

»Was bleibt uns denn noch?«

»Na, die Äxte.«

»Was? Die verkaufen hier Äxte?«, fragte sie entsetzt.

»Nein.« Der Elf schmunzelte, während er sie weiternavigierte. Seine Hand befand sich dicht an ihrem Rücken, aber er hätte es nicht im Traum gewagt, sie zu berühren. »Das ist ein Restaurant mit typisch amerikanischem Essen, wo man Äxte werfen kann.«

Lola blieb unvermittelt stehen, sodass seine Hand auf ihrem Rücken landete. Er zog sie sofort weg, denn es fühlte sich viel zu angenehm an, ihr nah zu sein.

*Reiß dich zusammen und werd nicht übergriffig.*

Lola stand mit weit aufgerissenen Augen da, der Anblick war Gold wert.

»Da werden Äxte geworfen?« Voller Panik stürzte sie los. »ÄXTE?«

*»Häxste!«*, rief Olivia, die die Lust daran verloren hatte, auf der Antenne des Walkie-Talkies herumzukauen.

»Ja, aber nicht auf kleine Kinder, entspann dich«, murmelte der Elf, der ihr hinterhereilte. »Es ist wie Dart … nur eben mit Äxten.«

*»Häxste!«*

# KAPITEL 10

## Lola

Sie wollte so schnell wie möglich zu diesem verdammten Axt-Restaurant, bevor es zu spät war. In Stresssituationen malte sie immer gleich den Teufel an die Wand. *Das geht nicht gut*, dachte sie, *sie werden noch von einer Axt getroffen, weil sie meinen, vor den Zielscheiben herumspringen zu müssen.* Sie ließ sich von dem Geruch nach fettigen Hamburgern und geschliffenem Metall leiten. *Oder Worst Case*, spann sie den Faden weiter, *sie kommen auf die Idee, selbst die Äxte zu werfen … mit geschlossenen Augen oder nach hinten oder an die Decke. Und die fallen dann herunter, direkt auf sie drauf … Ob das Personal zulässt, dass Kinder mit so einem gefährlichen Gegenstand hantieren? Als wenn Finn und Sophie irgendjemanden um Erlaubnis fragen würden …*

Sie spürte die Wärme der Hand des Elfen an ihrem unteren Rücken, obwohl er sie gar nicht berührte.

Lola mochte es nicht besonders, angefasst zu werden, von den Umarmungen ihrer Freundinnen mal abgesehen – und auch die ertrug sie häufig nur, weil es von ihr erwartet wurde. Und abgesehen von den Berührungen in bestimmten, sagen wir, erotischen Momenten, die ich an dieser Stelle nicht näher auszuführen brauche. Aber in dem Moment hätte sie sich so sehr eine kurze Berührung gewünscht, die ihr das Gefühl gab, in dem ganzen Chaos nicht allein zu sein.

*Ob er mich für verrückt hält, wenn ich ihn bitte, mich zu umarmen?*

Sie hätte es nie für möglich gehalten, dass sie sich einmal eine solche Frage stellen würde. *Das liegt nur an der Situation.*

Ausrede.

»Hier ist es.« Dem Elfen gelang es tatsächlich, sie allein mit seinem Lächeln zu beruhigen, als sie das Lokal betraten. »Mach dir keine Gedanken, natürlich ist das hier ein bisschen riskant, aber alles in allem schon sicher.«

Mehr oder weniger.

In dem Moment zischte etwas zu ihrer Rechten an ihr vorbei und landete mit einem Plopp in der Wand. Und zwar eine Axt.

Eine Axt in der Wand.

Nicht in einer Zielscheibe, sondern in der verdammten Wand. Zwischen Holzbrettern.

Nur wenige Zentimeter von ihrem Gesicht entfernt. Na ja, das ist etwas übertrieben, aber es kann manchmal ja nicht schaden, der Situation etwas mehr Dramatik zu verleihen.

Wütend blickte Lola von der gefährlichen Waffe zwischen den gesplitterten Holzbrettern zu dem Elfen, der leichenblass geworden war, und dann weiter zu dem Kerl, der sich nach ein paar Bierchen zu viel offenbar nicht mehr im Griff hatte.

»Sorry!«

»*Häxte!*«

# KAPITEL 11

## Lola

Der dunkle Schnurrbart des Mannes war noch üppiger als der von Mr Schnauzbart, vielleicht wirkte er deshalb so Respekt einflößend – und wegen seiner Statur von fast zwei Metern. Er sah extrem gut aus, so gut, dass es einschüchternd war. Die ernste Miene und die wahnsinnig muskulösen, vor der Brust verschränkten Oberarme ließen vermuten, dass man sich mit ihm besser nicht anlegte. Das zeigte sich erst recht, als er den besoffenen Kerl, der nicht mehr geradeaus schauen konnte, bei den Schultern packte.

»Mensch, Kai, das war doch keine Absicht«, jammerte der Trottel, während er unsanft hinauskomplimentiert wurde.

Seine knallroten Wangen verrieten, dass er den Kanal voll hatte.

»Du kennst die Regeln«, erwiderte besagter Kai ungerührt.

Der besoffene Kerl flog im wahrsten Sinne des Wortes hinaus, weil er keinen Fuß vor den anderen zu setzen vermochte.

*Wie kann man um die Uhrzeit schon so hackedicht sein?*

Vor der Tür schüttelte sich Mr Rotbacke grinsend und richtete die Krawatte und das schlecht sitzende Jackett.

*Die Klamotten trägt er bestimmt, um seiner Frau vorzugaukeln, dass er zur Arbeit geht, und dann lässt er sich hier volllaufen.*

»Bis morgen, Kai!«, verabschiedete er sich freundlich, als hätte er das mit dem Rauswurf schon wieder vergessen.

Lolas Missmut verflog, als Kai völlig ungerührt zurück an die Theke stapfte. Er sah sie durchdringend an, als könnte er in jeden Winkel ihrer Seele blicken.

»Hi. Wollt ihr euch für ’ne Partie eintragen oder nur was trinken?«, fragte er.

Wow, der war echt einschüchternd. Es verschlug ihr die Sprache. Sie wusste nicht, was sie sagen sollte, schon gar nicht auf Englisch. Ihr Blick wanderte zu seinem Kinn, damit sie ihm nicht mehr in die Augen schauen musste. *Wie spitz es ist … Bloß nicht zu lange hinsehen … Sonst schneide ich mich noch.* Was waren das für Bilder? Ihre Fantasie ging mit ihr durch. Verzweifelt schaute sie den Elfen an in der Hoffnung, er würde das Wort ergreifen, doch der nickte ihr nur aufmunternd zu.

*Jetzt hilf mir doch, du Idiot!*, flehte sie stumm. *Du kannst das!*, sagten sein Blick und das vertrauensvolle Lächeln.

»Also, es geht um … die Kinder«, stammelte sie und versuchte Kais Blick standzuhalten. »Meine Kinder sind weg.« Sie schluckte und zog das Handy aus der Tasche, um ihm das Foto zu zeigen. »Die beiden hier. Haben Sie die gesehen?«

Kai mit den Röntgenaugen schaute flüchtig das Foto an und dann wieder sie.

»Deine Kinder sind weg, und du suchst sie in einer Axt-Bar?«, meinte er spöttisch.

Tja, das hörte sich in der Tat lächerlich an.

»Na ja, eigentlich sind sie abgehauen. Sie sind ziemlich speziell und könnten überall sein.«

Er schaute wieder auf das Foto.

»Nein, die hab ich nicht gesehen.« Der Röntgenblick war jetzt wieder auf sie gerichtet. »Aber ihr solltet die Polizei informieren. Damit ist nicht zu spaßen. Es könnte ihnen wer weiß was zustoßen.«

*Danke, das hilft mir enorm weiter.* Sie zwang sich zu einem Lächeln.

»Ja, das wissen wir«, sprang ihr der Elf bei. »Deswegen machen wir uns ja solche Sorgen.«

»Geht zur Security, die wissen am besten, was zu tun ist.« Kai wandte sich ab. An seinem Gesicht konnte man ablesen, was er von der ganzen Sache und den beiden hielt. »Wie ihr seht, hab ich hier keine zwei Kinder ohne Begleitung zum Axtwerfen reingelassen, falls das eure Frage war«, meinte er sarkastisch. Er wischte grob die Theke ab und brummelte etwas in seinen Bart.

*Mein Gott, ist das peinlich.*

Wieder hatte es sich gezeigt. Sie war einfach Meisterin darin, der Welt immer wieder zu beweisen, wie verantwortungslos sie war. Vor Scham wäre sie am liebsten im Erdboden versunken. Kais Ansage war wie ein Schlag in die Magengrube. Der Kneipenwirt hatte es mit seinen Vorwürfen und abwertenden Blicken binnen kürzester Zeit geschafft, alles zunichtezumachen, was sie sich in der langen Zeit ohne ihren sie ständig kritisierenden Vater an Selbstbewusstsein erarbeitet hatte.

Doch sie würde sich an ihr bewährtes Muster halten und nicht zulassen, dass ein Außenstehender merkte, wie sehr seine Worte sie trafen. Sie machte die Schotten dicht und zwang sich, Böser-Blick-Kai anzulächeln. Ihre Nasenflügel blähten sich, als sie zu ihm sagte:

»Danke, Sie waren uns wirklich eine große Hilfe.« Sie neigte den Kopf. »Passen Sie auf, dass Sie nicht irgendwann von einer verirrten Axt getroffen werden.«

Vermeintlich selbstsicher trat sie samt Buggy den Rückzug an. Den Elfen ließ sie baff zurück. Sie hatte dem Kerl hinter dem Tresen ordentlich eine reingewürgt, jetzt brabbelte er wütend vor sich hin. Zum Glück verstand sie nicht, was er sagte.

Bevor sie das Restaurant verließ, fiel ihr Blick noch einmal auf die Axt, die neben dem Türrahmen in der Holzvertäfelung eingeschlagen war. Sie schaute abwechselnd zu dem Mann hinter dem Tresen und auf die Axt und schnaubte.

»Lola?«, flüsterte der Elf irritiert.

Sie umfasste den Griff und zog. Doch die verdammte Axt wehrte sich. Also nahm sie beide Hände zu Hilfe und bot ihre ganze Kraft auf.

»Lola.«

Uff, die Axt bewegte sich ein wenig.

Sie stützte den Fuß an der Wand ab, um mehr Druck ausüben zu können. Ihr Gesicht verzerrte sich von der Anstrengung.

Da wusste ich gleich: Das wird lustig …

»Lola, lass das.«

»Verdammt, die will einfach nicht raus«, murmelte sie und zog noch einmal mit aller Kraft.

»Lola!« Das klang wie eine Warnung.

Als sie einsah, dass der Kampf aussichtslos war, ließ sie widerwillig von der Axt ab. Dabei fluchte sie wie eine alte Frau auf der Dorfstraße, die kein Blatt vor den Mund nahm. Sie strich ihren Pulli glatt und löste damit ein Glitzergeriesel aus. Dann erklärte sie seelenruhig:

»Du hast Glück, dass die so festsitzt. Da hat der besoffene Typ echt alles gegeben.«

»Willst du mir etwa drohen?«, bellte Kai. Sämtliche Farbe war aus seinem Gesicht gewichen.

»Lass uns von hier verschwinden, bevor ich mich für dich prügeln muss. Im Elfenkostüm sieht das ziemlich albern aus.« Da war sie wieder, diese schützende Hand in ihrem Rücken, die sie sanft hinausdrängte. »Entschuldigen Sie!«, sagte der Elf und schob sie weiter, bevor sie wieder auf dumme Gedanken kam.

Sie drehte sich noch ein letztes Mal mit ihrem berühmten Dolchblick zu Kai um und zeigte ihm den Mittelfinger.

»Was sollte das denn eben? Kannst du mir das mal verraten?« Der Elf sah sie verwirrt an, während sie ihr nächstes Ziel anpeilten.

»Na, ich wollte eine Axt werfen. Darum geht es doch in dem Laden, oder nicht?«

»Ja, auf Zielscheiben, aber nicht auf Leute.« Verärgert schüttelte er den Kopf und schaute Lola forschend an. Dabei wusste sie selbst nicht, was sie geritten hatte.

»Er hat Glück gehabt, ich kann nämlich gut zielen.« Sie zuckte mit den Schultern und lächelte stolz. »Wenn in meinem Dorf Kirmes ist, lässt man mich nicht an den Schießstand, weil ich sonst alle Preise abräume.«

Der Elf musste sich erst mal sammeln, bevor er antwortete.

»Lola, du machst mir ein wenig Angst.«

Sie sah ihn gerührt an.

»Wow. Danke.«

# KAPITEL 12

## Der Elf

Sie törnte ihn unglaublich an, und zugleich war sie ihm unheimlich. Er hatte schon das eine oder andere Mal etwas mit einer abgedrehten Frau angefangen, aber Lola toppte alles.

Sie war die Art Mensch, der einem erzählen kann, dass er wer weiß was angestellt hat, und man nimmt es ihm sofort ab. Egal wie krass es ist. Auch wenn er seinen Augen nicht traute, als sie die Axt aus der Wand zu ziehen versuchte, um sie auf den Hünen hinter dem Tresen zu schleudern, war es für ihn doch irgendwie nachvollziehbar.

Klar, es war total nachvollziehbar, dass jemand einen Fremden mit einer fliegenden Axt bedrohte.

Doch dass ihm Lolas Verhalten nicht abwegig erschien, bedeutete nicht, dass er cool blieb. Es durchzuckte ihn. Überall. Das heißt, es regte sich etwas in seiner Hose, was er zu überspielen versuchte, indem er jeden Gedanken daran verdrängte, wie sehr ihn diese Frau aus der Fassung brachte.

Er gehörte nicht zu den Leuten, die Gewalt erotisch fanden. Das war absolut abwegig. Na ja, vielleicht mal ein kleiner Klaps beim Sex, oder es konnte seinetwegen auch mal etwas härter zur Sache gehen, wenn beide sich einig waren. Er war ja schließlich kein Heiliger. Aber immer mit Bedacht, Consent und Respekt.

Er stand eigentlich eher auf Kuschelsex: zärtliche Berührungen, Massagen, lange intensive Küsse und erregende Spielchen, mit denen er seine Partnerin erst auf Touren und am Ende zum Höhepunkt brachte. Doch wenn Lola es härter wollte, bitte schön, das konnte sie haben. So oft sie wollte. Aus ihrem unberechenbaren, hitzköpfigen Verhalten schloss er, dass sie eher auf harte Nummern stand, aber, wer weiß, vielleicht auf eine etwas andere Art …

Ja, Lola wirkte, als könnte sie gut die Peitsche schwingen. Die Erfahrung hatte er noch nie gemacht. Aber auch wenn es erst mal verstörend wirkte, hätte er nichts dagegen, mit ihr etwas Neues auszuprobieren …

*Wie kannst du jetzt an so etwas denken? Das ist doch völlig krank.*

Genau, es reicht.

Die schmutzigen Gedanken eines aufgegeilten, als Elf verkleideten Typen wiedergeben zu müssen, macht echt keinen Spaß.

»Was kommt als Nächstes? Ein Restaurant mit Guillotinen?«, fragte die Kriegerin, die blind vor Wut vor ihm herstapfte.

»Nein, schlimmer.« Er wusste, dass sie kurz davor war zu explodieren. Ihr jetzt mit einem Scherz zu kommen, war brandgefährlich. »Es ist eine Comedyshow.«

Sie rümpfte die Nase und sah ihn angewidert an.

»Da wäre mir die Guillotine lieber.«

Hatte er da tatsächlich so etwas wie ein komplizenhaftes Lächeln gesehen? Er empfand Genugtuung wie ein kleines Kind, das für einen kleinen Erfolg wie ein Held gefeiert wird.

Das Glück war auf ihrer Seite: So früh am Morgen gab es noch keine Vorstellung, auch wenn am Eingang schon Neonlichter eingeschaltet waren, die so grell strahlten, dass man Angst haben musste zu erblinden, wenn man sich zu nah heranwagte.

Sie ignorierten das Schild GESCHLOSSEN und betraten den menschenleeren Saal. Es war dunkel, man sah nur die Umrisse der ausgeschalteten Leuchtreklamen an der Bar und an den Wänden der kleinen Bühne.

Während ihre Augen sich noch an die Dunkelheit gewöhnten, tasteten sie sich langsam vor und versuchten dabei, den im ganzen Raum verteilten Tischen und Stühlen auszuweichen. Der Elf hörte, wie der Buggy gegen ein Stuhlbein stieß. Reflexartig wollte er Lolas Nähe suchen, doch sie kam ihm zuvor und klammerte sich an seinen Arm.

»Wow, du bist ganz schön stark.« Der Kommentar überraschte ihn.

»Sehr charmant. Wieso überrascht dich das?« Irritiert fragte er sich, warum er flüsterte.

Die Dunkelheit und die Stille versetzten ihn in Alarmbereitschaft. Als könnte zu lautes Reden oder zu viel Lärm irgendein Comedymonster aus den Kulissen hervorlocken. Dabei bimmelten die Glöckchen an seinen Schuhen ohnehin bei jedem Schritt.

»Na ja, man erwartet von einem Elfen des Weihnachtsmanns nicht, dass er …« Sie schien nach dem passenden Wort zu suchen.

»So sexy ist?«

Die Stille wurde von schrillem Gelächter durchbrochen, das durch den ganzen Raum hallte. Vor Schreck krallten sich ihre Finger in seinen Arm. Auch er war erschrocken und hatte sie intuitiv an sich gezogen, um sie zu beschützen.

Vor Gelächter aus der Konserve? Echt jetzt? Ich schmeiß mich weg.

Auf einmal gingen auf der Bühne zwei helle Scheinwerfer an.

»Sieh an, da ist wohl einer von Santas Wichteln ausgebüxt«, sagte eine Stimme hinter ihnen. Sie fuhren herum. »Weiß dein Chef, dass du dich in dunklen Ecken rumtreibst, um schöne Frauen mit deiner Zuckerstange zu beglücken?« Der Blick des Mannes wanderte zu Olivia, die wie ein Engel schlief. »Und noch dazu im Beisein Minderjähriger, wie rücksichtslos.«

»Er ist ein Elf, kein Wichtel«, protestierte Lola.

»Was?« Der Elf sah sie fassungslos an. »Das ist alles, was dir zu seinem blöden Kommentar einfällt?«

Sie zuckte mit den Schultern. Durch die leichte Berührung wurde ihm ihre Nähe wieder sehr intensiv bewusst. Mit einem verschämten Räuspern trat er etwas zurück, aber nur ein wenig, ja nicht zu viel. Das anzügliche Lächeln im Gesicht des Rotschopfs mit der gelben Quietscheentchen-Krawatte war Grund genug, in Lolas Nähe zu bleiben.

Das war natürlich nur ein alberner Vorwand.

»Falls ihr es noch nicht bemerkt habt, wir haben geschlossen«, fuhr der Typ fort, der offenbar einer der Comedians war. »Die Show beginnt erst in einer Stunde.«

»Wir sind nicht wegen der Show hier.« Lola trat auf ihn zu.

»Bist du meinetwegen gekommen?«

»Ich hoffe, deine Witze sind nicht so unterirdisch wie deine Anmache«, ging der Elf ihn an.

»Autsch.« Der Kerl presste theatralisch die Hand auf die Brust, und es ertönte eine Hupe. »Da hatte ich wohl doch den richtigen Riecher, unser Wichtel steht auf die hübsche Braut.«

»Ich bin ein Elf.«

Diesmal war es Lola, die den Elfen ansah, als wollte sie sagen: »Das ist alles, was dir dazu einfällt?« Er tat so, als ob er ihre Botschaft nicht verstünde.

»Wir sind auf der Suche nach zwei Kindern.« Sie zückte das Handy und zeigte dem Comedian ein Foto von den Zwillingen. »Hast du sie gesehen?«

»Kommt drauf an. Wem wollt ihr sie klauen?«

Der Elf kannte Lola erst seit einer Stunde, aber gut genug, um zu wissen, was es bedeutete, wenn sie anfing, sich in die Wange zu beißen. Zum Glück gab es im Raum keine Äxte oder andere Wurfgeschosse.

»Soll ich dir deine hässliche Krawatte ins Maul stopfen?«

Höchste Zeit für den Elfen einzugreifen.

»Was sie sagen will«, er legte beschwichtigend die Arme um sie, »ist, dass es um etwas Ernstes geht, Mr Comedian. Wir sind für die Kinder verantwortlich, und sie sind verschwunden. Es würde uns sehr helfen, wenn du uns sagen würdest, ob du sie gesehen hast oder nicht.«

Vielleicht lag es seinem freundlichen Ton – vielleicht aber auch an Lolas bedrohlichem Gesichtsausdruck –, jedenfalls ließ sich der Kerl nach kurzem Zögern und ein paar spöttischen Blicken zu einer Antwort herab.

»Nein, ich habe sie nicht gesehen. Es tut mir leid. Ihr macht euch bestimmt große Sorgen«, deklamierte er und legte wieder melodramatisch die Hand auf die Brust. Die ganze Zeit blickte er den Elfen an, doch seine Worte waren offenkundig an Lola gerichtet, vor allem der letzte Satz: »Süße, wenn du mir deine Nummer gibst, melde ich mich, wenn ich sie finde.«

»Was für ein Clown«, grummelte der Elf.

»Okay«, erwiderte Lola, ohne lange zu überlegen.

Er verspürte einen unerklärlichen Stich, als Lola das Handy des Mannes nahm und ihre Nummer eintippte.

»Tu mir den Gefallen und melde dich, wenn sie dir über den Weg laufen.«

Keinen Deut weniger besorgt zogen sie ab und ließen einen selbstgefällig grinsenden Comedian zurück, der ihnen – also Lola – zum Abschied zuzwinkerte.

»Der wollte nur deine Nummer, um dich anzugraben«, sagte der Elf für den Fall, dass ihr die plumpe Anmache entgangen war.

»Mich? Glaubst du wirklich?« Sie zuckte mit den Achseln und grinste. »Jede Hilfe ist nützlich, stell dir mal vor, sie laufen ausgerechnet ihm über den Weg.«

Der Elf nickte.

Klar, logisch, jede Hilfe ist nützlich. Außerdem, was ging es ihn an, wem sie ihre Nummer gab? Das war albern. Je mehr Augen suchten, desto besser.

*Der Kerl ist sowieso nicht ihr Typ. Woher willst du das wissen, wenn du sie kaum kennst? Egal. Vielleicht ist er es doch.*

Er hoffte, dass dem nicht so war. Einfach so. Weil er fand, dass dieser Loser nicht zu ihr passte.

Ja, schon klar …

»Er hat dieselben Chancen, mich ins Bett zu kriegen, wie ein Vampir, am helllichten Tag zu überleben«, sagte da die Hauptdarstellerin seines Kopfkinos lächelnd. »Wenn dich das beruhigt.«

»Was?« Sein verdatterter Gesichtsausdruck brachte sie zum Lachen. »Warum sollte ich mir darüber Gedanken machen?«

»Brauchst du nicht, ich stehe eher auf ›Wichtel‹.« Sie zwinkerte ihm schelmisch zu.

Wenn er sich über etwas Gedanken machen sollte, dachte er bei sich, dann über dieses schelmische Lächeln.

# Ein Pfeil für Mr Comedian

Er kam immer vor der Zeit, um ihn zu sehen.

Der Kaffee aus einer Spezialröstung hatte ihm nicht mal sonderlich geschmeckt, als er ihn das erste Mal annahm, um ihm zu gefallen. Wenn dieser Mann ihm einen Kaffee servierte, weil es seine Lieblingssorte war, würde er ihn trinken. Wenn dieser Mann ihm Froschschenkel servierte, weil er sie für eine Delikatesse hielt, würde er sie essen. Wenn dieser Mann ihm eine Axt servierte mit der Bitte, sich den Griff in den Hintern zu schieben, würde er ihn sich hineinschieben, wo auch immer es verlangt wurde.

Er verspürte das absurde und zwanghafte Bedürfnis, in der Nähe dieses Mannes zu sein, zu beobachten, wie er die Bestellungen zubereitete, wie er alles blitzblank hielt und die Betrunkenen mit einer Leichtigkeit aus dem Restaurant schmiss, als würfe er einfach nur eine Münze in die Luft.

Ursprünglich war er aus anderen Beweggründen gekommen, aber er bereute es nicht.

Er war gerne Comedian, er genoss es, auf der Bühne zu stehen und während des Auftritts ein anderer zu sein. Eine Rampensau mit einer großen Klappe, die klare Ansagen macht und das Publikum mit dämlichen Witzen und derben Sprüchen zum Lachen bringt.

Auf der Bühne mit seiner Krawatte mit den Quietscheentchen konnte er sich alles erlauben.

Das Problem fing an, wenn er die Bühne verließ, den Anzug und die Krawatte ablegte, die Fernbedienung für den Sound und die Lachkonserven in der Schublade verstaute und plötzlich wieder einfach nur Ezra war.

Ezra fühlte sich nicht wohl in seiner Haut, er hatte Angst davor, abgelehnt, gemieden, verlassen zu werden.

Ezra, ein Mann mit vielen Bekannten, aber wenigen Freunden, und einer Familie voller Erwartungen, die er niemals erfüllen konnte.

Ezra, der rastlos Umherirrende; der Meister des aufgesetzten Lächelns und der gefälligen Kommentare, der sein Fähnchen nach dem Wind hing und Mauern aus Pappmaché hochzog, hinter denen er sein wahres Ich mit all seinen Facetten verbergen konnte.

Er hatte das Restaurant eigentlich nur in der Absicht aufgesucht, weiter an seiner Fassade zu arbeiten. Denn gab es etwas Männlicheres, als Äxte zu werfen? Das hatte er zwar nicht vor, aber für sein Umfeld war es ein gutes Alibi.

Ezra: das schwarze Schaf, der Herzensbrecher, der Junge mit den Hummeln im Hintern, der eines Tages erwachsen und sesshaft werden und sich eine anständige Arbeit suchen würde, wie es sich gehört. Der eine gute Frau finden und heiraten und eine Familie gründen würde, wie es sich gehört. Der ein echter Mann werden würde wie sein Vater.

Wie es sich gehört.

Einige Leute leben halt immer noch in einem Schwarz-Weiß-Film.

An den ersten Tagen war er immer viel zu früh zur Arbeit

in die Mall gekommen, weil er bei seinen Chefs einen guten Eindruck machen wollte. Bevor er zum Comedyclub ging, schlenderte er durch den Entertainment-Bereich und bestellte sich umgeben von Grillgeruch einen Kaffee, um sich die Zeit zu vertreiben und eine Weile abzutauchen.

Die nicht alltägliche Schönheit des Mannes war ihm sofort aufgefallen. Das markante Gesicht mit den fein gemeißelten Gesichtszügen einfach nur als attraktiv zu bezeichnen, war zu kurz gegriffen. Es war die Art von Schönheit, bei der man wie hypnotisiert immer wieder hinschauen muss, um sich zu vergewissern, dass man nicht träumt.

Und erst die Augen. Er hatte versucht, dem unwiderstehlichen Blick so weit wie möglich auszuweichen. Der Hüne schaute immer ein wenig missmutig drein und war kein Mann vieler Worte. Seine Stimme war ungewöhnlich rau. Am ersten Tag hatte Ezra sich an einen der Tische weit entfernt von der Theke gesetzt – das sollte fortan sein Stammplatz werden – und nur drei dürre Worte an ihn gerichtet:

»Einen Milchkaffee, bitte.«

Der Hüne antwortete mit einem knappen Kopfnicken.

Das wurde für mehrere Tage zum morgendlichen Begrüßungsritual, und doch schon bald tauschten sie die Rollen.

»Dasselbe wie immer?«, fragte der Hüne, der Kai hieß, wie Ezra inzwischen mitbekommen hatte.

Ezra nickte.

Doch an einem Morgen hatte die Vorweihnachtszeit ungewöhnlich viel Publikum in die Mall gespült, und er musste beim Betreten des Restaurants feststellen, dass alle Tische bis auf einen besetzt waren. Auch an der Theke gab es noch freie Hocker.

Er wollte sich selbst überlisten, indem er sich einredete, dass der freie Tisch zu nah bei den Toiletten stand, doch sein pochendes Herz hatte ohnehin schon für ihn entschieden.

Er setzte sich an die Theke.

Direkt vor ihn.

»Hi.« Nervös wich er dem Blick aus. »Dasselbe wie immer, bitte.«

»Hast du schon unsere Spezialität probiert?«

Ezra blinzelte irritiert.

»Was?«

»Na, unseren Kaffee aus einer Spezialröstung«, erklärte Kai gelassen. Er stand viel näher vor ihm als sonst. »Ob du den schon probiert hast.«

Ezra wusste nicht, was er antworten, wie er sich verhalten sollte. Ihm war klar, warum er es vermieden hatte, an die Theke zu gehen, ihn anzusehen, mit ihm zu reden und damit aus einem reinen Hirngespinst einen Menschen aus Fleisch und Blut werden zu lassen.

Ezra saß direkt vor ihm, betrachtete ihn mit mehr Interesse, als er verkraften konnte, und stellte zum hundertsten Mal fest, wie überwältigend seine Schönheit war. Das Blitzen in den Augen des Mannes drohte die Schutzmauern einzureißen, hinter denen er Zuflucht suchte.

Er hüstelte, um Zeit zu gewinnen.

»Nein, den hab ich noch nie probiert.« Er lehnte sich zurück und setzte sich betont breitbeinig hin. »Das ist aber nicht so ein Schwuchtelkram wie Matchatee, oder?«

Er untermalte den großmäuligen Kommentar mit einem Grinsen, das komplizenhaft wirken sollte, aber nur von dem rotgesichtigen Kerl erwidert wurde, der jeden Tag an dem einen Ende der Theke saß und sich schon am frühen Morgen betrank.

Kai verzog keine Miene, aber man merkte ihm an, dass ihm die Bemerkung missfiel. Er fragte kurz angebunden:

»Also willst du ihn probieren?«

Eine einfache Frage. Doch in den Worten schwang etwas mit, das Ezras Hände ganz schwitzig machte. Unauffällig wischte er sich an der Hose den Schweiß ab. Er blickte nervös nach rechts und links, als würde es den Suffkopf zu seiner Rechten auch nur im Entferntesten interessieren, was er bestellte. Oder den Kerl auf der anderen Seite, der so tat, als läse er die Zeitung, aber in Wirklichkeit jedes Wort genau verfolgte und ihn im Stillen dafür verachten würde, dass er keinen richtigen Kaffee trank, einen normalen Kaffee, wie es sich gehörte.

Es war doch nur Kaffee.

»Ja, okay.«

Er nickte hektisch und beobachtete, wie Kais Rückenmuskeln sich anspannten, während er den exquisiten Kaffee zubereitete. Er war nicht nur gut aussehend, groß und stark, sondern er verströmte auch einen wunderbaren zitronigen Duft, dessen Reinheit dem Raum seine metallische, martialische Aura nahm. Ezra atmete tief ein, um noch mehr von diesem Mann in sich aufzusaugen.

Kai stellte den Kaffee vor ihn auf die Theke.

»Das ist mein Favorit.« Es war nur eine kleine persönliche Information, aber sie machte ihn zu einem Normalsterblichen.

Ezra schmunzelte und nickte. Er nahm einen Schluck von dem Kaffee und hatte Angst, den Blick von den Augen des

Mannes abzuwenden. Er wollte die herbeifantasierte Nähe zwischen ihnen beiden nicht zerstören.

Als er den kräftigen Geschmack des Gebräus auf der Zunge spürte, hatte er Mühe, nicht das Gesicht zu verziehen. Nur an den faden, gezuckerten, kommerziellen Kaffee gewöhnt, waren seine Geschmacksknospen überfordert.

*Du Idiot hast den Zucker vergessen.*

Verlegen lächelnd fuhr er sich mit der Zunge über die Unterlippe und leckte den verbliebenen Tropfen auf.

»Der ist gut.« Widerwillig nahm er noch einen Schluck. »Komplexer Geschmack.«

»Vor allem unverfälscht.«

Beim nächsten Schluck wandte er beklommen den Blick ab, obwohl Kai sich wieder seiner Arbeit widmete und irgendwas unter der Theke umsortierte. Weil er sich unbeobachtet wähnte, war er drauf und dran, sich die Nase zuzuhalten und den Rest in einem Zug herunterzustürzen, doch Kais Stimme ließ ihn auffahren.

»Du bist an die einheitliche, bittere Röstung des kommerziellen Kaffees gewöhnt, deshalb kommt dir der Geschmack seltsam vor«, murmelte er, während er, ohne aufzuschauen, Gläser abtrocknete. »Manchmal muss man sich erst überwinden, sich auf die Geschmacksexplosion einzulassen, aber wenn du sie erst mal schätzen gelernt hast, kann dir das handelsübliche Zeug gestohlen bleiben.«

Kais Blick bohrte sich in seine Haut. Es war ein wohliges Gefühl, wie wenn jemand seine Fingernägel in deinen Rücken bohrt und dich genau an der juckenden Stelle kratzt, die du nicht erreichen kannst.

Und dieses Gefühl machte ihm Angst, große Angst.

Denn Kai ging es nicht nur um Kaffee, die Röstung der Bohnen oder die Sensibilität der Geschmacksnerven.

*Das ist mein Favorit*, hallte es in Ezras Kopf wider, während er die Tasse bis auf den letzten Tropfen leerte, ganz auf den Geschmack des Kaffees konzentriert, um seine Gedanken nicht woandershin wandern zu lassen.

Es machte ihm Angst, große Angst, und deswegen blieb er am nächsten Tag weg.

Auch am übernächsten. Und auch am überübernächsten.

Der Pfeil traf Ezra drei Wochen später.

Er betrat das Restaurant. Mehrere Tische waren frei, aber er setzte sich gleich an die Theke, obwohl sein Nacken schweißnass war und sein Hals wie zugeschnürt. Er versteckte die Hände im Schoß, damit Kai nicht sah, wie sehr sie zitterten.

»Hallo.« Auch seine Stimme zitterte, aber es gelang ihm, das zu überspielen.

»Hallo«, erwiderte Kai. Trotz seiner wie immer ungerührten Miene hätte Ezra schwören können, dass die Nasenflügel leicht zuckten. Kai räusperte sich und fragte: »Dasselbe wie immer?«

Er zögerte einen Moment.

»Nein.« Ezra nahm allen Mut zusammen. »Den Kaffee aus der Spezialröstung, bitte.«

Von beiden fiel die Spannung ab. Kai nickte und sah ihn lächelnd an.

Es war das erste Mal, dass er Kai lächeln sah.

Und es war tatsächlich das erste authentische Lächeln, das Kai irgendjemandem in dem Restaurant schenkte.

# KAPITEL 13

## Lola

Sie flogen hochkant aus dem Kino.

Vom Comedyclub waren sie schnurstracks zu den Kinos geeilt. Lola hatte erst versucht, die Angestellte an der Kasse zu überzeugen, dass sie nur kurz Ausschau nach zwei vermissten Kindern halten wollten, doch die Frau mit den buschigen Augenbrauen hatte ihr nicht geglaubt. Und bevor das Ganze in eine Prügelei ausartete – wozu es um Haaresbreite gekommen wäre, als Lola nach der Abfuhr den Arm durch die Öffnung in der Scheibe steckte und versuchte, Miss Superbrow am Blusenkragen zu packen –, beschlossen sie, zwei Eintrittskarten zu kaufen, um hineinzugelangen.

»Welchen Film möchtest du sehen?«, fragte der Elf.

»Ist das dein Ernst?« Lola sah ihn ungläubig an, doch er zuckte nur mit den Achseln. »*Unter dem Mistelzweig?*«

Der Elf stieß einen amüsierten Seufzer aus. Sie fragte sich, was er mit dem Film hatte. Seiner Mimik nach zu urteilen, hatte er sichtlich Mühe, nicht laut loszuprusten.

*Selbst wenn er Fratzen schneidet, sieht er noch toll aus.*

»Was ist denn daran so lustig?«, fragte sie und verschränkte die Arme vor der Brust.

»Nichts, nichts … Ich bin nur überrascht von deiner Wahl.«

»Ich mag eben romantische Komödien. Hast du ein Problem damit?«

»Nein, natürlich nicht.« Er streckte die Arme aus – es sollte wohl ein Zeichen des Friedens sein, vielleicht wollte er aber auch nur einen gewissen Sicherheitsabstand wahren. »Ich mag so romantisches Zeug auch, aber ich hätte gedacht, du findest so was grauenhaft.«

»Warum sollte ich das grauenhaft finden?« Sie runzelte beleidigt die Stirn. »Willst du mir unterstellen, ich hätte keinen Sinn für Romantik?«

»Na ja, dir hätte ich eher einen Film zugetraut wie …« Der Elf überflog das Programm und tippte sich dabei nachdenklich ans Kinn. »Na, den da!« Er deutete auf ein Plakat. *Chucky – die Mörderpuppe.*

»Du bist ein Idiot!«

Sie wollte weiter so tun, als ob sie stinksauer wäre, aber sie konnte das Lachen nicht unterdrücken, als sie den Elfen in den Bauch boxte. Er krümmte sich, um sich vor dem Angriff zu schützen.

Lola war echt beeindruckt von dem Sixpack, das sich unter dem albernen Kostüm verbarg. Obwohl sie zugeben musste, dass es ihm ausnehmend gut stand. Und die spitzen Ohren machten sie richtig …

Stopp. Das reicht. Ihr wisst schon, worum es geht.

Zurück zum Wesentlichen: Sie flogen also hochkant aus dem Kino.

Im ersten Saal stellte Lola den Buggy in einer Ecke neben der Tür ab, nahm Olivia heraus und setzte sie sich auf die Hüfte. Sie versuchten möglichst nicht aufzufallen, indem sie die Taschenlampen ihrer Handys einschalteten und geduckt unter der Leinwand entlangschlichen, um das ahnungslose Publikum nicht um seinen Kinogenuss zu bringen. Nur einmal wurden die in den Film Vertieften kurz von einem Lichtstrahl gestreift, als die beiden im Dunkeln einen Umriss erkannten. Es handelte sich aber nicht, wie vermutet, um die unter einem langen Mantel verborgenen Zwillinge, sondern um einen großen bärtigen Mann.

Im zweiten Saal nahm Lola in ihrem Frust schon weniger Rücksicht, als sie sich zwischen den Sitzreihen durchquetschte. Da dort *Chucky – die Mörderpuppe* gezeigt wurde, hatte sie Olivia dem Elfen anvertraut, der sich im Hintergrund hielt, damit die Kleine nichts von den Horrorszenen auf der Leinwand mitbekam. Die Leute protestierten, während Lola jeden Winkel inspizierte. Doch zu ihrem Glück ging das Gemaule in den Angstschreien unter, die der Film auslöste.

Im dritten Saal war ihre Verzweiflung schon so groß, dass sie die Treppe hochging und sich heimlich in das Kämmerchen des Filmvorführers schlich. Sie drückte alle möglichen Knöpfe, ohne zu wissen, wozu sie dienten – das war ihr in dem Moment auch völlig egal –, bis im Saal das Licht anging.

Die Leute schauten sich irritiert an.

Keine Spur von Finn oder Sophie.

»Entschuldigung«, hörte sie den Elfen sagen, der jetzt vor der Leinwand stand und Olivia in den Armen wiegte. »Nur ganz kurz: Hat jemand zwei achtjährige Kinder, Zwillinge, irgendwo allein herumirren sehen?«

»Ich sehe nur einen Vollidioten«, tönte es aus dem Publikum.

»Wie wär's mal mit ein bisschen Rücksicht, denken Sie an das kleine Kind auf seinem Arm!«, schimpfte eine Frau.

»Ich denke eher daran, ihm eine reinzuhauen!«

Immer mehr Leute beteiligten sich, und es entstand eine Riesendiskussion. Durch die Scheibe sah sie, wie der Elf flüchtete, weil die Ersten inzwischen aufgestanden waren und aufeinander losgingen. Aus dem Walkie-Talkie an ihrem Gürtel ertönte eine Roboterstimme:

»Samuel, verflucht, ich weiß nicht, was im Kino in Saal C los ist, aber beweg sofort deinen Arsch dorthin. *Over.*«

Lola wollte so schnell wie möglich das Weite suchen. Doch noch bevor sie das Licht löschen und die Tür hinter sich schließen konnte, stieß sie mit dem Rücken gegen einen muskulösen Oberkörper. Als sie sich langsam umdrehte, musste sie feststellen, dass sie es mit Mr Schnauzbart Nummer zwei zu tun hatte. Da musste irgendwo ein Nest sein. Nur wirkte dieses Exemplar nicht so, als ob es sich leicht hinters Licht führen ließe.

»Was zum Teufel hast du hier zu suchen?«

Sie setzte eine Unschuldsmiene auf und versuchte ihn mit einem Lächeln zu bezirzen, doch da hatte Mr Durchblick sie schon rabiat umgedreht und mit einer Hand ihre Handgelenke gepackt.

»Hey! Nicht so grob«, murmelte sie, als er sie die Treppe hinunterstieß. »Ich hab schließlich niemanden umgebracht.« *Noch nicht.* »Ich habe nur etwas Wichtiges gesucht.«

Mr Durchblick verpasste ihr einen noch brutaleren Stoß.

»Halt den Mund.«

»Liebling, da bist du ja!«

Sie wusste nicht, was sie mehr irritierte: der besorgte Blick des Elfen, der warmherzige Ton oder dass er »Liebling« zu ihr gesagt hatte.

Verwirrt sah sie, wie er mit einer quietschfidelen Olivia auf dem Arm auf den Security-Mitarbeiter zusteuerte und dabei versuchte, mit einer Hand den Buggy zu lenken. Hatte die Kleine da etwa einen Nacho im Mund?

»Kennst du sie?«, fuhr der Security-Mann den Elfen an.

»Ja, das ist meine Frau. Sie macht gerade eine schwierige Phase durch, psychische Probleme, Sie wissen schon.«

*Was? Ich habe wohl nicht richtig gehört.*

»Manchmal verliert sie die Orientierung, sie verläuft sich und dann …«

»Begibt sie sich in Bereiche, zu denen der Zugang verboten ist, und macht sich der Erregung öffentlichen Ärgernisses schuldig?«

»Nun ja, manchmal weiß sie nicht mehr, was sie tut.«

»Aber ich weiß, was ich tue. Ich werfe euch jetzt raus.«

Und so flogen sie hochkant raus. Ich erwähnte es bereits.

# KAPITEL 14

## Der Elf

Er wusste, er durfte den Anruf nicht ignorieren, auch wenn er so tat, als merkte er nicht, dass sein Handy in der Tasche seiner weiten Hose vibrierte. Ihm war ordentlich warm geworden, nachdem er in seinem schweren Kostüm fast den gesamten vierten Stock abgeklappert hatte.

Er hatte am Morgen ja nicht wissen können, dass ihm eine schweißtreibende Schatzsuche durch das ganze Einkaufszentrum bevorstand. Unter der Jacke seines Kostüms trug er nur ein leichtes T-Shirt, in dem er sich eigentlich nicht zeigen wollte, aber er hielt es in den warmen Klamotten einfach nicht mehr länger aus.

Und so öffnete er auf dem Weg zum nächsten Ziel einen nach dem anderen die Bonbonknöpfe, entledigte sich mit einem Seufzer der lästigen Jacke und verstaute sie unten im Buggy – wie auch die Mütze mit den spitzen Ohren. Die hatte er schon fast vergessen. Als er aufblickte, bekam er gerade noch mit, wie Lola blitzschnell wegschaute.

Er grinste schelmisch und spannte in einem Anfall von Imponiergehabe die Bizepse an. Ob sie bemerkt hatte, wie eng das T-Shirt saß? *Weiß steht mir viel besser, keine Frage*, lobte er sich selbst, während er im Vorbeigehen mit einem Seitenblick sein Spiegelbild im Schaufenster betrachtete. Er straffte die Schultern und schob das Kinn nach vorn, um sich noch besser in Szene zu setzen.

Mein Gott, was ich in dieser Geschichte alles ertragen muss …

Lola war das natürlich nicht verborgen geblieben.

Die heißen Blicke aus ihren Mandelaugen prickelten förmlich auf seiner Haut. Doch er gab sich geheimnisvoll und tat so, als hinge er irgendwelchen tiefgründigen Gedanken nach.

Echt jetzt?

Er wollte Sinnlichkeit ausstrahlen und hatte wohl vergessen, dass die albernen Glöckchen an seinen Schuhen sein Ansinnen im Keim erstickten.

»Hey, Elf.«

Er wandte sich ihr zu.

»Was?«, hauchte er. Es sollte verführerisch klingen.

Soweit das Wörtchen »was« das hergab.

»Dein Telefon.«

Ach ja, der Anruf.

Er hatte so viel Lust, ihn anzunehmen, wie darauf, sich den Sack in einer Schublade einzuklemmen.

»Was gibt's?«, meldete er sich kurz angebunden – und diesmal nicht so heiser wie vorhin.

»Was gibt's?! Sag mal, geht's noch?«, keifte eine Stimme am anderen Ende. »Wo steckst du? Wir können dir nicht ewig den Rücken freihalten … Oh mein Gott, das ist doch ein Plastikbonbon, spuck es sofort aus! Rob, mach was!«

»Ihr müsst doch nur auf ein paar Kinder aufpassen.«

»Die Kinder sind nicht das Problem, sondern die Eltern.

Hast du dir das jetzt etwa samt Verpackung in den Mund geschoben?!« Ein Seufzer der Verzweiflung drang an sein Ohr. »Darf man fragen, wieso du dich so reinhängst, um dieser Bekloppten zu helfen? Die soll sich an die Security wenden, dafür ist die da. Dein Job ist hier bei uns.«

»Dulce …« Lola sah ihn zornig an, als sie den Namen hörte. »In unserer Schicht sind zwei Kinder verloren gegangen, dabei ist es unser Job, dafür zu sorgen, dass ihnen im Reich der Bonbons nichts zustößt. Ich will mir gar nicht ausmalen, was passiert, wenn wir sie nicht finden. Ich weiß nicht, wie es dir geht, aber ich kann's mir nicht leisten, den Job zu verlieren.«

Sie schwieg einen Moment.

»Du bist einfach zu gut für diese Welt«, sagte sie. Offenbar hatte sie kapituliert. »Aber beeil dich.«

Erleichtert legte er auf.

»Alles im grünen Bereich mit der süßen Cookie?«, stichelte Lola.

»*Kuki!*«, rief Olivia aus dem Buggy. »Will *Kuki!*«

»Ich hab keine Cookies dabei, mein Schatz«, erwiderte Lola bedauernd.

»Bitte! bitte!«, flehte die Kleine und fing an zu weinen. Im Gegensatz zu den beiden kleinen Teufeln war sie höflich, das musste man ihr lassen.

Lola zückte das Handy, um nachzuschauen, wie spät es war.

»Sie hat Hunger, es ist Zeit für ihren Brei.« Sie seufzte leise. »Gleich gibt's was zu essen, Olivia, gib mir noch ein paar Minuten«, sagte sie sanft und zog eiligen Schrittes an ihm vorbei. »Wo haben wir noch nicht gesucht?«

»Im Hooters.«

Der Elf rechnete nicht damit, dass sie so unvermittelt

stehen blieb, und lief direkt in sie hinein. Reflexartig stützte er sich auf ihrer Hüfte ab, um nicht hinzufallen. Bedrohlich langsam drehte Lola sich um, und er sah das Blitzen in ihren Augen. Wie eine Raubkatze kurz vor dem Angriff. Er wollte die Hand schnell wegziehen, doch Lola kam ihm zuvor. Sie fasste sein Handgelenk und drückte es sanft.

*Ob sie bei Bedarf auch Krallen ausfahren kann?*, dachte er, als er den leichten Druck ihrer Nägel auf seiner Haut spürte.

»Im Hooters?« Er nickte vorsichtig. »Der sexistischen Restaurantkette, wo Kellnerinnen mit großer Oberweite in knappen Outfits Bier servieren?«

»Jetzt schau mich nicht so an, als hätte ich sie gegründet.« Wieder drückte sie sein Handgelenk, bemüht, das Lachen zu unterdrücken. »Du musst das Positive sehen.«

»Und was soll das sein?«

»Ich glaube, die haben auch Cookies im Angebot.«

»*Kuki!*«

# KAPITEL 15

## Lola

Als geborene Sünderin scherzte sie gerne darüber, dass sie jedes Mal das Gefühl hatte, im Fegefeuer zu stehen, sobald sie eine Kirche betrat. Das unangenehme Brennen auf der Haut beim Betreten des Restaurants kam diesem Gefühl sehr nahe. Was für ein Laden!

Es war ihr schleierhaft, wie manche Leute es schafften, an einem gewöhnlichen Werktag solche Mengen Bier zu tanken, als handelte es sich um einen feuchtfröhlichen Samstagabend. Solche Gestalten waren natürlich auch im Hooters anzutreffen, aber zum Glück nur wenige. Das schonte ihre Nerven und ersparte ihr die obszönen Kommentare. Die ließ sie höchstens unter der Bettdecke zu. Bei den meisten Anwesenden schien es sich um anständige Zeitgenossen zu handeln, die ein geregeltes Leben führten. Obwohl sich bei der Anzahl der leeren Biergläser auf manchen Tischen der Verdacht aufdrängte, dass es mit einigen von ihnen den Bach runterging. Wie wohl auch bei dem Kerl an der Theke, den sie gleich als Mr Rotbacke identifizierte, der vorhin erst aus dem Laden mit den Äxten rausgeflogen war.

»Hi! Willkommen im Hooters, ich bin Cynthia …«, grüßte

eine Kellnerin übereifrig von der Bar. »Hey, Mädels, schaut mal, wer da ist! Der Elf stattet uns mal wieder einen Besuch ab!«

Jetzt wurde es brandgefährlich. Nicht vergessen: Lola hatte eine kurze Zündschnur.

Aus ihren Augen sprühten Funken. Ein vernichtender Blick. Der Elf hob beschwichtigend die Arme, als könnte er sich den überschwänglichen Empfang nicht erklären.

»Ich bin noch nie hier gewesen«, sagte er. Sie zog eine Augenbraue hoch. »Ich schwöre es, Lola.«

Lola.

Hatte er zuvor schon mal ihren Namen gesagt? Ja, klar. Mehrfach sogar, meist als Warnung. Aber bei all der Sorge und nervlichen Anspannung hatte sie das gar nicht richtig wahrgenommen. Lola. Die Aussprache war perfekt, nicht wie sonst bei den englischen Muttersprachlern, die das »o« in den Backen zusammenquetschten, als würde es sonst nicht hineinpassen. Bei ihm hatte es sich angehört, als würde er jeden einzelnen Buchstaben auskosten. Lola. Das könnte sie in Dauerschleife hören.

»Glaub mir, ich bin nicht so einer«, verteidigte er sich.

»Ach nein? Du stehst also nicht auf große Titten?«

»Was? Nein.« Sein Blick wanderte zu ihren Brüsten. Er wurde verlegen. »Ja, schon, klar, aber auch auf kleinere und mittlere. Wie auch immer, sie gefallen mir alle.«

»*Alle?* Echt jetzt?«

»Nein, nicht alle. Also schon, aber nicht von allen Frauen, du weißt schon, was ich meine.« Sein Blick wanderte wieder zu ihren Brüsten.

»Und was ist mit meinen?«

»Bisschen klein«, mischte sich Mr Rotbacke ungefragt ein.

Lola warf ihm einen mörderischen Blick zu, doch das bekam er in seinem Suff gar nicht mit.

»Findest du sie klein?«, wandte sie sich wieder an den Elfen.

Es war äußerst amüsant zu beobachten, dass er nicht wusste, wo er hinschauen sollte.

»Nein, überhaupt nicht, ich finde sie perfekt.«

»Sie sind klein, du kannst es offen aussprechen, kein Problem.«

»Nein, sie sind toll.« Er nickte betreten und sah sie an wie ein ausgesetzter Welpe. »Für mich haben sie die perfekte Größe. Sie sind wie … Mangos.«

Schon wieder diese Vergleiche mit Essen.

»Ich habe also Mangotitten?« Sie konnte nicht mehr an sich halten.

»Nein … ja, ich will damit sagen, Mangos sind super, ich liebe Mangos. Ich habe zwar noch keine Kostprobe nehmen können, aber deine Brüste …« Er hatte sich komplett verhaspelt. »Lola, was ist das für eine Frage? Und was verdammt noch mal soll ich darauf antworten?«

Wieder ihr Name aus seinem Mund. Sie verfolgte jede noch so kleine Bewegung seiner Lippen und blieb dem Elfen die Antwort schuldig.

In dem Moment kam die bombastische Kellnerin mit der Speisekarte auf sie zu. »Oh Mann, Entschuldigung, ich glaube, ich hab dich verwechselt. Das muss an den Ohren und dem hübschen Lächeln liegen. Ich dachte, du wärst der süße Elf mit dem Zungenpiercing, der hier öfters isst. Bob.«

»Ich glaube, du meinst Rob«, meinte der Elf erleichtert. »Nein, ich bin nicht Rob, ich bin ... «

»Mein Mann«, sagte Lola wie aus der Pistole geschossen.

Sie schmiegte sich wie eine liebende Ehefrau an den Elfen und tätschelte seine Brust.

Vielleicht war das kleine Rollenspiel ein Ventil, um den Druck loszuwerden. Vielleicht wollte sie aber auch einfach nur die Kontrolle über die Situation zurückgewinnen, damit sich der Elf nicht ablenken ließ und die charmante Kellnerin gar nicht erst anfing, sich für ihn und sein »hübsches Lächeln« zu interessieren. Das würde die Suche nur unnötig erschweren, denn eins war sonnenklar: Wenn eine andere, deutlich attraktivere Frau mit Brüsten wie Wassermelonen jetzt die Aufmerksamkeit des Elfen auf sich zöge, wäre das der Suche mehr als abträglich, und deswegen musste sie das um jeden Preis vermeiden. Es ging allein um die Kinder.

*Das ist keine Eifersucht, ich will nur nicht, dass er abgelenkt wird.*

Klar doch, und ich trage keine Windeln, das sind gefütterte Unterhosen.

»Ich hab schon befürchtet, dass ich mir Sorgen machen muss!«, scherzte sie und schmiegte sich noch mehr an ihn. »Aber dazu habe ich keinen Grund, nicht wahr, Papi?«

Irgendwie fand sie Gefallen an der Show, weil der Elf keinen Moment gezögert hatte, sich darauf einzulassen, als wären sie ein eingespieltes Team, obwohl sie sich erst wenige Stunden kannten. Er hatte, wie sie umgekehrt auch, aus dem Stand den zärtlichen Ehepartner gemimt, doch nun meinte Lola eine gewisse Scheu zu bemerken, als er die Hand auf ihren Rücken legte und sie an sich zog. Sie schob es darauf, dass dem armen Kerl durch das ganze Gerede über Früchte und Brüste bestimmt der Kopf schwirrte.

»Glaub mir, seit ich dich zum ersten Mal gesehen habe, habe ich nur noch Augen für dich.«

Die Antwort war perfekt, fast schon zu perfekt. Das Spiel lag ihm, sie hatte das Gefühl, seine Worte waren aufrichtig, und wie er mit dem Daumen zärtlich über ihren Rücken fuhr, wirkte echt, keineswegs aufgesetzt. Und erst sein Blick … Seine Augen waren ein wenig heller als ihre, und die Iris war von einem zart schimmernden Bogen umschlossen. Kleine goldene Sprenkel bildeten einen perfekten Kreis, und sie war überzeugt, sie könnte jeden einzelnen zählen, sie müsste nur ein bisschen näher herangehen …

»Süß!«, sagte Cynthia. »Ihr seid ja ein tolles Paar. *By the way*, was wollt ihr trinken?«

Die schrille Stimme machte den Zauber mit einem Schlag zunichte und holte sie in die Wirklichkeit zurück. Lola löste sich aus der Umarmung und hüstelte.

»Wir möchten nichts trinken, sorry.«

»*Kuki!*«, forderte die Kleine beharrlich.

»Erst den Brei, Oli, sonst bist du schon satt und isst wieder nichts«, erwiderte Lola und gab ihr zum Trost eine Reiswaffel. »Hier, Schätzchen.«

Zum Glück akzeptierte Olivia die kleine Änderung des Speiseplans. Lola wollte ihr nicht auch noch was Süßes geben, nachdem sie im Kino schon die Nachos verputzt hatte. Hoffentlich schlugen die ihr nicht auf den empfindlichen Magen … Beatrice würde ausflippen, wenn sie das wüsste. Sie musste schmunzeln, als sie sah, wie die Kleine zufrieden ihre Reiswaffel knabberte und dabei den Buggy vollbröselte.

Dann fiel ihr siedend heiß wieder ein, weshalb sie gekommen waren, und sie wandte sich an Cynthia.

»Wir wollten fragen, ob ihr diese beiden Kinder hier gesehen habt.«

Lola kramte das Handy aus der Tasche und zeigte ihr ein Foto der Zwillinge. Cynthia schüttelte bedauernd den Kopf, und auch die umstehenden Kellnerinnen konnten ihnen nicht weiterhelfen.

»Eure Kinder sind weg?«, fragte Mr Rotbacke.

»Ja, schauen Sie mal.« Sie zeigte ihm das Bild. »Haben Sie sie gesehen?«

»Nein.« Aus seinem Mund kam ein schmutziges Lachen. »Macht euch deswegen nicht verrückt, ihr könnt ja neue machen.« Er zwinkerte ihr zu, oder zumindest war das wohl seine Absicht. »Wenn der Wichtel da nicht mehr weiß, wie das geht, helfe ich gern. Ich steh auf Mangos.« Und um dem Ganzen die Krone aufzusetzen, zwinkerte er plump ein weiteres Mal. Er sah aus wie eine Porzellanpuppe, die unkontrolliert mit dem Auge klimpert.

Ich werde euch nicht verraten, ob die Schutzengel, die über die Menschen wachen, wirklich existieren oder nicht, aber – so viel kann ich sagen – in dem Moment, in dem Lola die Hand nach dem riesigen Bierkrug von Mr Rotbacke ausstreckte, um ihn über seinem Gemächt auszuleeren, wurde sie von einer göttlichen Macht daran gehindert.

Oder, für die Skeptiker unter euch, von einem Walkie-Talkie an ihrem Gürtel.

»Samuel, hier Jackson, 3. Stock. Jemand hat den Abfluss des Wasserfalls in diesem Hipster-Café verstopft, und jetzt ist alles überflutet, verdammte Scheiße! Du musst den Bereich absperren. Fuck, meine Socken sind klitschnass. Welcher Idiot kommt denn auf so was?!«

Ein hoffnungsvolles Lächeln huschte über ihre Gesichter.

*Unsere kleinen Teufel.*

# Dritter Stock

Top 3 Cunnilingus, eine Leiche und Grandma Rafaela

# KAPITEL 16

## Der Elf

Er hatte einen Kloß im Hals, als er sah, wie sie zu hyperventilieren begann, und hätte sie am liebsten sofort in den Arm genommen und ihr versprochen, sich höchstpersönlich darum zu kümmern, dass den Zwillingen nichts passierte und ihr auch nicht. *Alles wird gut*, wollte er ihr sagen. Und er wollte sie berühren, ihr eine Haarsträhne hinters Ohr streichen und ihr Kinn fassen, damit sie ihm in die Augen sah.

Aber das ließ er schön bleiben.

»Ich weiß nicht, wo mir der Kopf steht, ich will nur noch sterben«, jammerte sie, während sie im Zickzack vor ihm herlief, weil sie sich offenbar nicht entscheiden konnte, welchen Weg sie nehmen sollte. »Ein Wasserfall, natürlich, was auch sonst … Gibt es sonst noch was in diesem Stockwerk, worüber ich mir Sorgen machen müsste?« Ihrem Schlingerkurs zu folgen, machte ihn ganz schwindelig. »Noch irgendwelche Äxte?« Wieder ein Schwenk. »Vielleicht einen Stripteaseclub?« Benebelt schüttelte er den Kopf. »Irgendein Schacht, in den sie fallen könnten, aus dem sie nicht mehr rauskommen?« Er wollte sie festhalten, doch in dem Moment änderte sie erneut den Kurs. »Oder noch was Schlimmeres?«

»Lola.«

Olivia schaffte es schließlich, sie zum Anhalten zu bewegen.

Ein Schwall heller klumpiger Brei quoll aus ihrem Mund und landete auf Lolas Pullover. Damit fand ihr wirres Gerenne schlagartig ein Ende. Erschrocken sah sie die Kleine an, die ein Bäuerchen machte und dann den Rest herauswürgte.

»Ich glaube, ihr ist von der ganzen Kurverei schlecht geworden.«

Lola funkelte ihn böse an und öffnete den Reißverschluss der Tasche am Lenker, um ein Feuchttuch herauszuholen, mit dem sie die Überbleibsel des Unheils von Olivias Kinn wischte. Sie setzte die Kleine wieder in den Buggy und versuchte, die klebrige Masse von ihrem Weihnachtspulli abzureiben – ohne Erfolg.

»Was denn noch?!«, stöhnte sie und begann noch fester zu reiben. »Warum muss ich immer alles falsch machen?«

Es störte ihn, wie hart sie mit sich ins Gericht ging, als wäre sie schuld an allem Übel, das sich in ihrer Nähe zutrug.

»Das stimmt doch nicht. Du machst nicht alles falsch.« Er hielt sie am Handgelenk fest und nahm das Tuch. »Olivia, sag etwas Nettes zu Lola.«

»*Uapa!*« Es war niedlich, wie sie das spanische Wort nachzuahmen versuchte, um Lola ihre Schönheit zu bescheinigen.

»Ich bin eine wandelnde Katastrophe«, geißelte Lola sich weiter. Sie war nicht davon abzubringen.

»Du bist keine Katastrophe.« Sanft rieb er mit dem Tuch über die Wollfasern. »Du bist nur durch den Wind, das wären alle an deiner Stelle.«

»Du kennst mich nicht, ich schwöre, ich bin die Katastrophe pur.« Sie schnaubte. »Natürlich bin ich durch den Wind, weil die Kinder weg sind. Und warum passiert das alles? Weil ich eine komplette Versagerin bin. Zwei Kinder verschwinden in der Mall, die kleine Olivia muss brechen, und ein armer Elf wischt mir mit einem Tuch für zarte Kinderpopos die Kotze vom Pulli. Na großartig.«

Er musste schmunzeln. Er liebte es, wenn sie sich so in Rage redete.

»Na ja, vielleicht bist du eine wandelnde Katastrophe, aber du bist auch unglaublich witzig.«

Ein scheues Lächeln huschte über ihr Gesicht.

»Du bist so nett zu mir.«

Es war seltsam. Aus ihrem Mund hörten sich diese Worte ganz anders an als bei all den anderen. Da schwang keine Kritik mit nach dem Motto »Du bist zu nett, zu weich« oder die latente Frage »Wie kann man nur so gutmütig – in Klammern: blöd – sein«, auf die er keine Antwort hatte. Es war einfach eine Feststellung, ein Ausdruck von Wärme, ein …

»War das etwa ein Kompliment?«

»Ja, und ein Hilferuf.« Seufzend verbarg sie ihr Gesicht in den Händen. »Wo sind sie nur hin?« Ihre Stimme zitterte. »Wie soll ich so weitersuchen? Ich stinke nach Kotze.«

»Jetzt hör mir mal zu. Wenn sie solchen Blödsinn anstellen, kann man wohl davon ausgehen, dass sie wohlauf sind.« Sie nickte. »Also kaufen wir dir jetzt was, damit du diesen hässlichen Pulli loswirst, und dann suchen wir das ganze Stockwerk ab, bis wir sie gefunden haben. Danach ab zurück zum Weihnachtsmann, da machen wir das Foto, bringen sie nach Hause, und dann gehen wir beide essen und feiern uns dafür, wie gut wir die Sache durchgezogen haben.«

Es war zweifellos nicht der beste Moment, um ein Date

auszumachen, aber ich muss zugeben, dass der junge Mann bei aller Gutmütigkeit einen gewissen Schneid an den Tag legte. Mit ihrer Antwort hätte er allerdings trotz seiner Tollkühnheit und aller Bedenken nicht gerechnet.

»Solange es nicht in einem Hooters ist.«

»Auf keinen Fall.«

»Du findest meinen Pulli hässlich?«

»Absolut unterirdisch.«

»Danke.«

# KAPITEL 17

## Lola

Der Plan stand: Sie würde das nächste Bekleidungsgeschäft aufsuchen und den geliebten schaurigen Pulli mit den Überresten von Olivias Brechorgie gegen irgendein anderes Teil tauschen. Es war ja nicht nur ein harmloser Fleck – das wäre ihr in der dramatischen Situation schnurzpiepegal gewesen. Das Problem war, dass sie gefühlt meilenweit nach geronnener Milch roch. Während sie durch die Mall hechelte, stieg ihr bei jedem Atemzug der penetrante säuerliche Geruch in die Nase. Vielleicht war Kinderkotze weniger schlimm als die von Erwachsenen, aber definitiv eklig genug, dass ihr speiübel wurde.

Als sie ein passendes Geschäft gefunden hatten, schaute sie sich kurz um, ob sich die Zwillinge nicht vielleicht dorthin verirrt hatten, dann schnappte sie sich von einem Ständer mit billigen Langarmshirts in verschiedenen Farben das weiße, das ganz vorne hing – schließlich wollte sie keinen Schönheitswettbewerb gewinnen.

Sie drängte sich an der Schlange vor den Selbstbezahlkassen vorbei und ließ sich von den giftigen Kommentaren nicht aufhalten.

»Ja, ja. Ich weiß, Entschuldigung. Es tut mir leid. Entschuldigung.« Voller Scham bat sie in alle Richtungen um Verzeihung und bahnte sich mithilfe des Kinderwagens einen Weg durch die Menge Richtung Ausgang. Olivia klatschte freudig in die Hände und zermalmte dabei eine Reiswaffel, während sie sich darüber amüsierte, wie die Räder des Buggys die Knöchel der Leute streiften. »Ich habe es eilig. Sorry. Verzeihung …«

Aus den Augenwinkeln sah sie, wie der Elf mit einem herausgeputzten Angestellten mit türkisfarbenem Haar und neonblauem Eyeliner sprach. Wahrscheinlich fragte er nach den Zwillingen. Er erntete nur ein Kopfschütteln.

Sie stürmten so schnell aus dem Geschäft, wie sie es betreten hatten.

Glückwunsch, das nenne ich mal einen 1-a-Boxenstopp.

Als sie das Geschäft hinter sich gelassen hatten und in einen ruhigeren Bereich kamen, blieb Lola nahe an der Wand stehen und stellte die Bremse des Buggys fest. Ohne Zeit zu verlieren, machte sie sich daran, den Pulli auszuziehen.

»Jetzt zeig mal, wofür dein breites Kreuz gut ist, und stell dich vor mich«, sagte sie und zog vorsichtig den Pulli über den Kopf, damit nicht noch etwas von den stinkenden Überresten an ihrem Gesicht hängen blieb.

»Du willst dich hier vor all den Leuten umziehen?!« Der Elf schaute sie fassungslos an. »Lola, hier können dich alle sehen.« Noch bevor er den Satz ausgesprochen hatte, war er nah an sie herangerückt, um sie wie eine Wand vor fremden Blicken zu schützen.

»Deswegen hab ich dich ja gebeten, dich vor mich zu stellen.« Sie lachte amüsiert. »Gib dir Mühe, ich trage keinen BH.«

»Warum konntest du nicht warten, bis wir an einer Toilette vorbeikommen?«, fauchte er. »Oder es gleich in der Umkleide erledigen, wenn du es so eilig hast.«

»Ich hab mich schon an der Kasse an allen vorbeigedrängt, ich wollte es nicht übertreiben.«

Lola konnte sein Gesicht nicht sehen, aber an der Art, wie sich seine Arme anspannten, konnte sie ablesen, dass ihm das Ganze höchst peinlich war.

»Wenn du dich mit Blick zu mir hingestellt hättest, würde es dir besser gehen«, scherzte sie, während sie in die Ärmel schlüpfte.

Die Schultern des Elfen entspannten sich. Ziel erreicht. Er schüttelte den Kopf.

»Du bist unglaublich«, sagte er lachend.

Sie zog das Shirt herunter, und schon war sie gesellschaftsfähig. Das Shirt war nicht der Burner, das Etikett scheuerte am Hals, und der Stoff war so dünn und billig, dass er mit Sicherheit bei der ersten Wäsche fusseln würde. Aber was konnte man für fünf Dollar schon erwarten. Wenigstens reichte es bis zu den Hüften und hörte nicht schon knapp unter der Brust auf, wie es gerade Mode war.

Sie strich das Shirt ein paarmal glatt, da bemerkte sie es.

»Jetzt weiß ich, warum es nur fünf Dollar gekostet hat«, schnaubte sie frustriert. »Verdammter Mist!«

Der Elf drehte sich um, weil er wissen wollte, was los war. Als er sah, dass sie fertig angezogen war, ließ er die Arme sinken. Doch dann fiel sein Blick auf ihre Brüste. Es verschlug ihm die Sprache.

»Man kann die Nippel sehen!« Sie lachte nervös. Ihr war zum Heulen zumute.

»Das ist doch nicht schlimm. Wenn es dir gefällt.« Sie sah, wie er den Kopf neigte, um sich einen ihrer Nippel näher anzusehen.

»Ja, es ist ein Piercing.« Sie zog an dem Stoff, damit er sich nicht mehr so eng an die Haut schmiegte, doch das brachte gar nichts. Es zeichnete sich alles ab, sogar der Bauchnabel. »Ich sehe furchtbar darin aus.«

»Furchtbar wäre jetzt nicht das Wort, das mir dazu einfällt.« Der Elf schluckte und schaute ihr in die Augen. Er musste sich offensichtlich Mühe geben, damit sein Blick nicht wieder nach unten wanderte. »Es sind Nippel, nichts weiter, wir haben alle welche.«

»Ja, schon klar.« Sie stemmte einen Arm in die Seite. »Wenn sie ein wenig zu sehen wären, meinetwegen, aber so könnte ich hier gleich mit nacktem Oberkörper rumlaufen. Schau doch hin!«

»Ich habe alles gesehen, glaub mir.« Er presste die Lippen aufeinander, um ein Lachen zu unterdrücken. »Ich kann dir die Jacke von meinem Kostüm anbieten. Aber die ist ziemlich warm.« Er deutete auf das flauschige Teil unten im Kinderwagen. »Warte, ich habe eine bessere Idee.«

Der Elf kramte in seiner Hosentasche und zog ein paar von den Aufklebern heraus, von denen er eben noch welche an die auf den Weihnachtsmann wartenden Kinder verteilt hatte.

Die Zeit war so schnell vergangen, und es war so viel passiert, dass Lola Stein und Bein geschworen hätte, dass das Tage her war.

Inzwischen hatte der Elf die Restexemplare auf seiner Handfläche aufgefächert, und sie sah sich die Auswahl näher an: drei Sterne, vier Schneeflocken, ein Weihnachtsbaum, drei Weihnachtsmannköpfe, zwei Pfefferkuchen und fünf Rentiere mit roten Nasen.

Sie musste lachen.

»Damit soll ich mir die Nippel überkleben?«

»Hast du eine bessere Idee?« Sein Blick wanderte wieder zu dem transparenten Shirt. »Ich glaube, die Rentiere kommen weniger infrage.«

*Und ich soll hier die Verrückte sein.*

»Okay, kleb die Pfefferkuchen auf.«

»*Ich* soll sie aufkleben?« Seine Lider flatterten.

»Ja, du siehst besser, wo sie hinmüssen.« Sie zog die Augenbrauen hoch, weil er sich nicht rührte. »Jetzt mach schon, ich hab nicht den ganzen Tag Zeit. Es ist doch nichts dabei.«

Der Elf hüstelte und zog die beiden Pfefferkuchen aus dem Sortiment auf seiner Handfläche. Er schlich sich an wie an ein wildes Tier. Vorsichtig löste er die Schutzfolie von einem Aufkleber und schob die Hand langsam Richtung Brust vor.

Sehr langsam.

»Ich beiße nicht, es sei denn, du bittest mich darum.«

»Du bringst mich ganz durcheinander! Am Ende klebe ich es noch schief auf.« Er sah sie tadelnd an.

»Bist du immer so zurückhaltend, wenn du eine Brust anfasst?«

»Lola.«

»Okay, okay, ich halt ja schon den Mund.« Sie musste schmunzeln, als sie sah, wie sein Kinn bebte und seine Wangen rot wurden. »Manchmal übertreibe ich es mit den schlechten Witzen. Sorry.«

Die sanfte Berührung der Finger des Elfen, als er nach der

richtigen Position für den Aufkleber suchte, löste bei ihr Gänsehaut aus.

Und nicht nur die Härchen richteten sich auf. Auch die verfluchten Nippel wurden hart.

Und das nur wenige Zentimeter von seinem Gesicht entfernt.

Sie atmete tief ein und betete, dass er es nicht bemerkte. Jetzt war sie es, die errötete. Aus Scham … Aber das war nicht der einzige Grund.

»So, schön festdrücken. Ich kümmere mich um die andere Seite.« Der Elf biss sich auf die Lippe und vermied es, ihr in die Augen zu sehen.

*Warum hat er das so gesagt?*, fragte sie sich. Den letzten Satz hatte er wie heiser hingemurmelt.

Der Abstand zwischen ihnen verringerte sich wieder, als der Elf sich mit dem zweiten Aufkleber zu ihr beugte, nachdem er ihn von der Schutzfolie befreit hatte. Diesmal kam er ihr noch näher. Oder vielleicht kam ihr das nur so vor, weil die Spannung zwischen ihnen viel deutlicher spürbar war. Sie versuchte sich auf ihren eigenen Atem zu fokussieren, um den warmen Hauch auf ihrer Brust auszublenden. Sein Mund hatte sich leicht geöffnet, während er hoch konzentriert daran arbeitete, das alberne Gebäck präzise anzubringen.

»Ich hab's gleich«, murmelte er. Sie spürte seinen Atem noch intensiver. »Dein Nippel soll ja gut abgedeckt sein …«

»Halt den Mund«, stieß sie aus und presste voller Scham die Lippen aufeinander.

*Hey, wie kann ich von ein paar Stickern so horny werden? Das ist doch lachhaft.*

»Wieso?« Sein Blick brannte auf ihrer Haut. Sie hoffte inständig, dass sie nicht rot geworden war wie eine Tomate. »Mache ich dich etwa nervös?«

»Deine Hände zittern, nicht meine.«

Ja, er machte sie nervös, aber sie würde ihm nicht den Gefallen tun, das zuzugeben.

Der Elf schluckte offenbar herunter, was er sagen wollte, und widmete sich wieder seiner Aufgabe.

Seine Finger berührten sie, zart und glühend zugleich. Sie hatte das Gefühl, ihr Shirt würde jeden Moment in Flammen aufgehen.

»Fertig.«

Sie trat einen Schritt zurück und drückte die Aufkleber noch einmal fest. Dabei versuchte sie, ruhig zu atmen.

»Siehst du? Es war gar nicht so schlimm«, scherzte sie in dem Wunsch, wieder Herrin der Lage zu werden, bevor alles aus dem Ruder lief. Sie fasste das Shirt am Saum und zog es nach unten, um die ausgefallenen weihnachtlichen Nippel-Patches zu bewundern. »Hey, die stehen mir mega. Wie findest du sie?«

»Echt spicy.« Ihr Lächeln erlosch, als er einen großen Schritt auf sie zu machte. »Aber etwas fehlt noch.«

Sie schluckte und öffnete leicht den Mund, um mehr Sauerstoff in ihre atemlosen Lungen pumpen zu können. Sie konnte sich auf nichts anderes konzentrieren als auf die Art, wie er den Kopf neigte, um sie zu betrachten, auf die Wärme seines näher rückenden Körpers, auf die große Hand, die sich auf ihre Schulter legte und sich sanft in ihren Nacken schob.

Eigentlich stand sie auf Bad Boys, aber beim Elfen hatten sie gerade seine Gutmütigkeit und seine respektvolle Art angezogen. Sie mochte, wie er damit spielte und sie immer wieder zum Erröten brachte. Doch diese alles andere als unschuldige Geste hatte einen wohligen Schauer in ihr ausgelöst. Wenn er sie jetzt entschlossen am Hals packen und seine Lippen auf ihre drücken würde, hätte sie nichts dagegen. Sie verspürte einen Ruck im Nacken, und seine Hand löste sich.

»Das Etikett.« Er zeigte es ihr. »Du hast vergessen, es abzumachen.« Sicher drückte ihre eisige Miene aus, wie sie sich im Innern fühlte. Ihr war klar, dass er sie verarschte und dass er genau wusste, was er in ihr ausgelöst hatte. »Was ist los? Schlechte Witze, wie du's nennst, hab ich auch drauf.«

Ah, das war also ein Witz, schon klar.

Das war echt unfair.

*Wichser.*

Mit einem schallenden Lachen machte sie sich Luft. Sie wusste nicht, ob sie aus Erleichterung lachte oder aus Verlegenheit, weil sie sich vorgeführt vorkam. Genervt boxte sie ihn sanft gegen die Schulter, als sie sah, dass er sich auch noch königlich amüsierte.

Sie wandte sich ab und präsentierte ihr Outfit der Kleinen.

»Na, was sagst du, Olivia?«

»*Uapa!*«

»Gut, dann sind ja alle zufrieden, auf geht's.«

# KAPITEL 18

## Der Elf

Er hätte sie zu gern geküsst.

Das kam ungelegen, denn in der Situation war nicht daran zu denken. Aber er kam nicht dagegen an, nachdem er sie in dem transparenten Ramsch-Shirt gesehen hatte und seine Hände bei dem Tarnmanöver auch noch ihre Nippel berühren mussten. Ihre Nippel! Hallo? Wem hätten da nicht die Hände gezittert? Er hatte das Zittern sogar noch absichtlich verstärkt, damit der Blutstrom weiter bis in seine Fingerspitzen vordrang und nicht mehr unkontrolliert nach unten zu seinem Schwanz floss.

In Gedanken spielte er die berauschende Szene immer wieder durch, in der er ihr so nahe gekommen war, ihren Nacken berührt und mit dem Faden des Etiketts gespielt hatte. Er konnte ihr ja schließlich nicht einfach in die Haare greifen und sie an sich ziehen, bis sein Mund ihre Lippen berührte und das Begehren in ihrem Blick aufloderte. Er hätte schwören können, dass da so ein besonderes Blitzen in ihrem Blick war, aber vielleicht bildete er sich das nur ein.

Nein, das war jetzt wirklich nicht der richtige Ort und nicht die richtige Zeit für erotische Gedanken.

*Was zum Teufel ist nur mit dir los? Du kennst sie doch kaum.*

In dem Laden, den sie gerade absuchten, beobachtete er von der Tür aus, wie sie im Trubel an der Kasse nervös die Kassiererinnen nach den Zwillingen fragte. Die missbilligenden Blicke der Umstehenden nahm sie dabei in Kauf, sie hatte nur ein Ziel: die Kinder zu finden.

»Mehr.«

Sein Blick wanderte zu der kleinen Olivia, die um ihn herumtapste und mit den Glöckchen an seinen Schuhen spielte. Den Buggy hatten sie seitlich neben der Tür geparkt, wo er nicht weiter störte.

»Soll ich noch mal springen?«

»Mehr.«

Er machte einen kleinen Hüpfer, und die Glöckchen bimmelten wie wild. Dass sich die Kleine darüber so freute, zauberte ihm ein Lächeln aufs Gesicht. Sogleich zog sie an einem der Glöckchen, offenbar wollte sie testen, wie gut das Band hielt, an dem sie aufgefädelt waren.

»Oli, Süße, bitte nicht ausreißen, ja?« Er bückte sich und nahm ihre Händchen. »Willst du nicht mit was anderem spielen?« Er scannte rasch, was sich noch im Buggy befand, und streckte den Arm aus. »Was haben wir denn da? Gehört diese hübsche kleine vollgesabberte Weihnachtskugel dir?«

Sie nahm die Kugel tapsig entgegen und drückte sie an sich, dann konnte sie sich nicht mehr halten und fiel auf den Hosenboden. Ihr Gang war noch sehr unsicher, sie schwankte wie ein betrunkener Seemann. Das war echt drollig.

»Hey, nicht so stürmisch, kleine Maus …« Er zog eine Grimasse, und sie lächelte verschmitzt. »Ich hatte gehofft, du leihst sie mir für meinen Weihnachtsbaum, aber …«

Er kam nicht dazu, den Satz zu beenden, denn er hatte im Gang jemanden erspäht.

Mit riesigen Schritten strebte ein verpeilter, beleibter Tollpatsch in Security-Uniform mit einer leeren Walkie-Talkie-Hülle direkt auf das Geschäft zu.

Mr Schnauzbart.

Instinktiv kauerte er sich hinter Olivia, um sich unsichtbar zu machen, was natürlich total hirnrissig war. Das Herz schlug ihm bis zum Hals. Planänderung. Er richtete sich langsam auf, nahm ihre Hand, löste mit der Fußspitze die Bremse des Buggys und schlenderte mit kleinen Schritten in das Innere des Geschäfts. Vielleicht würde er so unbemerkt in der Menge untergehen. Olivia juchzte, während sie neben ihm hertapste und sich an seine Finger klammerte. Für sie war das alles ein einziges Spiel. Dass er ihr zuzischte, sie solle leise sein, fand sie erst recht lustig.

Er verschanzte sich mit ihr hinter dem erstbesten Ladentisch und checkte kurz, ob sie dort vor den Blicken von Mr Schnauzbart geschützt waren. Da hörte er eine Stimme hinter sich:

»Darf man fragen, was ihr da macht?« Es war Lola, die gerade das Geschäft verlassen wollte.

»Los, schnell«, stammelte er.

»Was ist denn? Hast du die Zwillinge gesehen?« Lola setzte Olivia in den Buggy. Wie zu erwarten, fing die Kleine an zu schreien und wand sich im Sitz hin und her.

»Die nicht.«

Mehr brauchte er nicht zu sagen. Lolas Blick wanderte Richtung Gang. Erleichtert stellten sie fest, dass Mr Schnauzbart in die Cafeteria abbog, die sie schon durchsucht hatten.

»Vielleicht ist er nur kurz runtergekommen, um sich zwei Donuts und einen Kaffee mit drei Stück Zucker zu holen«, meinte Lola. Sie gurtete Olivia an und reichte ihr eine Chilischote aus Plüsch, die offenbar einen beruhigenden Effekt auf sie hatte.

»Wie kommst du denn darauf?« Er trat nervös von einem Bein aufs andere. »Ist das eine Chili?«

»Keine Ahnung, das bestellen die Cops im Film doch immer, oder?« Sie schaute auf das nicht ganz alltägliche Spielzeug. »Ah, ja, die Chilischote. Eigentlich gehört sie mir, ein Geschenk von meinen Besties.« Er musterte sie amüsiert. »Wegen so bestimmten Romanen, die ich gerne lese.«

»Was für Romane?«

Er grinste, denn an der Art, wie Lola sich verschämt auf die Lippe biss, konnte er ablesen, dass es sich nicht um rein romantische Liebesgeschichten handelte.

*Sie mag es gerne spicy, ich wusste es.*

»Du kannst sie mir ja mal zeigen.« Er wollte sie nicht weiter bedrängen, auch wenn ihn die Antwort brennend interessierte. »Lass uns schnell den nächsten Laden checken, bevor er wieder rauskommt.« Aus sicherer Entfernung vergewisserte er sich, dass der Security-Angestellte noch in der Schlange stand.

Durch ein kurzes Nicken bestätigte er Lola, dass die Gefahr gebannt war. In gebückter Haltung huschten sie zum nächsten Laden, einem Massagestudio. Der Elf ließ Lola vorgehen, um ihr im Zweifelsfall Rückendeckung geben zu können.

»Hier können sie unmöglich sein«, flüsterte Lola und deutete mit einer Kopfbewegung auf die Empfangsdame, die alles genau im Blick hatte. »Lass uns weitergehen.«

Der Elf nickte und schaute kurz über die Schulter, ob die Luft rein war.

»Verdammt, er ist direkt hinter uns. So ein Mist.«

Erschrocken drehte Lola sich um. Der Typ kam direkt auf sie zu. Er hätte sie eigentlich gleich entdecken müssen, wäre er nicht damit beschäftigt gewesen, seinen Getränkebecher zu balancieren.

»Wow, ein Matchatee, das hätte ich ihm gar nicht zugetraut.« Sie wandte sich wieder nach vorn und legte einen Zahn zu. Der Elf folgte ihr.

Als Nächstes landeten sie im Lotus Bead, wo sie von einem Geruch nach Weihrauch empfangen wurden. Überall standen Kisten mit Schmuck aus Steinen und Naturmaterialien. Dazu kamen zahlreiche andere kuriose Gegenstände für die spirituelle Harmonie. Er hätte gerne noch etwas herumgestöbert, doch dafür hatten sie jetzt keine Zeit. Sein Blick blieb an einem Collier aus wunderschönen blauen und grünen Steinen hängen.

*Das würde meiner Mutter gefallen.*

Auch wenn schon an der Tür klar war, dass dieser Ort mit seinen Räucherstäbchen und der esoterischen Musik für das Gleichgewicht der Chakren wenig verlockend für zwei Achtjährige war, wollten sie doch nichts unversucht lassen und nebenbei kurz verschnaufen, bis Mr Schnauzbart abgezogen und die Gefahr gebannt war.

Wenig später vernahmen sie ein helles Lachen, das von weiter weg kam. Lola blieb ruckartig stehen.

»Hast du das gehört?« Sie spitzte die Ohren. »Das sind doch Kinder.« Flugs drehte sie sich um und blickte zur Tür. »Das ist Finn!«

Auch der Elf schaute in die Richtung, aus der das Lachen gekommen war. In dem Moment stürmte Lola schon wie der Blitz zum Ausgang und zu dem grellbunten Laden im Gang gegenüber, aus dem das Kinderlachen zu hören war.

»Lola! Er sieht dich doch!«, warnte sie der Elf. Er hielt Ausschau nach Mr Schnauzbart.

Doch der war so geistesabwesend, dass er den Diebstahl seines Walkie-Talkies offenbar immer noch nicht bemerkt hatte.

»Egal!« Entschlossen eilte Lola weiter über die Verbindungsbrücke zwischen den Gängen zum Amazing Mirror Maze.

Wisst ihr, was *maze* bedeutet? Lola offenbar nicht, oder vielleicht hatte sie das riesige, auffällige Schild gar nicht zur Kenntnis genommen.

»Warte, Lola!« Der Elf rannte ihr hinterher. »Vorsicht mit dem Eingang!«

Keine Reaktion. Er wusste nicht, ob sie ihn überhaupt gehört hatte.

Amazing Mirror Maze war ein riesiges Spiegellabyrinth. Draußen befanden sich vier runde Türen in unterschiedlichen Farben – Rosa, Lila, Blau Und Grün –, aber nur eine davon war eine echte Tür, die anderen waren gut gemachte Attrappen, und wer sich dort hineinwagte, wurde gleich mit einer optischen Täuschung begrüßt.

Der Eingang war nicht das Problem. Lola erkannte sofort, dass die einzige Tür mit Vorhang die grüne war, und marschierte hinein, ohne sich um die Frau an der Kasse zu scheren, die ihr hinterherbrüllte, sie müsse erst Eintritt zahlen.

»Warte, Lola! Pass auf!«, rief er ihr verzweifelt hinterher.

Er sah die zornige Frau an der Kasse mit einer Miene des Bedauerns an. »Wir zahlen sofort! Geben Sie uns eine Sekunde, bitte, es ist ein Notfall!«

Das war gelogen, aber er konnte nicht riskieren, dass sie die Security rief. Jemanden, der noch in Besitz eines Walkie-Talkies war.

*Wo zum Teufel steckte sie?*

Er war ihr gefolgt, konnte aber schon bald kaum noch die Hand vor Augen sehen.

Das dunkle Labyrinth bestand aus engen Gängen, in denen bunte Lichter über die Wände tanzten. Verschiedene neonfarbene geometrische Formen leuchteten im ultravioletten Licht über den Bögen zwischen den Gängen und den unzähligen Spiegeln. Spiegel über Spiegel.

Kinder rannten im Pulk fröhlich durch die irreführenden Gänge. Lola suchte nach den Flüchtigen. Für einen Ort, der einem die Orientierung derart erschwerte, war sie verdammt schnell unterwegs. Offenbar hatte sie auf Autopilot geschaltet. Ihre ganze Aufmerksamkeit galt den Kindern, die ihren Weg kreuzten.

»Finn!«, hörte er sie rufen. »Sophie!«

Er hob die Arme und tastete sich vor, um nicht in einen Spiegel zu laufen. Da sah er, wie sie sich jäh nach rechts wandte.

»Lola! Der Spiegel!«

Kinderlachen hallte zwischen zwei Säulen hindurch. Vor ihnen war ein blonder Schopf aufgetaucht, der sich rasch entfernte. Lola beschleunigte ihren Schritt, um dem Flüchtigen zu folgen.

»Finn!«

»Vorsicht, Spiegel!«, rief der Elf, als er sah, dass sie keine Anstalten machte abzubremsen.

Es war wie ein Film in Zeitlupe.

Lola stürzte sich auf den vermeintlichen Finn. Die Vorderräder des Buggys krachten gegen den riesigen Spiegel und stoppten den wilden Ritt. Der Lenker bohrte sich in Lolas Magengrube. Durch den Aufprall wurde sie nach vorn geschleudert und knallte mit dem Kopf gegen die glänzende Oberfläche. Sie schwang mehrfach vor und zurück, als würde ein buddhistischer Mönch mit einem Klöppel den Gong schlagen.

Ich muss zugeben, das sah schon witzig aus.

Der Elf eilte besorgt zu ihr.

»Olivia«, wimmerte Lola, die gekrümmt auf dem Boden lag und sich den dröhnenden Schädel hielt. »Ist sie verletzt?«

Etwas zeitverzögert beugte er sich über den Buggy und schob das Verdeck hoch. Der Kleinen war zum Glück nichts passiert. Sie hibbelte herum und strahlte, als sie das Gesicht des Elfen sah, der ihr die Zunge rausstreckte.

»*No ma!*«

»Ihr scheint's ja besser zu gehen als dir«, sagte er und kniete sich neben sie. »Bist du okay?« Er strich ihr zärtlich über den Kopf und kontrollierte, ob sie sonst noch irgendwelche Verletzungen davongetragen hatte.

»Au«, jammerte sie und rieb sich den Steiß, während sie mit seiner Hilfe versuchte aufzustehen.

»Mein Gott, da hast du dir aber ordentlich den Kopf angestoßen.«

»Finn?« Ihr wurde schwindelig, weil sie zu schnell den Kopf gedreht hatte. »Wo ist er?«

»Lola.« Er fasste sie sanft bei den Schultern. »Das war nicht Finn.«

Voller Mitgefühl deutete er auf die Kinder, die sich nach ihrer grandiosen Pirouette um sie zusammengerottet hatten. Darunter war auch der Blondschopf, den Lola verfolgt hatte und der sich, wie die anderen, kaputtlachte.

»Das war das Lachen«, sagte sie leise, als ihr der Irrtum klar wurde.

Während der Elf ihr auf die Beine half, scheuchte er die Kids mit einem bösen Blick weg. Die sahen zu, dass sie Land gewannen.

»Danke, es geht mir blendend.« Lola lachte gequält. »Da hab ich doch fast eine Rolle rückwärts hingelegt.«

»Was heißt hier fast?« Er hob die Augenbrauen. Erleichtert stellte er fest, dass sie keine Wunden davongetragen hatte. Mit einem Grinsen fügte er hinzu: »Du hättest dich mal von hinten sehen sollen. Das war wie beim Kunstturnen.«

»Idiot.« Sie lächelte.

Dieses Lächeln, wenn sie ihn beleidigte, sorgte dafür, dass er sich wünschte, sie möge es immer wieder tun (und das hatte nichts mit Masochismus zu tun). Das Lächeln verlieh den Worten etwas Zärtliches. Vielleicht lag dahinter etwas verborgen. *Vielleicht habe ich mir auch an einer Scheibe den Kopf angeschlagen, ohne es zu merken, und hab jetzt Watte im Kopf.* Er wandte sich ab, um die Gedanken zu verscheuchen.

Lola beugte sich über den Buggy, um nach Oliva zu sehen. »Geht es dir gut, Schätzchen?«, fragte sie zärtlich.

»*No ma!*«

Das musste sie nicht zweimal sagen.

Bis sie den Ausgang fanden, erfüllte sich ihr Wunsch.
Wieder und wieder.
Nicht freiwillig, versteht sich.

# KAPITEL 19

## Lola

Nachdem sie das gesamte gottverdammte Labyrinth mit den trügerischen Spiegeln nach den Zwillingen abgesucht hatten und sie um ein Haar eine Gehirnerschütterung erlitten hätte, war sie heilfroh, den gespenstischen Ort verlassen zu können. Erleichtert stellten beide fest, dass Mr Schnauzbart sich inzwischen verzogen hatte.

Hastig und unbeholfen – der kleine Unfall war ein Schuss vor den Bug gewesen – durchkämmten sie alle Läden und Etablissements in der Nähe, und das Ergebnis war immer das gleiche: keine Spur von Finn und Sophie.

»Sie können nicht weit sein«, tröstete sie der Elf und strich ihr übers Haar.

Das konnte eine zärtliche Geste sein, aber vielleicht war es auch nur ein geschickter Versuch festzustellen, ob sich eine Beule oder ein Bluterguss gebildet hatte. Doch das war ihr egal, Hauptsache, er war in ihrer Nähe.

Die Gesellschaft des Elfen und seine Unterstützung sorgten dafür, dass sie halbwegs auf Kurs blieb. Er war der Anker, der sie am Boden hielt, ohne ihn wäre sie längst durchgedreht. Bei der Vorstellung, diesen Albtraum allein durchzustehen, wurde ihr klar, wie wichtig dieser junge Mann, den sie kaum kannte, für sie war.

Und das behagte ihr nicht.

Der Elf gefiel ihr. Er hatte ihr vom ersten Moment an gefallen. Warum sollte sie das nicht zugeben. Sein liebenswürdiges Lächeln, aber auch die bernsteinfarbenen Augen, schimmernd wie ein Glas Cognac, hatten sie sofort in den Bann gezogen. Und sie liebte es, die gebräunten Wangen zum Erröten zu bringen.

Moment mal, hat sie da eben seine Augen mit Cognac verglichen? Das kann nur aus dem Mund einer echten Romantikerin kommen.

Vielleicht war es oberflächlich und unreif, sich in einer derart ernsten Situation solchen Gedanken hinzugeben. Aber sie konnte das elektrisierende Kribbeln nicht ignorieren, das sie in seiner Nähe verspürte, und erst recht nicht das Gefühl von Sicherheit, das er ihr gab. Sie hatte es immer als Schwäche angesehen, Hilfe anzunehmen, doch jetzt blieb ihr nichts anderes übrig.

Und das behagte ihr ganz und gar nicht.

Es widerstrebte ihr, sich schwach, unfähig, verletzlich zu fühlen. Sie konnte mit diesen Gefühlen nicht umgehen, sie nicht zulassen, auch wenn sie ein Teil von ihr waren. Keine Frage, sie war ungeschickt, verpeilt und ziemlich impulsiv. Manchmal machte sie die Dinge nur noch schlimmer, weil sie unbedingt alles allein regeln und den anderen zeigen wollte, dass sie bei Weitem nicht so schwach war, wie alle glaubten. Und dann trat zutage, was sie mit ihren Aktionen eigentlich übertünchen wollte: dass sie eine wandelnde Katastrophe war und allein nichts auf die Kette bekam.

Allein bei dem Gedanken stellten sich ihr die Nackenhaare auf.

Aber sie konnte sich aufbäumen, wie sie wollte, in dieser Situation musste sie zu den negativen Gefühlen stehen. Natürlich kostete sie das eine enorme Überwindung, aber es war tröstlich zu wissen, dass es der Elf war, vor dem sie ihre Unzulänglichkeit preisgab.

Bei ihm musste sie nichts verbergen, nichts erzwingen. Vielleicht kannte sie ihn einfach noch nicht lange genug, dass ihr seine Meinung wichtig war, oder vielleicht lag es auch daran, dass sie sich ihm von Anfang an von ihrer schwachen Seite gezeigt hatte (im Gegensatz zu ihrer Kriegerinnen-Seite). Der Elf hatte sie von Anfang an in seinen Armen gewiegt, mit all ihren Macken und Fehlern, er hatte sie beschützt und ihr ein Gefühl von Geborgenheit gegeben.

Geborgenheit, das war das treffende Wort.

*Gott, macht mich das rasend.*

Ob es ihr nun passte oder nicht, sie fühlte sich bei ihm geborgen, und vielleicht hatte sie deswegen das starke Bedürfnis nach körperlicher Nähe. Sie begann zu verstehen, warum die Leute sich gern umarmten. Und nach allem, was sie an dem Morgen durchgestanden hatten, war es vielleicht nicht völlig abwegig, ihn um eine Umarmung zu bitten …

*Ich habe eine Gehirnerschütterung, das ist der Beweis.* Sie wollte den unerwartet aufgeploppten Gedanken beiseiteschieben. *Du hasst Umarmungen. Und jetzt willst du ihn um eine bitten?*

Der verrückte Gedanke löste sich in Luft auf, als sie um die Ecke bogen und mit einer echten Katastrophe konfrontiert wurden.

»Bingo.«

Zwei rot-weiß gestreifte Absperrgitter riegelten den Bereich ab. Die Türen des Cafés standen offen und es floss immer noch Wasser über die Treppe auf die Fliesen, ein Angestellter wischte es auf. Die Begeisterung stand ihm ins Gesicht geschrieben.

Das Rainforest Café.

Oder Regenwald-Café, für alle, die des Englischen nicht mächtig sind.

Ein außergewöhnliches Themen-Café, das einen in die Welt des tropischen Regenwaldes eintauchen ließ: üppige Vegetation, Animatronics von wilden Tieren, die passende Geräuschkulisse, ein Aquarium und ein herrlicher Wasserfall.

Eine Atmosphäre zum Eintauchen, im wahrsten Sinne des Wortes.

Sie gingen auf den Mann zu, der voll und ganz auf seinen Wischmopp konzentriert war und die ganze Zeit so grimmig dreinschaute, dass Lola schon befürchtete, in seine Stirn habe sich an diesem Tag eine neue Falte gegraben.

»Guten Tag, entschuldigen Sie.« Sie hüstelte, um seine Aufmerksamkeit zu erregen. »Was ist denn hier passiert?«

»Irgendein Schwachkopf hat den Abfluss des Wasserfalls verstopft, das Ergebnis sehen Sie ja!« Theatralisch breitete er die Arme aus. »Noch dazu hat der Vollpfosten eine Kinderflasche verwendet«, entrüstete er sich. »Bestimmt wollte er sie auffüllen für seinen dämlichen Chihuahua. Chihuahua-Besitzer sind alle durchgeknallt.« Er schüttelte wütend den Kopf und ließ dabei den Wischmopp auf dem Boden kreisen.

»Entschuldigen Sie, wir wollten nur wissen, ob …«

Als hätte Mr Griesgram erst in dem Moment bemerkt, dass

da jemand real vor ihm stand und das Gespräch nicht nur in seinem Kopf stattfand, blickte er vom Boden auf und schaute abwechselnd Lola und den Elfen an.

»Wer seid ihr denn und warum stört ihr mich bei der Arbeit?«

»Ich bin Lola, und er ist …«

»Ein Wichtel?«

»Ich bin ein Elf«, erwiderte der beleidigt und deutete auf seine Ohren. »Was haben die Leute denn nur immer alle mit dem Wichtel?«

»Ja, er ist ein Elf, aber darum geht es nicht.« Sie zupfte an seinem T-Shirt, um ihn wieder einzunorden. »Wir wollten wissen, ob Sie etwas gesehen haben oder ob Sie von jemandem wissen, der etwas …«

»Lasst mich in Ruhe, wendet euch an sie.«

Sie folgten dem Finger von Mr Griesgram und entdeckten eine Schwarze Frau, die total gut aussah in …

Ihrer Security-Uniform.

Sie erstarrten. Man hätte sie locker als Wischmoppstiele verwenden können. Am liebsten wären sie im Erdboden versunken. Lolas Blick wanderte zu der Flasche in den Händen der Security-Angestellten.

*Sophies Trinkflasche.* Sie schluckte.

Wann hatte sie das Teil bloß wieder aus dem Buggy geholt?

Das kleine Biest und seine verfluchten Experimente mit den teuren Trinkflaschen. Die Eltern gaben eine Menge Geld aus, und Sophie zweckentfremdete sie als Laborkolben. Sie würde ihr mal ein Original besorgen. Es war doch schade um die schönen Flaschen.

»Kann ich helfen?«, fragte die Security-Angestellte mit grimmigem Gesicht.

*Wow, ist die schön.*

Lola musste an das Mädchen denken, das sie in einem Sommerurlaub in Barcelona kennengelernt hatte, ein typischer Urlaubsflirt, der tiefer ging als erwartet und an den man zeitlebens wehmütig zurückdenkt. Sie hatten nur zwei heiße Monate miteinander verbracht, aber der Cunnilingus mit ihr fiel unter die Top 3 ihrer Bestenliste. Und irgendetwas sagte ihr, dass der Elf es locker auf Platz 1 schaffen könnte …

*Ich werde es herausfinden.*

Hallo, das ist ja unsäglich, kann bitte mal jemand die Hormone dieser Jugend von heute unter Kontrolle bringen.

»Guten Tag.« Der Elf ging auf sie zu.

»Wir sind hier zufällig vorbeigekommen, und als wir das Desaster gesehen haben … na ja, haben wir uns gefragt, was passiert ist und ob wir vielleicht helfen können.«

Was für ein schamloser Lügner.

»Ein Kinderstreich, aber es ist schon alles geregelt.« Kein Lächeln, nichts. »Beachten Sie die Warnhinweise.« Sie deutete auf die Absperrungen. »Und verlassen Sie den Bereich.«

»Hat man sie verhaftet?«, fragte Lola beunruhigt.

Die Frau sah sie verächtlich an und ging entschlossen zum Mülleimer und warf die teure Flasche hinein.

*Oh nein, so ein Mist.* Sie machte sich im Geiste eine Notiz. *Du musst die verdammte Flasche retten.*

»Wer wird denn Kinder verhaften? Das ist doch die Schuld der verantwortungslosen Eltern.«

*Verantwortungslos*, hallte es in ihrem Kopf wider, und das versetzte ihrem Herzen einen Stich.

Die Wachfrau runzelte genervt die Stirn.

»Noch mal: Beachten Sie die Warnhinweise und verlassen Sie den Bereich.«

Der Elf nickte entgegenkommend und trat mit dem Buggy den Rückzug an. Lolas Blicke wandern zwischen der Wachfrau und dem Abfalleimer hin und her.

»Worauf wartest du?«, herrschte die Wachfrau sie von oben herab an. Höflichkeit war offenbar nicht ihre Stärke.

»Entschuldigung, ich wollte nur den Kaugummi wegwerfen.« Sie hatte gar keinen im Mund, aber sie tat so, als würde sie mit zwei Fingern einen herausholen. »So, schon erledigt. Oh, nein! Jetzt ist mir der Ring da reingefallen!«

War diese alberne Show wirklich nötig? Nein, nicht einmal die Wachfrau achtete auf sie, als sie beide Hände in den ekligen Abfalleimer schob und nach der Flasche suchte.

*Ist das widerlich.* Sie wühlte weiter. *Ha, da ist was Glattes. Bingo!*

Während sie heimlich die Flasche sicherte, schaute sie über die Schulter und sah, wie die Wachfrau das Mikrofon des Walkie-Talkies an ihrem Revers an ihre vollen, aber verbitterten Lippen führte.

»Jhoselyn hier, ich habe die Sache auf Stock drei unter Kontrolle, kommen.«

»Wenn hier einer was unter Kontrolle hat, dann ich«, murrte Mr Griesgram. »Du störst hier nur.«

»*Roger*, ich erstatte Mitteilung in Stock vier, *over and out.*«

*Oh, oh, oh.*

»Oh, oh, oh« im Sinne bevorstehender Probleme, nicht zu verwechseln mit dem »Ho, ho, ho« des Weihnachtsmanns.

Im vierten Stock gab es noch mehr Wachleute als Mr

Schnauzbart, da würde man ja wohl nicht ausgerechnet ihn kontaktieren, oder?

»Danke für Ihre Mühe, Ma'am, auf Wiedersehen!«, sagte Lola mit einem aufgesetzten Lächeln.

Sie wollte sich gerade auf den Weg machen, da ertönte an ihrem Körper eine Roboterstimme:

»Samuel, du Rindvieh, du brauchst nicht mehr in den dritten Stock zu kommen, der Todesengel hat alles erledigt.«

Oh, oh, oh, in der Tat. Alarmstufe rot.

Erschrocken blickte Lola über ihre Schulter direkt in die Augen des Todesengels, deren Augen sich gefährlich weiteten. Ihr Blick wanderte zu dem unter dem T-Shirt gut sichtbaren rechteckigen Wulst an ihrer Hüfte.

»Hat der mich da eben etwa Todesengel genannt?«, fragte sie mit großen Augen. »Und was machst du mit einem Walkie-Talkie der Security?«

Auf die Schnelle fiel ihr keine dumme Ausrede ein.

»Ich bin Geheimagentin.«

Offenbar doch.

Und zwar eine selten dämliche.

Das brachte ihr gerade ein paar Sekunden, um nach vorne zu schauen und zu sehen, wie der Elf sich in einiger Entfernung umdrehte und bemerkte, dass Lola zurückgeblieben war. Aber es blieb keine Zeit zum Nachdenken.

»Lauf!«

Ein Unterschied zwischen dem Todesengel und ihrer Ex-Sommer-Affäre Top 3 Cunnilingus bestand darin, dass die Frau ausgesprochen durchtrainiert war und sie mit Sicherheit nach ein paar Metern geschnappt hätte wie ein Leopard eine Gazelle. Doch auch Lola hatte verdammt flinke Beine.

Und die Tatsache, dass sie bei ihrer überstürzten Flucht den Putzeimer von Mr Griesgram umstieß, sodass die Wachfrau ausrutschte und das Gleichgewicht verlor, verschaffte ihr den nötigen Vorsprung.

Der Elf war blind losgerannt. Lola sah sich noch ein paarmal um, während sie in der Menge untertauchte. Irgendwann war der Todesengel aus ihrem Blickfeld verschwunden, aber nicht nur der …

*Wo ist denn der verflixte Elf?*

Hektisch bahnte sie sich einen Weg durch die Menge in der Hoffnung, ihn irgendwo zu entdecken. Wie konnte man einen athletisch gebauten Elfen mit einem Buggy einfach so aus den Augen verlieren? Das war eigentlich unmöglich, aber sie hatte es wieder mal geschafft. Und das Schlimme war, dass sofort wieder das Gedankenkarussell angestoßen wurde.

*Sie haben ihn erwischt.*

Nein, haben sie nicht.

*Er ist vor mir geflüchtet.*

Ich an seiner Stelle hätte längst die Flucht ergriffen.

*Er hat Olivia entführt.*

Ich muss sagen, es war schon ziemlich leichtfertig von ihr, die Kleine einem unbekannten Elfen anzuvertrauen, wenn man bedenkt, dass schon zwei andere ihr anvertraute Kinder verschwunden waren, aber nein, auch hier Entwarnung, er hatte Oliva nicht entführt.

Angestrengt scannte sie die gesamte Umgebung ab. Es war ihr in dem Moment egal, ob der Todesengel ihr noch auf den Fersen war, sie musste den verdammten Kinderdieb mit der großen Nase und dem unverschämt anziehenden Lächeln finden.

»ELF?!«, brüllte sie so laut sie konnte. »ELF?!«

Bevor sie ein weiteres Mal nach ihm rufen konnte, wurde sie von einer Hand am Arm gepackt. Sie schrie vor Schreck auf, doch in dem Moment schlangen sich kräftige Arme um sie und rissen sie fort.

»Heilige Sch…«

Und auf einmal war es dunkel.

# Ein Pfeil für Mr Griesgram

Er gehörte zu den seligen Menschen, die ihr Glück in der Ruhe, in den einfachen, alltäglichen Dingen des Lebens fanden. Sie gaben ihm ein Gefühl von Sicherheit und Frieden.

Und auch wenn es nach außen hin den Anschein hatte, er sei wütend auf Gott und die Welt, war das nur ein Trugbild, hervorgerufen durch seine schroffen Züge.

Er war glücklich. Seine Arbeit gefiel ihm, weil er darin die von ihm so geschätzte Ruhe fand und weil er dabei Herr über seine Zeit und seinen Raum war. Im Chaos des Einkaufszentrums hatte er in seinem Bereich stets alles im Griff.

Der Putzjob gab ihm auch die Freiheit, nicht mit leidigen Kollegen zusammenarbeiten zu müssen. Die Kundschaft der Mall fand er generell ziemlich nervtötend, aber für gewöhnlich respektierten die Leute die Hinweisschilder und störten seine Kreise nicht weiter, von ein paar Ausreißern mal abgesehen.

Nach zwei Jahren hatte er sich herausgenommen, die Schilder VORSICHT, NASSER BODEN durch andere zu ersetzen wie VORSICHT, KOTZE oder VORSICHT, RUTSCHIGE PISSLACHE. Daraufhin hatte sich die Anzahl von Nervbacken drastisch reduziert. Der Mehrzahl der Menschen war eben die Unversehrtheit ihrer Schuhsohlen wichtiger als die Dreckflecken, die diese auf dem frisch geputzten Boden hinterließen.

Hin und wieder stellte er doch das ursprüngliche Schild wieder auf, weil ihm, auch wenn er soziale Kontakte verabscheute, die geliebte Einsamkeit manchmal doch ein wenig auf den Zeiger ging. Er fühlte sich dann inmitten des Trubels wie abgeschnitten von der Welt.

In solchen Momenten der Niedergeschlagenheit wusste er es durchaus zu schätzen, wenn sich der eine oder andere Vorbeihastende zu ihm verirrte. Zu grummeln und die Unbekannten zu schelten, die den noch nassen Boden betraten oder zu nah an seinem Putzwagen vorbeigingen, bereitete ihm diebische Freude.

Er hatte vergessen, wie lange er schon dort arbeitete, was er dort schon alles Aberwitziges erlebt hatte und was er an unvorstellbaren Widerwärtigkeiten hatte wegputzen müssen. Das waren alles ziemlich freudlose Momente.

Er hatte vergessen, wie lange er schon dort arbeitete, aber er erinnerte sich haargenau an den Tag, an dem *sie* gekommen war.

Angekratzte Seelen erkennen einander sofort.

Als er bei einer ersten flüchtigen Begegnung das Lächeln in ihren Augen sah, wusste er sofort, dass sie Jahre voller Leid und harter Arbeit auf ihren Schultern trug. Sie schenkte ihm im Vorbeigehen einen netten, höflichen Gruß und verschwand in Begleitung ihres Mannes im japanischen Restaurant Sake Sanctuary.

Am 12. Januar 1996 wurde das Sake Sanctuary von der Familie Duarte übernommen, die daraus ein gemütliches Restaurant mit kolumbianischen Essen namens Sazón Costeño machte.

Er erinnerte sich an diesen denkwürdigen Tag als den ersten in einer langen Geschichte, die er jahrelang als Zuschauer verfolgte.

»Hallo, ich bin Rafaela, die Besitzerin des neuen Restaurants Sazón Costeño. Freut mich, Sie kennenzulernen.«

Ihr Akzent war wie eine warme Berührung. Er spürte ihre Worte auf seiner Zunge, als wäre sie mit ihrer darübergefahren. Sie schenkte ihm zum Einstand ein kleines Tablett mit Süßigkeiten und dieses besondere Lächeln in ihren Augen, das ihn jahrelang begleitete.

Auch wenn er sehr schnell feststellte, dass dieses Lächeln eine Art Schutzwall war, damit niemand sah, welches Kreuz sie trug.

Kann man sich allein dadurch in jemanden verlieben, dass man sieht, wie viel Liebe er anderen schenkt?

Bei ihm war es so.

Der Pfeil für Gus kam mit dem dritten Lächeln und bohrte sich über die Zeit langsam in seine Brust.

Rafaela war eine starke und mutige Frau. Sie hatte es gewagt, ihr kleines Familienunternehmen in das große Einkaufszentrum zu verlegen, während sie sich weiter um ihre Kinder und später auch um ihre Enkelkinder kümmerte. Von ihrem undankbaren und gewalttätigen Mann hatte sie keinerlei Unterstützung zu erwarten.

Während das Restaurant immer besser lief, schien Gus der Einzige zu sein, der hinter die Fassade blickte und merkte, wie

Rafaela langsam erlosch und durch den Druck, die Anstrengung und die Lieblosigkeit immer mehr alterte.

Er wusste, dass sie ein gebrochenes Herz hatte, das für alle anderen schlug, nur nicht für sie selbst.

Es quälte ihn, mit ansehen zu müssen, wie die einst so lebendige Frau von den Schatten der Menschen um sie herum verschlungen wurde. Fassungslosigkeit und Ohnmacht bohrten sich in seine Stirn, bis sie am Ende ganz faltig war. Vielleicht ist er deswegen vorzeitig gealtert. Vielleicht trägt eine der Falten ihren Namen.

Wenn er etwas für den Rest seines Lebens bereute, dann, dass er nicht den Mut gefunden hatte, sie dort rauszuholen, um für sie der Rettungsanker zu sein, der sie für alle anderen war.

Doch bei allen Träumen war ihm doch klar, dass Liebe nicht alles war. Es gab Bande, die stärker waren als ihre schlechte Ehe. Sie hatte eine Familie, um die sie sich kümmerte, ein Geschäft, das sie voranbringen wollte, ein mit Schweiß und Tränen aufgebautes Leben, das sie trotz aller Schattenseiten nicht einfach aufgeben würde.

Ein Datum, das sich ihm ebenfalls eingeprägt hatte, war der Tag, an dem ihr Mann starb. Für die Familie ein großes Unglück, für Rafaela insgeheim eine Erleichterung.

In der ersten Zeit wirkte sie traurig, niedergeschlagen. Sie trug lange Schwarz, und sie musste ihre Röcke mit einem Gürtel an der immer schmaler werdenden Taille festzurren – eine Folge von Trauer, mangelndem Appetit, Stress und Ungewissheit.

Doch nach der düsteren Zeit, in der Gus die von ihm so bewunderte Frau kaum noch wiedererkannte, kehrte das

Lächeln in Rafaelas Gesicht zurück. Sie ließ nicht länger den Kopf hängen, zog sich bunter an und fand ihre Stimme wieder. Mithilfe ihrer Kinder, Enkelkinder und der frisch angeheuerten Angestellten stellte sie das Restaurant völlig neu auf. Das Geschäft erstrahlte in neuem Glanz, wie sie.

Gus war von diesem Glanz so geblendet, dass er die Augen schließen musste, wie jemand, der in die grelle Sonne blickt.

Er sagte sich, das könnte sein Moment sein, vielleicht könnte er jetzt, da Rafaela sich freigeschwommen hatte und endlich das Leben führte, das sie verdient hatte, öfter ihre Nähe suchen, mit ihr reden, Erlebnisse mit ihr teilen und mehr sein als ein Zuschauer ihres Lebens wie in all den Jahren bisher.

Der Pfeil erreichte sein Herz an einem Tag, an dem sie erschöpft, aber glücklich ihren Arbeitstag beendete. Er trieb sich in der Nähe des Eingangs zum Restaurant herum und beobachtete, wie sie zum Abschied ihre Kinder umarmte, ihren Enkelkindern einen Kuss auf die Stirn drückte und allen anderen ein Lächeln schenkte.

Das Lächeln war jetzt kein Schutzwall mehr, es war ein Fenster, durch das die Sonne strahlte.

Er wollte so gern Teil dieser Geschichte sein.

»Guten Abend, Gus«, sagte sie, als sie aus der Tür trat. »Wie war dein Tag?«

»Wie jeder andere.« Er lächelte. »Und deiner?«

»*Estupendo!*«, sagte sie auf Spanisch. »Die neue Speisekarte kommt super an«, erklärte sie begeistert. »Du musst unbedingt unsere neuen Gerichte probieren. Du weißt ja, du bist herzlichst eingeladen.«

»Dann muss ich wohl mal vorbeikommen«, erwiderte er

nervös. Er sah sie bewundernd an. »Du siehst heute umwerfend aus, Rafaela.«

»Ich werde ja noch ganz rot.« Sie lachte erfreut und strich das Kleid glatt. »Ich habe mich für heute Abend extra hübsch gemacht.«

In seiner Brust zerbrach etwas, er betete, dass sie das Knacken nicht gehört hatte.

*Ich bin zu spät.*

»Der Mann, mit dem du den Abend verbringst, ist ein wahrer Glückspilz.«

»Männer!«, schnaubte sie. »Hör mir auf mit Männern!« Sie kramte in ihrer Tasche nach dem Handy. »Ich gehe mit Freundinnen was trinken. Ein Mann hat mir gereicht, jetzt will ich das Leben genießen.«

Sie schenkte ihm ein Lächeln, das von Herzen kam, und in dem Moment hoben sich automatisch auch seine Mundwinkel. Er konnte sich nicht mehr erinnern, wann er zuletzt gelächelt hatte.

Er wollte so gern Teil dieser Geschichte sein.

»Ich wünsche dir einen schönen Abend, wir sehen uns morgen.«

»Wir sehen uns morgen, Gus, schlaf gut.«

Er wollte so gern Teil dieser Geschichte sein.

Doch er trat zur Seite und ließ sie ziehen.

Sie sollte strahlen wie ein Komet.

Jahrelang hatte er mit ansehen müssen, wie sie sich selbst immer hintanstellte. Sie hatte es verdient, dass sich jemand um sie kümmerte und ihr den Rücken freihielt, ohne sie einzuengen.

Er wurde Teil dieser Geschichte, dieser Frau, dieses Lebens.

Vielleicht nicht in der Form, in der er es sich gewünscht hätte, aber so, wie sie es verdient hatte.

Gus und Rafaela teilten den Alltagstrott, kurze Gespräche, so manches warme Lächeln und köstliches Essen.

Er hatte sich in Rafaela verliebt, weil er gesehen hatte, wie viel Liebe sie anderen schenkte.

*Das reicht doch völlig aus*, sagte er sich, und vielleicht war es tatsächlich so.

Er zog sich zurück in seine Welt, in die ihm heilige Ruhe und hatte weiter ein Auge auf sie. Er teilte die Einsamkeit mit Hunderten Besuchern der Mall, die ihm allesamt gestohlen bleiben konnten. Mit seiner harschen, bärbeißigen Art hielt er die Leute fern, bis sein Radius irgendwann so schrumpfte, dass nur er allein hineinpasste. Rafaela war die Einzige, die ihn noch erreichen konnte.

Er erweiterte das Repertoire an Schildern: WER DRECK MACHT, WISCHT SELBST oder BETRETEN DER FLIESEN 5$ ODER MOPP IN DEN ARSCH.

Das letzte musste er schnell wieder wegnehmen.

Er fand einen Weg, sich seinen Frieden, seine innere Ruhe zu bewahren. Er wollte nicht, dass sich jemand vor die Linse des Beobachters schob.

Und wenn Rafaela sich näherte, sorgte er rasch dafür, dass der Boden trocken war, und wenn ihm das nicht gelang, platzierte er stets das freundliche Schild: VORSICHT, NASSER BODEN. RUTSCHGEFAHR.

# KAPITEL 20

## Der Elf

In Windeseile flüchtete er mit Lola in das Restaurant. Er musste ihr den Mund zuhalten, denn sie war voll in ihrem Dramaqueen-Modus und schrie, als würde sie entführt.

Nachdem sie in Sicherheit waren, entließ er sie aus seinem Griff.

»Ich bin's, ich bin's«, flüsterte er ihr immer wieder zu und drückte seine Hände auf ihre Wangen, damit sie sich beruhigte. »Lola, hey, ich bin es doch ...«

»Sag mal, hast du sie noch alle?« Sie klammerte sich an seine Handgelenke, während er mit den Daumen über ihr Gesicht strich. »Ich hätte beinahe einen Herzinfarkt bekommen!«

»Entschuldige, es tut mir leid«, flüsterte er. »Nicht so laut, sonst hört man uns noch.«

»Ah, natürlich, ich vergaß«, brummte sie. Sie rückte näher an ihn heran. »Was stelle ich mich auch so hysterisch an, man könnte ja denken, du hättest mich mit Gewalt in einen Darkroom verschleppt.«

Der Sarkasmus in ihren Worten war nicht zu überhören, aber er war einfach nur gebannt von dem Kribbeln, das ihr

Atem in ihm ausgelöst hatte. Dieses Gefühl, wie sie sich Schutz suchend an ihn klammerte, die unglaublich zarten Wangen … All das war unbeschreiblich.

»Es tut mir leid«, flüsterte er heiser. »Ich wollte dich nicht erschrecken.«

Der Elf rückte mit dem Gesicht noch ein klein wenig näher an sie heran, nur einen Hauch.

Sogleich wurde er von einer warmen Woge erfasst, die auch vor seinem Geschlechtsteil nicht haltmachte. Da sie nicht zurückwich, drückte der Elf seine Hände noch fester in ihre Wangen.

Wird er sie gleich küssen? Verdammt, bei dieser Dunkelheit kann ich nichts sehen, mach mal einer das Licht an!

»Mr Comedian hatte also doch recht«, murmelte sie.

»Was meinst du?« Sie waren einander so nah, dass er ihre Lippen förmlich spüren konnte.

»Du verziehst dich mit hübschen Frauen gern an dunkle Orte, damit du sie befummeln kannst.«

Sein schallendes Gelächter löste die Spannung. Lola kicherte, und sofort war das Kribbeln wieder da, die warme Woge, nur dass sie diesmal sein Herz erfüllte.

Er legte seine Stirn auf ihre und schüttelte amüsiert den Kopf.

»Du bist echt total verrückt.« Sein Lächeln streichelte ihre Lippen.

Er konnte nicht mehr an sich halten und beugte sich vor. Doch in dem Moment krallte Lola zu seiner Überraschung ihre Fingernägel in seine Handgelenke und schob ihn weg.

»Oh Gott, die Kleine.« Sie begann zu hyperventilieren. »Wo ist Olivia?«

Die Tür des Lagers ging auf, und Licht drang herein, dazu das Stimmengewirr der Angestellten, die sich auf ihre Schicht vorbereiteten.

Eine kräftige Gestalt mit tätowierten Armen in einem eng anliegenden T-Shirt starrte sie verwundert an, in jeder Hand eine Glasflasche.

»Was darf's denn sein für die Kleine? Ein Gemüse- oder ein Hühnersüppchen vielleicht?« Sein Blick blieb an Lola hängen. »Bruder, was für 'ne Queen. Wo hast du dir denn die klargemacht?«, sprach er auf Spanisch weiter, weil er davon ausging, dass Lola ihn nicht verstand. »Du hast es echt drauf, Mann, wie ich.« Verwegen strich er sich über die Glatze. »Hat sie vielleicht noch eine Schwester?« Er zwinkerte ihm zu.

»Eric«, unterbrach ihn der Elf betreten, »sie kommt aus Spanien, sie versteht jedes Wort.«

»Na, dann sollten wir sie schleunigst Grandma Rafaela vorstellen.«

# KAPITEL 21

## Lola

*Ich glaub, ich bin im falschen Film.*

Von ihrem Stuhl hinter der Küchentür aus sah sie zu, wie besagte Grandma Rafaela Olivia mit Suppe fütterte (die Wahl war auf Hühnersuppe gefallen, schließlich sollte die Kleine – O-Ton – ja groß und stark werden). Sie hatte das Gefühl, die Zeit sei für einen Moment stehen geblieben, aber vielleicht war sie auch nur benebelt von dem Hormonflash, den die glühenden Hände des Elfen auf ihren Wangen ausgelöst hatten.

Eigentlich hatte sie nach Verlassen des Lagerraums gleich Olivia schnappen und weitersuchen wollen, aber als sie die Küche betrat und sah, wie die Kleine entspannt im Arm der Restaurantbesitzerin lag und sich die Suppe schmecken ließ, hatte sie sich erschöpft auf den Stuhl fallen lassen, der nur auf sie gewartet zu haben schien.

*Nur für einen kurzen Augenblick*, hatte sie sich gesagt.

Doch nun war es länger geworden als erwartet. Rafaela stellte ihnen Fragen, auf die nur der Elf antwortete, der neben ihr stand und ihre Kopfhaut massierte.

Wie süß von ihm.

»Mein Julio ist als kleiner Junge auch mal abgehauen, weil er einer Straßenkatze hinterher ist«, erzählte Rafaela und blies auf den Löffel mit der Suppe, damit sie etwas abkühlte. »Wir haben ihn erst am nächsten Tag gefunden, den armen kleinen Schatz.«

Besagter Julio, der gerade die Soßenflaschen auffüllte, hob die Augenbrauen.

»Jetzt bleib bei der Wahrheit, Mama«, schalt er sie. »Ihr habt die Tür abgeschlossen, und als ich abends nach Hause kam, musste ich auf der Fußmatte schlafen.«

Rafaela schnitt eine Grimasse, die Olivia zum Lachen brachte.

»Du kanntest die Regeln, ab neun ist die Tür zu.«

»Ach, komm schon, ich war gerade mal sechs …«

»Und ich war hundemüde, weil ich den ganzen Tag für euch geschuftet habe, ich brauchte meinen Schlaf.«

Julio schüttelte schmunzelnd den Kopf. Die Geschichte war irgendwie rührend. Lola schaute zu dem Elfen auf, der sie offenbar schon eine ganze Weile beobachtete.

»Ich bin fix und fertig«, gestand sie. Sie suchte nach Nähe und Trost. »Vielleicht sollte ich die Eltern anrufen und ihnen sagen, was passiert ist.« Sie verbarg ihr Gesicht in den Händen und seufzte. »Was für ein Horror, immer verkacke ich alles, das muss mir erst mal einer nachmachen.«

»Hey, hey, hey.« Der Elf beugte sich vor und nahm zärtlich die Hände von ihrem Gesicht. »Weißt du, dass man sagt, jedes Mal, wenn ein Baby lacht, wird eine Fee geboren?« Sie nickte verwirrt. »Na ja, und jedes Mal, wenn du so schlimme Sachen sagst, stirbt ein Elf.«

Sie lachte traurig.

»Das ist nicht wahr.«

»Doch, ist es.« Er riss theatralisch die Augen auf und legte die Hand auf die Brust. »Oh, mein Gott, ich glaube, diesmal hat es mich erwischt.« Er klopfte sich noch einmal auf die Brust und sank zu Boden. Und als Krönung der Vorstellung streckte er die Zunge raus.

»Junge, der Boden ist schmutzig«, warnte ihn Rafaela, als sie ihn so ausgestreckt auf den Fliesen liegen sah. »Die jungen Leute von heute haben schon eine seltsame Art zu flirten«, sagte sie zu Olivia, die glucksend auf den Dahingeschiedenen blickte.

Der Elf öffnete ein Auge, bewegte die Zunge und entlockte Olivia und Lola ein Lachen.

Ich muss Rafaela recht geben, es ist wirklich eine komische Art zu flirten.

Das Opfer erstand wieder von den Toten auf, beugte sich zu der Elfenmörderin und streichelte ihr liebevoll die Beine.

»Ich weiß, es ist schwer für dich, aber versuch, irgendwie Ruhe zu bewahren.« Er knuffte sie sanft. »Wir werden sie finden, wir haben ja viele Orte noch gar nicht abgesucht, irgendwo werden sie schon sein.«

»Das ist jetzt, ehrlich gesagt, kein Trost«, jammerte sie.

*»Flor«*, umschmeichelte sie Olivia.

»Danke, Oli, das tröstet mich schon mehr.«

Der Elf schenkte ihr ein verzücktes Lächeln, bevor er aufstand und seine Kleidung abklopfte.

»Rafaela, würdest du mir deinen Enkel ausleihen? Dann kann er mir bei der Suche helfen, während Lola etwas isst.«

Ihn auf einmal Spanisch reden zu hören, war, als hätte man ihrem Nacken einen kleinen Stromschlag versetzt.

Seine Stimme klang dunkler, entschlossener, rauer. Er hatte einen leichten Akzent.

*Ob er von den Kanaren kommt? Warum spricht er dann nicht Spanisch mit mir?*

Es war doch unglaublich albern, dass sie sich auf Englisch abquälen musste, wenn er perfekt ihre Sprache beherrschte.

*Was für ein Idiot.*

»Wir sind erwachsen, Mann, wir können für uns selbst entscheiden«, bellte Eric.

»Eric, du hilfst ihm. Keine Widerworte.« Rafaela setzte Olivia vorsichtig auf den Boden und stand auf. »Julio!« Der war sofort zur Stelle. »Mach der jungen Dame schnell was zu essen, während die Jungs weitersuchen«, befahl sie.

»Nein, nein«, sträubte sich Lola. Sie stand auf und hob Olivia hoch, die lautstark maulte, als sie wieder in den Buggy gesetzt wurde. »Ich gehe mit, ich werde auf keinen Fall hierbleiben und Däumchen drehen.«

»Süße, du bist dünn wie eine Bohnenstange, du musst was essen, keine Widerrede.« Lola fasste den Lenker des Buggys und fing an, das Baby zu wiegen, um sich abzuregen. »Julio macht dir schnell was, die zwei kümmern sich, ich bin gleich wieder da.«

*Ich habe mehr Fleisch auf den Rippen als Ihr geliebter Julio, Señora*, wollte sie erwidern. So viel zum Thema »dünn wie eine Bohnenstange«.

Doch noch bevor sie etwas sagen konnte, waren der Elf und Eric schon durch die Tür verschwunden, gefolgt von Grandma Rafaela, die ihr einen drohenden Blick zuwarf nach dem Motto: »Iss, oder du bekommst es mit mir zu tun, wenn ich zurück bin.«

Sie würde auf keinen Fall untätig herumsitzen.

Natürlich würde sie sich gleich auf den Weg machen.

Doch dann schob sich Julio mit einem dampfenden Teller lächelnd zwischen sie und Tür.

»Salchipapa gefällig, Schönheit?«

Ihr Blick wanderte von Julio zu den knusprigen Kartoffeln mit der saftigen Wurst und zu Olivia, die selig im Buggy schlummerte.

Insgeheim war sie Rafaela dankbar. Was wären wir ohne unsere Omas.

*Ich könnte der Kleinen einen kurzen Mittagsschlaf gönnen, den hat sie bitter nötig. Nein, verdammt, ich hab keine Zeit zum Essen.*

Sie schaute auf die Salchipapa, auf Olivia, wieder auf die Salchipapa …

*Wie lecker das duftet …*

»Also gut.«

Noch im Stehen nahm sie den ersten Bissen.

Ich verurteile sie nicht, mit vollem Magen trifft man die besseren Entscheidungen.

Ganz zu schweigen davon, wie gut es war, dass sie Kräfte sammelte für das, was ihr bevorstand.

Aber wir wollen nicht vorgreifen.

# KAPITEL 22

## Der Elf

Er hätte sich in den Hintern beißen können, dass er am Morgen statt Frühstück nur einen Kaffee getrunken hatte. Sein Magen knurrte schon seit einer ganzen Weile, und er hätte gern endlich etwas zwischen die Kiemen bekommen, aber es war ihm wichtiger, dass Lola für einen Moment zur Ruhe kam und etwas aß. Sie und die Kleine waren in guten Händen, die Duartes führten den Familienbetrieb mit viel Können und Herzblut. Das Restaurant war für seine exquisite Küche bekannt und in dem ganzen Durcheinander der geeignete Zufluchtsort.

An seinem ersten Arbeitstag in der Mall hatte er sich in der Mittagspause im Sazón Costeño eine Arepa gegönnt, und inzwischen war es zu seinem Stammlokal geworden. Dort schlug er die Zeit tot, wenn nichts los war. Er hing mit dem alten Gangster Eric ab oder beobachtete amüsiert, wie Grandma Rafaela das Regiment führte und die Jungs in den Senkel stellte, wenn sie nicht flink genug arbeiteten.

*Was gäbe ich jetzt für eine Arepa …*

Ihm lief schon das Wasser im Mund zusammen, doch er verdrängte das Leeregefühl in seinem Bauch.

»Ist es der hier?«

Der Elf fuhr herum. Eric kam mit einem Jungen an der Hand aus dem Eiscafé, das er gerade gecheckt hatte. Er hatte ja selbst bei dessen Oma um Unterstützung gebeten, doch der Trottel war keine große Hilfe, im Gegenteil, er machte alles noch schlimmer.

»Nicht schon wieder …« Er seufzte verärgert. »Bring den Jungen sofort zu seinen Eltern zurück, bevor sie die Polizei rufen. Bist du bescheuert?«

»Es war einen Versuch wert. Hätte ja auch sein können, dass die Leute ihn entführt haben«, entschuldigte er sich. Er ließ die Hand des Jungen los, der ungerührt mit seiner Eiswaffel in der Hand zurück in das Eiscafé ging. »Der war es also nicht?«

»Wie denn, der ist ja nicht mal blond.«

»Stimmt, eher brünett.«

»Eric, das ist ein Afroamerikaner.«

»Pah, was heißt das schon.«

Der Elf rieb sich verzweifelt die Stirn. Er vermochte nicht zu sagen, ob es wegen der verschwundenen Kinder, wegen Eric, wegen des quälenden Hungergefühls oder wegen der stechenden Kopfschmerzen war, die dieser Albtraum in ihm auslöste.

Er seufzte ermattet, aber er ließ sich von den negativen Gedanken nicht runterziehen. Aufgeben war keine Option. Er würde die Kinder finden, er musste sie finden. Damit die schöne Frau, die seinen Tag ordentlich durcheinandergewirbelt hatte, endlich wieder Ruhe fand.

Und wenn er sich schon den Orden des noblen Retters ans Revers heftete … was das anging, hatte er ja längst gepunktet … Natürlich hatte er ihr geholfen, weil sich das so gehörte, weil er Menschen in Not immer half und weil er sie in einer solch schlimmen Situation nicht allein lassen konnte. Aber er konnte auch nicht bestreiten, dass nach diesen intensiven Stunden sein Interesse an ihr über das eines barmherzigen Samariters hinausging.

Diese Frau machte ihn verrückt, in vielerlei Hinsicht. Da gab es noch vieles zu ergründen. Lola gefiel ihm, und er musste die Kinder so schnell wie möglich finden, damit dieser Albtraum ein Ende nahm und er sie besser kennenlernen konnte. Er war überzeugt, dass es noch eine andere Lola gab, nicht nur die impulsive mit ihren Wutanfällen, ihrem eigenwilligen Humor und dem drängenden Wunsch, aller Welt beweisen zu wollen, dass sie alles schaffte.

Vielleicht kannte er sie schon besser, als ihm selbst bewusst war.

»Das Urban Combat!«, rief Eric euphorisch. »Wenn ich ein Kind wäre, würde ich mich dort verstecken.«

»Du bist ein Kind, deshalb willst du unbedingt dahin.«

Aber Eric hatte natürlich recht, das war mit Sicherheit die erste Wahl der beiden kleinen Teufel. Allerdings hielt sich seine Freude in Grenzen, mit einem Brummschädel in ein Labyrinth aus Neonlichtern eintauchen zu müssen, in dem sich hyperaktive Kinder gegenseitig mit Laserpistolen beschießen. Aber er stellte sich tapfer mit Eric in die Schlange. Mit etwas Glück konnten sie das schnell abhaken. Hauptsache, es endete nicht wieder mit einem Mordsärger. Das konnte er überhaupt nicht brauchen.

»Denk dran, wir sind wegen der Zwillinge hier«, ermahnte er Eric, der völlig aus dem Häuschen war. »Nicht um rumzuballern.«

»Bruder, für wen hältst du mich? Ist doch klar.« Er lächelte wenig überzeugend. »Aber wenn ich unterwegs ein paar Rotznasen abknallen kann, ist es doch gleich viel lustiger«, witzelte er in seiner Muttersprache.

Die Frau zwei Plätze vor ihnen drehte sich erschrocken um und ergriff mit ihrem Sohn die Flucht. Offenbar sprach sie Spanisch.

»Ha, einer weniger«, sagte Eric mit einem breiten Grinsen.

Der Elf verpasste ihm einen Stüber in die Seite.

»Bitte reiß dich zusammen, nicht dass sie uns hochkant rauswerfen.«

Sie waren schneller wieder draußen, als sie gucken konnten.

Wenige Minuten später war die ganze Nummer beendet. Eric zählte an den Fingern die Kinder ab, die er in dem kurzen Kampf mit den Laserpistolen abgeschossen hatte, und der Elf hing schlaff über der Schulter eines Sanitäters, der unter dem Gewicht fast zusammenbrach.

Er war weiß wie die Wand und bewusstlos.

# KAPITEL 23

## Der Elf

Das Erste, was er sah, als er die Augen aufschlug, war *sie.*

Ihre wallende Mähne kitzelte ihn am Schlüsselbein, während sie ihm mit einer Hand den Nacken hielt und ihm mit der anderen mit einem von Rafaelas Fächern Luft zufächelte. Als er aufstehen wollte, stieß er mit dem Oberkörper auf etwas Weiches.

*So groß hatte ich sie gar nicht in Erinnerung.* Er spürte leichte Stöße. *Hat sie mich da eben etwa mit ihrer Brust angetippt?*

Völlig desorientiert versuchte er sich ein Bild der Lage zu machen und entdeckte die kleine Olivia in einer Babytrage vor Lolas Brust. Sie betrachtete ihn neugierig und schlug unbeholfen auf seinen Oberkörper, um ihn aus der Ohnmacht aufzuwecken.

»Elf?« Lolas Stimme klang sanft wie der Gesang der Engel an der Himmelspforte. »Fuck! Zum Glück. Verdammt, bring mal jemand was Kaltes zu trinken!«

Ungefähr so.

Seine Augen schlossen sich, als er von hinten angehoben wurde. Der kniende Sanitäter hatte mit seinen Oberschenkeln eine Art Kissen gebildet, auf dem er den Oberkörper des Elfen sanft ablegte.

»Ist er okay?«, hörte er Lola leise fragen.

»Ja, keine Sorge, Ihrem Freund geht es so weit gut.« Der Sani hüstelte. »Wenn Sie vielleicht ein wenig Abstand nehmen könnten, damit ich …«

»Nein«, stöhnte er. Es war das erste Wort, das er sagte.

Er zwang sich, die Augen zu öffnen. Er sah immer noch verschwommen, doch er nahm die Erleichterung in Lolas Gesicht wahr. Sie beugte sich über ihn und strich ihm zärtlich das Haar aus der Stirn. Er atmete auf.

»Hallo, Cutie«, flüsterte sie und kicherte nervös. »Ich bin hier.«

»Geh nicht weg.«

»Das hab ich nicht vor.«

»Ich brauche ein wenig Platz, sonst kann ich ihm nicht …«, drängte der Sanitäter, dem das Ganze sichtlich unangenehm war.

»Kann ich sie ihm geben, Doc?«

»Ich bin kein Arzt.«

Lola hatte ihr Ansinnen zwar als Frage verkauft, aber allen Anwesenden war klar, dass für sie die Antwort schon feststand. Eric reichte ihr die Cola. Der Sanitäter half dem Elfen, sich ein wenig aufzurichten. Lola stützte seinen Nacken und führte die Dose an seine Lippen.

»Trink einen Schluck«, flüsterte sie. »Du bist ohnmächtig geworden, weil du unterzuckert warst.«

»Das dachte ich mir fast.« Er lachte angestrengt.

»Verschieb die Sprüche auf später und mach den Mund auf.«

Merkt euch diesen Satz für folgende Ereignisse.

Er trank in kleinen Schlucken. Der Kopfschmerz ließ allmählich nach, er sah wieder klar, und das Atmen fiel ihm deutlich leichter.

»Sie müssen sich auf jeden Fall noch ausruhen und vor allem etwas essen«, erklärte der Sanitäter, als der Elf behauptete, es ginge ihm schon viel besser.

»Natürlich, Doc.« Lola kraulte seinen Nacken.

»Ich bin kein Arzt!«

»Wir nehmen ihn mit ins Restaurant«, sagte Eric und ging neben ihm in die Knie, um ihm aufzuhelfen. »Grandma wird dir ein paar Arepas machen, dass es dir die Eier weghaut.«

Wenig elegant schob er den Arm unter die Schultern des Elfen und zog ihn hoch.

»Vorsicht! Er ist noch schwach!«, schalt ihn der Sanitäter.

»Der ist nicht schwach, Doc, eine von unseren Arepas, und er steht wieder wie eine Eins.«

»Wie oft denn noch. Ich bin kein Arzt.«

Der Elf musste lachen, und das Druckgefühl auf den Lungen war wieder da. Gestützt von Eric und Lola konnte er sich gerade so auf den Beinen halten.

Na ja, sagen wir, Lola versuchte, ihn zu stützen. Er musste aufpassen, sich keinesfalls zu sehr auf ihre Seite zu beugen, um sie nicht zwischen seinem Bizeps und seinen Achseln einzuquetschen. Aber der Wille zählt, und er legte zärtlich den Arm um ihre Schulter.

Ja, sie war ihm eine Stütze, kein Zweifel, wenn auch nicht in physischer Hinsicht.

Als Julio sie kommen sah, eilte er ihnen sofort zu Hilfe. Der Elf musste sich beherrschen, damit ihm nicht das Gesicht entgleiste, als Lola unter seinem Arm wegschlüpfte und Julio ihren Platz einnahm. Auch wenn ihm das Gehen so leichter fiel, hätte er sich lieber auf den letzten Metern noch weitergequält, nur um sie noch länger im Arm halten zu können.

»Mein armer Schatz!«, rief Rafaela alarmiert, als sie den leichenblassen Elf hereinschleppten. Im Restaurant war die Hölle los, doch sie ließ alles stehen und liegen und kümmerte sich sofort um ihn. »Setz dich, ich hole dir was Kaltes zu trinken.«

»Ich hatte schon eine Cola.«

»Dann trinkst du eben noch eine.«

Ihm blieb keine Zeit zu antworten, denn sie hatte die Dose schon geöffnet in der Hand und presste sie auf seine Lippen. Um ein Haar hätte er hineingebissen, so kräftig war ihr Druck.

Tränen stiegen ihm in die Augen, als sie wenig später mit Schürze und einem Teller dampfender Arepas vom Herd kam.

»Rafaela, wer soll die denn alle essen?«

»Wehe, der Teller ist nicht leer, wenn ich zurückkomme«, sagte sie, während sie die köstlich duftenden Maisfladen servierte.

Beim ersten Bissen kam ein zufriedenes »Mmmmh« aus seinem Mund, und das wohlige Gefühl verstärkte sich, als er die warmen Finger in seinem Nacken spürte, die ihn zärtlich streichelten. Als er aufschaute, blickte er in strahlende blaue Äuglein.

»*Bella.*«

»Du bist noch viel schöner, Schätzchen.« Er lächelte Olivia zu und blickte hoch zu Lola, die weiter seinen Nacken massierte. »Ich habe die beiden nicht gefunden.«

»Ach was!« Lola hob sarkastisch die Augenbrauen. »Und

ich dachte, du hättest sie gesehen und dich totgestellt, wie ein Käfer, wenn er sich von einem Raubtier bedroht fühlt.«

»Das Raubtier war sie«, sagte Eric leise, während er sich die Schürze umband. »Du hättest mal ihren wilden Blick sehen sollen, komplett durchgeknallt.«

»Das habe ich gehört, du Blödmann.«

»Du hast echt ausgesehen wie ein wilder Panther, der jeden zerfleischt, der deinem Elfenbaby zu nahe kommt.«

Das gefiel dem Elfen natürlich. Er schloss genießerisch die Augen und wandte sich nach einem weiteren Bissen wieder Lola zu.

»Ich weiß nicht, was du daran so witzig findest«, kommentierte sie sein verzücktes Lächeln und rollte mit den Augen.

»Warst du so besorgt um mich?«

»Mehr als das. Sie hätte für dich getötet«, frotzelte Eric.

»Wie soll ich denn ruhig bleiben, wenn der Idiot da auftaucht«, sie deutete auf Eric, ohne ihn dabei anzusehen, »und behauptet, du bist tot.«

»Das habe ich so nicht gesagt. Ich hab nur gesagt: ›Er liegt da wie tot‹«, verteidigte er sich und zuckte mit den Achseln.

Der Elf quittierte das mit einem vorwurfsvollen Blick, aber er konnte sich ein Grinsen nicht verkneifen.

»Grandma Rafaela hat beinahe einen Herzinfarkt bekommen«, brummte Lola, »und ich habe meine Salchipapa stehen lassen.«

»Ein Opfer, das von wahrer Liebe zeugt.«

»Sag mal, hast du nichts zu tun?!«

Lola war kurz davor auszurasten, und der Elf musste feststellen: Sie hatte nicht gelogen, als sie im Restaurant der fliegenden Äxte behauptete, dass sie äußerst treffsicher sei. Sie schnappte sich den Serviettenhalter vom Tisch und zielte auf Erics Kopf. Eric konnte sich gerade noch rechtzeitig ducken, und das Geschoss donnerte gegen einen Metallschrank. Die Küchenangestellten hielten erschrocken inne, und alle Köpfe drehten sich zu ihnen.

»Sie ist total verrückt, aber ich mag sie«, sagte Eric lachend und mischte sich unter das Personal.

Am Beben ihrer Hand in seinem Nacken merkte er, dass auch Lola insgeheim lachte. Sie hatte sich neben ihn gesetzt und ihn die ganze Zeit über weitergestreichelt. Er beobachtete amüsiert, wie sich eine räuberische kleine Hand vorsichtig seinen Arepas näherte. Bevor er wieder herzhaft hineinbiss, riss er ein Stück ab und gab es der Kleinen.

»Mega.«

»Sind sie gut?«

»Ja, aber ich meinte eigentlich deine Finger.«

Lolas Hals spannte sich an, und sie presste die Lippen aufeinander, während ihr Blick etwas in Olivias Locken zu suchen schien. Ihre Bewegung wurde zögerlicher, schwächer, bis sie schließlich ganz aufhörte und Lola die Hand verlegen zurückzog.

Ein Lächeln huschte über sein Gesicht.

Ich finde, es war eher ein dümmliches Grinsen.

»Ich mache dich nervös.«

»Nein, das stimmt nicht«, erwiderte sie, ohne ihn dabei anzusehen.

»Du hast ganz rote Wangen.«

»Das ist nur, weil dein Freund mich so auf die Palme gebracht hat.«

Er neigte flirty den Kopf.

»Vorhin, im Lager …«

»Warum sprichst du eigentlich immer Englisch mit mir?«, unterbrach sie ihn.

Damit hatte sie ihn kalt erwischt.

»Ich bin es so gewohnt.« Er grinste schelmisch. »Und außerdem gefällt es mir, zu sehen, wie du dich abmühst, das ist einfach zu schön.«

»Machst du dich etwa über mich lustig?«, bellte sie gekränkt. »Willst du, dass ich dich ins Koma befördere?«

Nein, er machte sich nicht lustig über sie. Er liebte es wirklich, sie in einer Sprache reden zu hören, die sie nicht hundertprozentig beherrschte.

»Ich meine das völlig ernst, das ist so …«, er blickte zur Decke und suchte nach dem passenden Wort, »imponierend.«

»Ich wusste es. Du verarschst mich.«

Der Elf bedeckte flugs sein Gesicht, als Lola ein angekautes Stück Arepa aus Olivias Hand nahm und ihm entgegenschleuderte.

»Nein! Ich schwöre!« Er sah sie mit einem Können-diese-Augen-lügen-Blick an. »Es ist eine Herausforderung für dich, aber du kämpfst wie eine Löwin. Und du machst das echt gut. Das finde ich faszinierend.«

Sie zögerte.

»Vermutlich erwartest du jetzt ein Danke.«

»Außerdem, wenn du Spanisch sprichst, klingt deine Stimme dunkler, und du wirkst noch Furcht einflößender.«

*Und das törnt mich noch mehr an.*

Lola lachte und warf noch ein Stück vollgesabberten Teig nach ihm. Sie stand auf, zurrte die Gurte der Babytrage fest und stieß einen tiefen Seufzer aus.

»Na gut …« Sie hüstelte. »Dann will ich unserer kleinen Stinkeprinzessin mal die Windel wechseln«, sie beugte sich mit gerümpfter Nase über Olivia, »und dann geht's weiter mit der Suche. Wir sehen uns später.« Sie ging zum Buggy und schnappte sich widerwillig die Tasche mit den nötigen Utensilien.

»Auf keinen Fall. Ich komme mit«, protestierte er und sprang auf, nachdem er sich noch schnell den Mund abgewischt hatte.

Es ging ihm schon viel besser, ihm war nur noch ein wenig schwindelig, aber das würde auch noch vorbeigehen. Es sprach nichts dagegen, dass er sie begleitete. Er würde sich nicht davon abbringen lassen.

»Du rührst dich nicht von der Stelle«, befahl sie und drückte den Zeigefinger in seine Brust. Er sank wieder auf den Stuhl. Sie hatte leichtes Spiel, denn er war immer noch taumelig. »Wenn ich sie hier auf diesem Stock nicht finde, hole ich dich ab, und wir machen auf dem nächsten weiter.« Sie beugte sich zu ihm. »Aber du musst dich ein Weilchen ausruhen.«

Er zog eine Schnute wie ein kleines Kind, dem man sagt, es müsse erst ein Verdauungsschläfchen machen, bevor es ins Schwimmbecken darf. Aber er würde brav sitzen bleiben und die restlichen Arepas aufessen. Rafaelas Drohung hallte ihm noch in den Ohren.

Lola stärkte sich auch noch mit einem letzten Bissen und einem Schluck Cola, bevor sie sich wieder ins Gewühl stürzte.

»Ach übrigens«, sagte sie im Gehen, »ich mag es auch lieber, wenn du Englisch mit mir sprichst.«

»Warum?«

»Weil deine Stimme auf Spanisch auch tiefer klingt.« Sie hielt der Kleinen die Ohren zu. »Und das macht mich total heiß.«

Sie zwinkerte ihm zu und ließ ihn baff zurück.

Er würde garantiert nicht tatenlos da sitzen bleiben, nicht nachdem sie bei ihm mit sechs Worten einen Herzkasper ausgelöst hatte. Aber noch bevor er sein Vorhaben in die Tat umsetzen konnte, wurde er von einer Ehrfurcht gebietenden Stimme zurückgehalten:

»Ich sagte, ich will einen leeren Teller sehen, Junge!«

# Ein Pfeil für Rafaela

Schon lange vor dem Tod ihres Mannes hatte sie aufgehört, an die romantische Liebe zu glauben.

Als sie noch jung und naiv war, hatte sie an die große Liebe geglaubt, wie sie die Hollywoodfilme vorgaukelten, daran, sich mit der ewigen Liebe ein Leben und eine Familie aufbauen zu können. Sie tröstete sich damit, dass sie es im Grunde geschafft hatte, sich mit harter Arbeit ein Leben und eine Familie aufzubauen – nur eben mit der falschen Person.

Mit gebrochenem Herzen zu lieben, ist noch schmerzlicher, wenn mit dieser Liebe viele Dinge verknüpft sind, die dein Leben ausmachen. Bande, die über die vielen notdürftig gekitteten Risse hinweg alles zusammenhalten: dein Zuhause, dein Geschäft, deinen Lebenstraum, deine Familie, deine Finanzen, deine Zukunft, einfach alles.

Voller Neid und Sehnsucht blickte sie auf die Jugend von heute, auf die Unabhängigkeit und den Wagemut der Frauen, die sie sich für sich selbst gewünscht hätte. Was für ein Befreiungsschlag.

Vielleicht sähe ihr Leben so heute anders aus. Aber vielleicht hätte sie sich auch nicht getraut, einen anderen Weg zu gehen, aus Angst, dem, was sie liebte, zu schaden. Der Familie, nach der sie sich abends sehnte, weil sie weit weg war. Ihren

Kindern, die sie aufgezogen hatte und die inzwischen flügge waren. Ihren Enkelkindern, die in ihr wieder einen Funken der Hoffnung entzündet hatten, nachdem sie sich viele Jahre nutzlos gefühlt hatte.

Ihr Leben lang hatte sie nur geschuftet, nun wollte sie mit sich selbst und der Vergangenheit Frieden schließen. Sie hatte als junge Frau Entscheidungen getroffen, die sie damals für richtig hielt. Die konnte sie nicht mehr rückgängig machen, und folglich brachte es nichts, sich dafür zu verurteilen.

Auch wenn Rafaela sich den größten Teil ihres Lebens unter Leid und Schmerz für andere aufgeopfert hatte – inzwischen hatte sie wieder angefangen zu leben, zu träumen, zu strahlen. In manchen Momenten hatte sie das Gefühl, dass ihr die Zeit zwischen den Fingern zerrann, dass es zu spät war, um all das nachzuholen, was sie versäumt hatte.

Sie sehnte sich nicht nach einer großen Liebe wie im Film. Sie wollte einfach das Leben genießen und all das, was es einer Oma, die sich nichts anderes als Gesundheit und Glück für sich und ihre geliebten Menschen wünschte, noch zu bieten hatte.

An dem Tag hatte sie sich für ein magentafarbenes Kleid und einen Lippenstift entschieden, den ihr eine ihrer Töchter zum Muttertag geschenkt hatte. Es war eine kräftige, gewagte Farbe, wie sie sie schon ewig nicht mehr aufgetragen hatte. Der Mut hatte sie verlassen, als der einzige Mensch, dem sie gefallen wollte, sein Missfallen darüber äußerte – wie über alles, was sie für die Welt jenseits von ihm sichtbar machte. Jetzt wollte sie nur noch sich selbst gefallen.

Sie fand die Farbe richtig toll.

Mit zittrigen Händen fuhr sie sich übers Haar, das sie

genauso frisiert hatte, wie sie es am liebsten mochte, und drückte zum Abschied noch allen wie ein Siegel einen Kuss auf die Stirn, bevor sie das Restaurant verließ.

Diese Abende waren die Highlights in ihrem Leben.

Sie waren rar, denn sowohl sie als auch ihre Freundinnen waren viel beschäftigt, weil sie für sich oder für andere im Einsatz waren. Diese Abende gehörten ihr allein, da war sie nicht nur Mutter, Oma und Kümmerin. Da war sie einfach Rafaela. Eine selbstständige Person: Frau, Freundin, Träumerin, Hauptdarstellerin. Sie wurde gesehen, geliebt, beschützt, wertgeschätzt.

Es war ihr Raum. Ein Raum, um zu sein, zu genießen, zu trinken, zu tanzen, zu fühlen, zu lachen, zu weinen, kurz: zu leben.

Ein Raum, in dem sie nicht länger eine vergessene Frau war.

Ein Raum, in dem sie das verpasste Leben nachholen konnte.

Der Plan an dem Abend war, in eine Cocktailbar in der Nähe der Wohnung ihrer Freundin Sacramento zu gehen. Sie gingen oft dorthin, weil die Stimmung gut war und der Kellner ihnen immer einen Drink spendierte. Sacra und sie tranken immer erst mal ihren eigenen und spielten dann Schnick, Schnack, Schnuck, wer den von Encarna bekam, die immer alkoholfreie Cocktails bestellte – sie behauptete, sonst würden sich ihre Knöchel entzünden –, aber am Ende doch gern an den Gläsern der anderen nippte.

Als sie aus der Tür trat, ging eine Nachricht auf ihrem Handy ein, doch bevor sie antwortete, wollte sie noch Gus grüßen, der wenige Meter vor dem Restaurant stand.

»Guten Abend, Gus. Wie war dein Tag?«

»Wie jeder andere.« Er lächelte schüchtern. »Und deiner?«

»*Estupendo!* Die neue Speisekarte kommt super an. Du musst unbedingt unsere neuen Gerichte probieren. Du weißt ja, du bist herzlichst eingeladen.«

»Dann muss ich wohl mal vorbeikommen.« Diskret wanderte sein Blick über ihren Körper. »Du siehst heute umwerfend aus, Rafaela.«

Sein Kommentar überraschte sie. Es kam selten vor, dass ihr jemand außerhalb der Familie oder ihres Freundeskreises Komplimente machte. Das brauchte sie auch nicht. Trotzdem fühlte sie sich geschmeichelt.

Gus war ein gutmütiger Kerl. Vielleicht ein wenig seltsam. Er war immer so schweigsam, ungesellig und kontaktscheu, aber sie fühlte, dass er ein gutes Herz hatte.

»Ich werde ja noch ganz rot.« Sie lachte erfreut und strich das Kleid glatt. »Ich habe mich für heute Abend extra hübsch gemacht.«

»Der Mann, mit dem du den Abend verbringst, ist ein wahrer Glückspilz.«

»Männer!« Allein bei dem Gedanken drehte sich ihr der Magen um. »Hör mir auf mit Männern!« Sie kramte in ihrer Tasche nach dem Handy, um auf die Nachricht zu antworten. »Ich gehe mit Freundinnen was trinken. Ein Mann hat mir gereicht, jetzt will ich das Leben genießen.«

Sie lächelte ihn beseelt an, und zu ihrer Überraschung lächelte er auch. Das tat er so gut wie nie.

Ja, Gus war zweifellos ein guter Kerl. Sie fragte sich, ob zu Hause wohl eine längst vergessene Frau auf ihn wartete.

Sie wusste nicht viel über ihn. Er war am liebsten für sich, aber wenn er sie ansah, hatte er so einen Glanz in den Augen, der vermuten ließ, dass sein Herz nicht gebrochen war, dass er zu den wenigen glücklichen Menschen gehörte, denen tatsächlich eine Liebe wie im Film geschenkt wird.

Ihn danach fragen wollte sie nicht, sie wollte lieber daran glauben, dass, während sie sich in der Liebe verlor, andere Menschen wie Gus die wahre Liebe lebten.

Vielleicht wäre ihr das im nächsten Leben auch vergönnt.

Aber eins stand für sie fest: Die Zeit, die ihr noch blieb, würde sie nicht darauf verschwenden, sich für diese Liebe aufzureiben.

»Ich wünsche dir einen schönen Abend, wir sehen uns morgen.«

»Wir sehen uns morgen, Gus, schlaf gut.«

Sie schenkte ihm noch ein letztes Lächeln, bevor sie sich auf den Weg machte.

Ich legte den Pfeil in Rafaelas geschundene Hände, denn nachdem sie sich immer wieder an den scharfen Splittern ihres gebrochenen Herzens geschnitten hatte, stand es ihr zu, selbst Herrin über das Schicksal ihrer Liebe zu sein.

Sie behielt ihn ohne Zögern für sich und schob ihn unter ihre Brust.

Ich machte ihr deswegen keine Vorwürfe. Denn mir wurde klar: Bei all der Liebe, die sie den ihr nahestehenden Menschen entgegenbrachte, hätte dieser Pfeil keinen besseren Platz finden können.

# KAPITEL 24

## Lola

Gott sei Dank waren im dritten Stock nicht mehr viele Läden übrig, die sie noch nicht abgesucht hatten: zwei Restaurants, die Toiletten, drei Bekleidungsgeschäfte und der größte Laden von allen: Crayola Store. Dort gab es eine Riesenauswahl an Stiften, Bildern, Bastelbedarf und allem, was mit Kunst, Kreativität und schrillen Farben zu tun hat.

Und wie könnte es in solch einem wunderbaren, gigantischen und extravaganten Einkaufszentrum anders sein: Das Geschäft war so konzipiert, dass es der Kundschaft eine in jeder Hinsicht immersive Erfahrung bieten sollte – welch Ironie.

Auch wenn Lola versuchte, Ruhe zu bewahren und mit kühlem Kopf vorzugehen, war ihr doch in jeder Sekunde bewusst, dass zwei von ihr zu beaufsichtigende Kinder seit Stunden durch den riesigen Komplex irrten, dass sie ein geklautes Walkie-Talkie unter ihrem neuen Shirt mit den Pfefferkuchen-Patches trug, dass eine Furcht einflößend Wachfrau sie jeden Moment aufspüren konnte und dass der Elf, *ihr* Elf, ihretwegen beinahe draufgegangen wäre.

Sie hatte ihn angelogen, selbstverständlich würde sie ihn

nicht abholen, zumindest nicht so bald. Der »Doc« hatte klargestellt, dass er Ruhe brauchte. Er musste wieder zu Kräften kommen, und das Letzte, was er jetzt brauchte, war eine strapaziöse Suchaktion in einem gigantischen Einkaufszentrum. Letztlich ging ihn das ja gar nichts an, es war ihre Verantwortung; sie hatte es verbockt, und sie würde es allein wieder richten. Sie konnte es schaffen, sie war von niemandem abhängig, sie brauchte ihn nicht, das war lächerlich.

*Du brauchst niemanden, du musst es allein schaffen,* versuchte sie sich einzureden, doch zwischen den Rippen unter der Brust tat sich ein riesiges Loch auf, wenn sie daran dachte, dass sie wirklich allein war.

Sie musste schmunzeln, als sie sich an die Worte des Elfen erinnerte: »Jedes Mal, wenn du so schlimme Sachen sagst, stirbt ein Elf.« Und dann war er tatsächlich abgeklappt, seitdem war ihr klar, dass sie es nicht mehr riskieren würde, das Schicksal herauszufordern.

Eines nach dem anderen durchkämmte sie die restlichen Restaurants und Geschäfte, und mit jeder neuen Schlappe, wenn das Personal ihr erklärte, die beiden nicht gesehen zu haben, sank ihr Mut. Und im gleichen Maße nahmen die Wut und die Enttäuschung über sie selbst weiter zu.

Nein, sie würde sich nicht selbst niedermachen, auch wenn sie das Gefühl hatte, die größte Loserin unter der Sonne zu sein. Nein, das würde sie nicht aussprechen, zumindest nicht laut.

*Du schaffst es nicht allein, du hast dich übernommen, du bist nicht tough genug.*

»Oli, kannst du mir was Nettes sagen.«

»*Craysón.*«

Sie musste lachen.

»Meinst du *corazón* oder *crayón?*«

»*Crasón!*«

»Puh, Glück gehabt.«

Komplimente aus Kindermund waren wie Medizin.

Olivias Wortspiel lenkte ihre Aufmerksamkeit auf den Crayola Store.

Kennt ihr das, wenn ihr eine Vorahnung habt? Dieses Bauchgefühl, das euch sagt, dass etwas geschehen wird oder, wie in diesem Fall, dass etwas geschehen ist.

Genau dieses Gefühl hatte Lola. Etwas regte sich in ihrer Brust, als ihr Blick auf das Geschäft weiter hinten im Gang fiel. Als würde es ein Signal aussenden: »Hallo, hier sind sie.« Vielleicht lag es an ihrem Wunsch, sie endlich zu finden, vielleicht wurde sie angelockt durch die bunten Farben und das Kindergeschrei, wie dem auch sei, sie war überzeugt, dass Finn und Sophie sich dort aufhielten.

Sie beschleunigte ihren Schritt und dankte Rafaela innerlich, dass sie ihr die Babytrage geliehen hatte. Wie machen Omas es nur, dass sie immer genau das parat haben, was man gerade braucht? Vielleicht hätte sie Rafaela gleich fragen sollen, ob sie zufällig auch irgendwo Zwillinge zur Hand hatte. Womöglich hätte sie eine Schublade aufgezogen, und die beiden wären wie durch Zauberhand herausgesprungen.

Ihr war klar, dass sie sich keine allzu großen Hoffnungen machen durfte, es war nur eine Ahnung, ein vages Gefühl, mehr nicht.

Als sie das Geschäft betrat, war sie erst mal überwältigt.

*Wie kann es so viele Farben geben? Ich muss wohl im Hintern eines Einhorns gelandet sein.*

Ihr Blick wanderte in alle Himmelsrichtungen. Doch von den Zwillingen keine Spur.

Sie seufzte zerknirscht. Vielleicht hatte ihre Fantasie ihr einen Streich gespielt. Seit wann hörte sie auf ihren Bauch? Sie hatte ja schon mehr als einmal festgestellt, wie schlecht es ihr bekam, wenn sie auf ihre innere Stimme hörte.

Um auch dieses Geschäft abhaken zu können, ging sie zu der Frau an der Kasse.

»Hallo, entschuldigen Sie, haben Sie vielleicht die Kinder hier gesehen?« Sie zeigte ihr das Foto auf dem Handy.

»Nein, tut mir leid, ich bin gerade erst gekommen«, erwiderte die Mitarbeiterin freundlich. »Meine Kollegin ist schon seit heute Morgen hier. Vielleicht hat sie die beiden gesehen.«

Lola rang sich ein Lächeln ab und bedankte sich. Ohne große Hoffnung wandte sie sich an die Verkäuferin mit kurzem, blondem Haar und kleinen Augen, die farbige Schubladen voller Filzstifte aufräumte. Sie wusste schon, was sie ihr antworten würde, dasselbe wie alle anderen, aber sie durfte nichts unversucht lassen.

Aufgeben war keine Option.

»Hallo, entschuldigen Sie, kommen Ihnen diese Kinder hier vielleicht bekannt vor?« Sie zeigte ihr das Foto.

»Hm … kann sein.« Die Verkäuferin runzelte die Stirn und setzte eine Brille mit schmalem Gestell auf. »Ich weiß nicht. Hier kommen jeden Tag Hunderte Kinder vorbei.«

»Verstehe, aber Zwillinge sind doch eher selten, und sie fallen ja äußerlich schon etwas aus dem Rahmen. Überlegen Sie doch bitte noch mal.«

Die Verkäuferin kniff die Augen zusammen und sah genauer hin.

»Hm … Nein, ich glaube nicht.« Sie schüttelte den Kopf. »Tut mir leid.«

»Könnte ich meine Nummer dalassen, falls sie hier auftauchen?«

»Ja, natürlich.«

Die Verkäuferin bedeutete ihr mit einer Kopfbewegung, ihr zur Kasse zu folgen.

»Dort müsste ein Kuli sein.«

Lolas Herz setzte einen Moment aus und schlug dann vor Aufregung umso heftiger weiter.

Ihr Gefühl hatte sie nicht getrogen.

Sie presste die Lippen zusammen, um nicht laut aufzuschreien und in schallendes Gelächter auszubrechen. Sie konnte nicht fassen, was sie da sah. Denn als die Verkäuferin sich umdrehte, um zur Kasse zu gehen, entdeckte sie auf der dunklen Hose am Hintern einen roten Schriftzug. Die Buchstaben waren schief und unförmig, aber sie erkannte die Schrift sofort. Und natürlich den mit Glitzerpartikeln verzierten Namen:

CAPTAIN FINN

# KAPITEL 25

## Der Elf

Wie gut kann man einen Menschen in ein paar Stunden kennenlernen und anhand von in dieser Zeit aufgeschnappten Persönlichkeitsschnipseln erahnen, wie er tickt und was er als Nächstes tun wird?

Für den Elfen gab es noch so vieles an Lola zu entdecken: zum Beispiel, dass sie mit Nachnamen Mendoza hieß; dass ihre Lieblingsfarbe Grün war; dass sie ihre Besties Gala und Elena furchtbar vermisste, fast so sehr wie ihre geliebten Tintenfisch-Sandwiches; dass sie an einer Nussallergie litt; dass sie Einzelkind war und dass ihr Vater sie verlassen hatte, als sie vier war; dass ihr Kater Casimiro blind war; dass ihre Zehen enger beieinanderstanden als üblich; dass sie Angst vor Fluginsekten hatte.

Er brannte darauf, alles an ihr näher kennenzulernen – in platonischer Hinsicht, aber auch darüber hinaus –, soweit sie es zuließ. Er wollte sie erkunden wie ein Forscher, der ohne Karte und Kompass in den Regenwald eindringt, das Adrenalin am Anschlag, ohne Angst, sich im Dickicht zu verlaufen, aber stets auf der Hut, um nicht von einem wilden Tier gefressen zu werden.

Wenn sie dieses Tier wäre, würde er jeden Biss genießen.

In der kurzen Zeit hatte er nicht mehr gesehen als die paar kurz auflodernden Flammen ihres Temperaments. Aber die hatten ausgereicht, dass er sich im Grunde sicher war.

Sie würde ihn nicht abholen.

An einem etwas abseits stehenden Tisch in der Küche des Restaurants der Duartes sitzend, aß er die köstlichen Arepas von Grandma Rafaela auf, während er ins Nichts starrte und seinen Gedanken nachhing.

Er wusste, sie würde nicht zurückkehren, sie war dickköpfig genug, um sich selbst zu zwingen, die Suche ohne seine Hilfe fortzusetzen, weil sie glaubte, sie täte ihm damit einen Gefallen.

Kannte sie ihn wirklich so wenig?

Es machte ihn nicht wütend, aber der Gedanke, dass sie ihn angelogen hatte, hinterließ einen bitteren Nachgeschmack. Er wollte ihn mit einem Schluck aus der dritten Coladose herunterspülen, die Rafaela mit dem Befehl »Trink, du brauchst noch mehr Zucker« vor ihm auf den Tisch gestellt hatte.

*Glaubt sie wirklich, dass ich nicht nach ihr suchen werde?*

Er fragte sich, ob er ihre Entscheidung, ihre Privatsphäre nicht doch respektieren sollte. Sie verzichtete auf seine Hilfe, weil sie es allein schaffen wollte. Wer war er, ihre Entscheidung anzuzweifeln, auch wenn er sie für dumm und unsinnig hielt?

Vielleicht lag es an dem Beschützerinstinkt, den sie in ihm geweckt hatte, oder an seinem persönlichen Ehrgeiz, die Kinder zu finden. Oder an dem unerklärlichen Gefühl der Leere, das ihre Abwesenheit hinterlassen hatte, oder an der Überdosis Zucker in seinem Blut, die schon nervöse Zuckungen in ihm auslöste.

Er würde nach ihr suchen, Punkt. Sie brauchte seine Hilfe, auch wenn sie tat, als wäre dem nicht so. Ob das richtig war oder falsch, spielte keine Rolle. Es war für ihn zu seiner eigenen Angelegenheit geworden.

Lola war für ihn zu seiner persönlichen Sache geworden.

Wir haben nichts anderes von dir erwartet, kleiner Elf.

Nach einem ausgiebigen letzten Schluck nahm er seinen Teller, um ihn in den Geschirrspüler zu räumen, selbstverständlich nicht, ohne sich vorher der obligatorischen Prüfung zu stellen: Er präsentierte sich bei Rafaela, die gerade mit einer Schürze voller Mehl Teig knetete, und hielt ihr den Teller vor die Nase, bereit für das Jüngste Gericht.

»Ein leerer Teller, das lobe ich mir«, beglückwünschte Rafaela ihn. »Sehr schön, mein Junge, hiermit erteile ich dir die Absolution.«

»Danke«, erwiderte er lächelnd und drückte ihr einen Kuss auf die Stirn.

Dann machte er sich schnell vom Acker, denn in der Küche herrschte Hochbetrieb. Er begab sich in den zweiten Stock, wo er Lola in Anbetracht der inzwischen verstrichenen Zeit vermutete.

Auf einmal vibrierte es in seiner Hosentasche, und er holte das Handy heraus.

»Ach du heilige Scheiße.«

Sorry, das stimmt so nicht. Es muss lauten: »Ach, du heilige … Dulce.«

»Ich vermute mal, die Blagen sind noch nicht wieder aufgetaucht«, blaffte die Fotografin ihn an. Was für eine Begrüßung.

»Da vermutest du ganz richtig.«

Er hörte einen Seufzer am anderen Ende.

»Da du bestimmt sehr beschäftigt bist«, meinte sie sarkastisch, »wollte ich dich darüber informieren, dass unsere Schicht seit einer Weile rum ist. Es ist alles gut gegangen.«

»Danke, echt.« Er seufzte beschämt, weil er sie im Stich gelassen hatte. »Danke, Dulce, und: Es tut mir wirklich leid.«

»Schon gut, kein Ding.« Sie hüstelte. »Bis jetzt konnte ich dir den Rücken freihalten, aber jetzt habe ich ein Date, und ich kann hier erst weg, wenn du das Kostüm für die Spätschicht abgeliefert hast. Also entweder du kommst jetzt hoch und bringst es vorbei, oder ich schließe das Lebkuchenhaus ab, und du kannst dem anderen Elfen selbst erklären, warum er kein Kostüm hat.«

*Scheiße.*

Es stimmte. Er musste das verdammte Elfenkostüm abliefern, und die Hälfte davon lag in Olivias Buggy, den Lola im Lager vom Sazón Costeño abgestellt hatte.

Armer Elf.

Hätte er nicht ins Restaurant zurückgemusst, dann hätte er nicht im Strom der Menschenmassen kehrtgemacht. Er hätte nicht genau in dem Moment die Rolltreppe benutzt, in dem der Todesengel auf seiner Patrouille ebendiese Rolltreppe vom Stockwerk darüber im Blick hatte. Die strenge Wachfrau hätte sich nicht das Mikrofon ihres Walkie-Talkies an den Mund gehalten und ihren Schritt beschleunigt, das Ziel fest im Visier.

»Vierter Stock, Jhoselyn hier. Ihr müsst euch den verdammten Elfen schnappen, bevor er wieder abhaut.«

# Zweiter Stock

Ein Schurke, ein Langfinger und
*Mistletoe* von Justin Bieber

# KAPITEL 26

## Lola

Der Schriftzug »Captain Finn« auf dem Hintern der unwissenden Verkäuferin hatte sich in ihre Netzhaut gebrannt, und sie setzte die Suche hektisch im nächsten Stockwerk fort. Der Hinweis brachte sie nicht sonderlich weiter. Aber immerhin war es ein kleiner Lichtblick an diesem dunklen Tag: Die Zwillinge trieben putzmunter ihr Unwesen, und das ließ hoffen.

»*Ef?*«, fragte Olivia zum tausendsten Mal.

Lola seufzte bedröppelt und reichte ihr zum Trost einen Finger, damit sie sich daran festhalten konnte und nicht so einsam fühlte.

»Der Elf ruht sich aus. Wenn wir deine Geschwister gefunden haben, gehen wir noch mal zu ihm und verabschieden uns.«

Alles tat ihr weh: Der Kopf von dem ganzen Stress, die Knie von dem stundenlangen Marathon, der Rücken, weil die nicht mehr ganz so kleine Olivia in der Trage doch einiges wog, und vor allem die linke Schulter, über der die schwere Tasche hing. Dabei hatte sie nur das Notwendigste eingepackt: Wasser, Windeln, Feuchttücher, Reiswaffeln, Taschentücher, die

Haustürschlüssel, das Handy samt Ladegerät – auch wenn sie das Telefon bei ihrem Zwischenstopp im Sazón Costeño gerade erst aufgeladen hatte –, den Geldbeutel, das Walkie-Talkie, einen Pulli, falls Olivia kalt würde, Tampons – sie hatte zwar nicht ihre Regel, aber bei der derzeitigen Unglückssträhne wollte sie nichts riskieren –, ihren Lippenbalsam, Olivas (vollgesabberte) Weihnachtskugel, einen Ersatzbody, falls die Kleine sich bekleckerte, eine Haarspange und ...

Das mit dem Notwendigsten hatte sie wohl nicht ganz verstanden. Aber das Gewicht, das sie nach unten drückte, war noch ihr geringstes Problem.

Die kleinen Teufel wussten genau, was sie taten, und sie konnten was erleben, wenn Lola sie endlich erwischte. Oh, ja, sie würde sie finden, darauf konnten sie Gift nehmen, und wenn sie jedes Stockwerk noch fünf Mal abklappern und jeden Stein in diesem verdammten Einkaufszentrum umdrehen musste. Sie würden ihr ins Netz gehen, wenn sie am wenigsten damit rechneten, und dann Gnade ihnen Gott.

Es war nicht das erste Mal, dass sie über die Stränge schlugen. Aber diesmal waren sie eindeutig zu weit gegangen. Das würde sie nicht tolerieren.

Sie war selbst auch nicht gerade unfehlbar. Wie oft hatte sie schon neben sich gestanden und ihnen die Schuhe falsch angezogen. Manchmal war sie überhaupt nicht bei der Sache. Sie vergaß, das Tonpapier für den Kunstunterricht zu kaufen – zu ihrer Verteidigung möchte ich anführen, dass die Kinder ihr erst am Abend zuvor Bescheid gegeben hatten –, oder ihr entfuhren unkontrolliert irgendwelche Schimpfworte. Und sie hatte hin und wieder das Baden aus der Abendroutine gestrichen, wenn sie mal wieder außer Rand und Band waren (ein paar Feuchttücher drüber und fertig, so schlimm war das doch nicht).

Aber sie musste lernen, die kleinen alltäglichen Unzulänglichkeiten von den Fällen zu unterscheiden, wo ihr alles entglitt, egal wie sehr sie sich anstrengte.

Das war jetzt so ein Fall.

Hatte es in ihrer Verantwortung gelegen, dafür zu sorgen, dass den Kindern nichts passierte? Allerdings. Hatte sie alles dafür getan? Ja, sie hatte sich nach Kräften bemüht.

*Aber das war nicht genug. Ich bin nicht genug.*

Lola schüttelte den Kopf, um den Schmerz und das Selbstmitleid zu vertreiben. Sie bemühte sich nach Kräften, und das würde sie auch weiter tun, und dafür musste sie sich und die Situation bestmöglich im Griff haben.

Allmählich wurde ihr klar, dass eine Person sich nicht über ihre Fehler definierte, sondern über ihren Umgang damit.

Sie musste mit kühlem Kopf und Selbstvertrauen an die Sache rangehen, sonst könnte sie sich ja gleich hinter dem nächsten Blumenkasten auf den Boden werfen und anfangen zu schreien wie ein kleines Kind.

Obwohl sich ihre Knie wie die einer arthrosegeplagten alten Oma anfühlten und ihre Ex-Raucherinnen-Lunge nach dem ganzen Gerenne aus dem letzten Loch pfiff, hielt sie das Tempo und klapperte alle Lokale und Geschäfte des zweiten Stocks ab.

Sie hatte das Gefühl, je weiter sie nach unten kam, desto voller wurden die Gänge und Läden. Wie sollte sie die flinken Kids in dem Gewühl finden?

Aber sie ließ sich von der Reizüberflutung nicht ablenken und verfolgte weiter unbeirrt ihr Ziel.

Vor einer Ladentür drang plötzlich eine herrische Stimme aus der Tasche an ihr Ohr:

»Vierter Stock, Jhoselyn hier. Ihr müsst euch den verdammten Elfen schnappen, bevor er wieder abhaut.«

Fuck, der Todesengel.

»Fuck, fuck, fuck«, entfuhr es ihr. Vor Schreck vergaß sie komplett, der Kleinen die Ohren zuzuhalten.

Der Elf. Sie waren hinter dem Elfen her, und sie hatte keine Möglichkeit, ihn zu warnen. Aufgeregt eilte sie zurück zu dem Geländer der Freifläche und schaute nach oben in der Hoffnung, den Elfen oder den Todesengel zu entdecken – oder irgendwas, das ihr half, die Katastrophe abzuwenden.

»So ein verdammter Mist«, brummte sie und schluckte Olivia zuliebe die Kanonade von Flüchen und Schimpfwörtern runter, die ihr auf der Zunge lag.

Die Zwillinge. Sie musste die Zwillinge finden, das hatte absolute Priorität. Sie könnte den Funkspruch einfach ignorieren und ihn seinem Schicksal überlassen. Was konnten ihm die Sicherheitsleute schon anhaben? Sie hatten nichts gegen ihn in der Hand, absolut nichts, sie könnten ihn höchstens aus der Mall schmeißen.

Oder würden sie ihn der Polizei übergeben? Aber dann musste er doch hoffentlich nicht die Nacht im Gefängnis verbringen? So schwer wogen die Vorwürfe ja nicht: Erregung öffentlichen Ärgernisses im minderschweren Fall, Flucht vor dem Sicherheitspersonal und Komplizenschaft bei einem Raub.

Der Elf war schlau und mit allen Wassern gewaschen, er kam allein zurecht, er brauchte keine Hilfe …

Doch das war nur ein flüchtiger Gedanke, keine echte Option. Ohne noch weiter darüber nachzudenken, aktivierte sie die wenige noch verbliebene Kraft in ihren Beinen und rannte in den vierten Stock. Sie hoffte inständig, dass es noch nicht zu spät war. Sie hatte da so eine Idee …

Während ich beobachtete, wie sie ungestüm die Rolltreppe hochrannte und alle beiseitestieß, die ihr im Weg waren, nahm ich zwei Pfeile aus dem Köcher.

Ich will euch nicht belügen.

Oft – in der Mehrzahl der Fälle – schieße ich sie einfach zu meiner eigenen Unterhaltung ab, rein nach dem Zufallsprinzip, oder, wenn ich schlecht gelaunt bin, um die Leute zu ärgern. Wir brauchen alle irgendeinen Zeitvertreib, und ich finde nichts faszinierender, als dabei zuzusehen, welchen Blödsinn die Menschen aus Liebe (oder Liebeskummer) anstellen.

Doch in dem Fall war ich mir sicher, mit den beiden eine gute Wahl getroffen zu haben.

# KAPITEL 27

## Der Elf

Das wurde aber auch Zeit«, maulte Dulce kopfschüttelnd, als er sich in das Lebkuchenhaus schleppte. Wie eine Amazone stand sie mit vor der Brust verschränkten Armen da.

Ihre vorwurfsvolle Haltung war ihm völlig egal, ebenso wie der mürrische Blick des Weihnachtsmanns, der sich gerade die Hose unter seiner schwarz behaarten Wampe zuknöpfte.

»Die ist doch völlig irre«, brummte Santa. Da war kein Hauch von Warmherzigkeit mehr in seiner Stimme wie vorhin noch bei den Kindern. Sie klang rau wie ein Reibeisen, und man fragte sich unwillkürlich, wie viele Zigarren er in seinem Leben schon geraucht hatte, vermutlich mehr als Rob Joints. »Kein Wunder, dass die Zwillinge abgehauen sind.«

»Geh mir nicht auf den Sack, Santa«, knurrte der Elf, während er die Schuhe mit den Glöckchen auszog. »Die Kinder waren bei dir, du hast sie aus den Augen verloren. Da ist es doch normal, dass sie ausrastet, meinst du nicht?« Robs Spind stand offen, aber von seinem Elfenkostüm war weit und breit nichts zu sehen. Er fragte lieber nicht nach. Wer weiß, was er gerade mit Cynthia der Kellnerin und seinen Glöckchen alles trieb.

»Die Kinder sind genauso gestört wie sie«, sagte Dulce und verstaute ihre Kamera behutsam in der Schutzhülle. »Einfach unerträglich.«

»Es sind Kinder, Dulce.«

»Schon gut, Anwalt der Armen und Unterdrückten.« Sie hob spöttisch die Arme, als würde sie sich ergeben. »Ich hatte vergessen, dass du ja immer einen auf Held machen musst.«

»Nur weil ich ihr geholfen habe?« Er hob die Augenbrauen. »Deswegen ist man doch noch lange kein Held.«

»Sie hätte dich garantiert hängen lassen, wenn es umgekehrt gewesen wäre.«

»Woher willst du das wissen? Du kennst sie doch gar nicht.«

»Du auch nicht, deswegen hättest du dich auch nicht so reinhängen sollen.«

Er schüttelte genervt den Kopf, zog es aber vor zu schweigen.

Was bildete Dulce sich ein, darüber zu urteilen, was Lola tun würde oder nicht. Und selbst wenn es so wäre, wie sie sagte, was machte das schon? Er richtete sein Handeln nicht nach dem Handeln der anderen aus.

Es war seine freie Entscheidung, kein Reflex.

Nachdem er in Windeseile das Kostüm gegen eine Jeans, ausgelatschte Turnschuhe und einen Hoodie eingetauscht hatte, deponierte er alles im Spind, doch dann erschien Lolas Bild vor seinem inneren Auge – eigentlich war sie ja eh ständig präsent –, und er beschloss, die Mütze mit den spitzen Ohren lieber mitzunehmen. Er schob sie in die Bauchtasche des Hoodies.

Wie bei Micky Maus: eine Überraschung, die später noch nützlich sein kann.

Kein Kommentar.

Mit einem bitteren Geschmack im Mund verabschiedete er sich kühl von seinen Kollegen und schleppte sich davon.

Er ärgerte sich darüber, dass ihre dummen Bemerkungen so viel in ihm auslösten.

*Halten sie mich wirklich für so naiv?*

Vielleicht sollte er egoistischer an die Sache herangehen und primär an sich und seine Vorteile denken. »Frauen stehen auf Bad Boys«, hatte Eric in einer seiner ersten Pausen im Restaurant gesagt. Damals waren sie noch nicht befreundet, aber sie kannten sich schon gut genug, dass Eric sich über seine Hilfsbereitschaft lustig machte. Es war auch schon lange genug, um zu checken, dass Eric trotz all der Tattoos und dem Machogehabe das Herz am rechten Fleck hatte. Ein Herz voller Narben, das er hinter einem Schutzpanzer versteckte.

Eric gehörte zu den Personen, bei denen ich glaubte, gut gezielt zu haben, dann aber versehentlich danebenschoss.

Auch wenn der Elf das Gefühl nicht loswurde, sich vor aller Welt zum Affen zu machen, wenn er Lola hinterherrannte – sie hatte ja nicht mal gefragt, was er wollte, und war einfach abgehauen –, marschierte er entschlossen zur Rolltreppe. Plötzlich bemerkte er zwei Gestalten, die ihm bekannt vorkamen. Er wollte es nicht glauben.

»Da ist er!«, rief einer der Wachmänner, und die Leute um ihn herum schauten sich nervös um.

*Shit.*

Welche Fluchtmöglichkeiten blieben ihm? Die eine Rolltreppe lag hinter ihm, und bevor er die andere erreichte, hätten sie ihn längst eingeholt. Sie waren zu dicht an ihm dran.

Und noch bevor er sich für eine Möglichkeit entscheiden konnte, kamen sie schon auf ihn zugerannt.

Jetzt kam das große Finale. Hier endete sein Abenteuer als Held. Oder eher als Schurke, denn eigentlich wurden ja die am Ende abgeführt und nicht die Helden …

War der Held zum Schurken geworden? Das war es doch, was alle wollten: ihn korrumpieren. Jetzt hatten sie es endlich erreicht. Glückwunsch.

Er fügte sich seinem Schicksal und ließ die Arme sinken, während er sie wie in Zeitlupe näher kommen sah.

Meine Güte, unser Elf hat wirklich eine melodramatische Ader.

Macht euch keine Sorgen, sie hatten es nicht auf ihn abgesehen.

# KAPITEL 28

## Lola

Ich brauche dich.«

Mehr brachte sie nicht heraus, als sie atemlos vor Rob stand und sich mit den Händen auf dem Tisch abstützte, damit ihr nicht die Beine wegsackten. Hätte sie sich ein Stückchen weiter vorgebeugt, hätte Olivia ihre Finger in die Ranch-Soße tauchen können, die aus Robs Hamburger quoll.

Er war verdattert. Er ließ sich gerade im Hooters den zweiten Hamburger von seiner Lieblingssorte schmecken, da tauchte plötzlich diese überdrehte junge Frau auf.

Als Vorspeise hatte er Cynthia die Kellnerin in ihren knappen orangefarbenen Shorts vernascht.

Sorry, aber den Spruch musste ich an dieser Stelle einfach raushauen.

»Rob, nicht?«, hakte sie nach, als er nicht gleich reagierte. »Ich brauche dringend deine Hilfe.«

Rob legte grinsend den Hamburger auf den Teller und trank einen Schluck. Als sein Blick auf ihre Brüste fiel, schien er eine Erleuchtung zu haben.

»Woher wusstest du, dass ich hier bin? Du arbeitest nicht hier, sonst …«

»Stimmt, das sind keine Melonen, sondern unglaublich leckere Mangos«, erwiderte sie und schob den Teller weg, damit er ihr endlich seine Aufmerksamkeit schenkte.

»Zitronen sind das!«, rief Mr Rotbacke von dem Hocker aus, den er schon seit Stunden wärmte.

Er arbeitete offenbar hartnäckig weiter an der Vernichtung sämtlicher Biervorräte des Restaurants.

*Wo ist eine von den fliegenden Äxten, wenn man sie mal braucht?*

Sie wandte sich wieder Rob zu, während sie in der schwer beladenen Tasche über ihrer Schulter nach dem Geldbeutel suchte und einen Schein rausfischte.

»Ich geb dir zwanzig Dollar, Rob, wenn du die Elfenmütze wieder aufsetzt und dich von der Security-Frau abführen lässt.« Sie nahm die Mütze vom Tisch und legte sie vor ihn hin.

Der kiffende Elf neigte den Kopf zur Seite. Offenbar hatte sie sein Interesse geweckt.

»Interessantes Rollenspiel.« Er grinste und biss sich auf die Lippe. »Hab noch nie Geld für Sex bekommen. Und du spielst dann die von der Security? Hast du dich von Cynthia inspirieren lassen?«

»Cynthia?« Lola stieg die Galle hoch.

»Da bin ich«, rief die Kellnerin, mit der sie am Morgen gesprochen hatten. »Was kann ich für dich tun?«

»Hey, Babe«, raunte Rob.

»Hey, kleiner Elf.« Sie zwinkerte ihm kokett zu, Lola verstand die Welt nicht mehr.

*Was hat dieser Typ, dass sich eine so attraktive Frau auf ihn einlässt?*

Egal, das tat jetzt nichts zur Sache.

»Rob, bitte«, flehte sie. »Dreißig Dollar dafür, dass du von diesem Tisch aufstehst, durch die Tür da gehst und dich von der Security festnehmen lässt.«

»Für welches Vergehen?«

»Weil du der schärfste Elf am Nordpol bist«, raunte die Kellnerin mit einem Augenzwinkern. Sie warf ihm einen Luftkuss zu und formte mit den Lippen ein »Wir sehen uns später«.

*Was zum Teufel …*

»Vierzig Dollar, wenn du jetzt deinen Arsch bewegst und keine Fragen stellst.«

»Fünfzig, und ich singe dazu noch ein paar Weihnachtslieder. Das verleiht dem Ganzen noch etwas Pep.«

Oh, là, là, wie schnell unser kiffender Elf in die Gänge kommt, wenn man mit ein paar Scheinchen winkt.

»Okay, aber jetzt nichts wie los!«, drängte sie.

Rob sprang auf, setzte die Elfenmütze auf und nickte.

»Die Kohle kannst du Cynthia geben«, rief er Lola über die Schulter zu. »Sie weiß, wo ich die Scheine am liebsten hinstecke.«

Er zwinkerte ihr zu und verschwand.

# KAPITEL 29

## Der Elf

In Erwartung des nahen Endes überlegte er, ob er einen Gedächtnisverlust vortäuschen und behaupten sollte, dass er keine Ahnung habe, wo er war oder wie er hieß. In dem Moment begann jemand lauthals ein Weihnachtslied zu grölen.

»Halt! Stehen bleiben!«, rief einer der Wachmänner. Das Herz schlug ihm bis zum Hals, als er Mr Durchblick erkannte, der ihn und Lola so grob aus dem Kino geworfen hatte.

*Oh, Gott, Lola … Ich muss mich von ihr verabschieden.*

Wenn diese ganze Aktion zu etwas nutze war, dann dazu, dass sie Lola erst mal aus der Schusslinie holte, und das tröstete ihn. Einer der Wachleute stieß ihn ruppig beiseite.

Was sollte das denn? Jetzt war er vollends verwirrt.

Einem irrationalen Impuls folgend klammerte er sich an ihn. Er konnte ja immer noch behaupten, er habe sich an ihm festgehalten, um nicht zu stürzen.

Der Wachmann – zum Glück war es nicht Mr Durchblick, sondern der andere – geriet ins Taumeln.

»Entschuldigen Sie, ich …«

»Pass doch auf!«, schnauzte ihn der Wachmann an. »Verzieh dich, Junge, du behinderst meine Arbeit!«

Vor lauter Adrenalin dröhnten ihm schon die Ohren. Die beiden Männer rannten hinter einem Elfen her.

Rob.

Dem verdammten Rob.

*Was hat der sich denn reingepfiffen?*

Rob trällerte die letzte Strophe von *We Wish You a Merry Christmas* und rannte davon, als wäre der Teufel hinter ihm her. So ein Tempo hätte man ihm gar nicht zugetraut.

»Bist du da festgewachsen oder was?«, sagte eine Stimme hinter ihm. »Lass uns von hier verschwinden!«

Als er sich umdrehte, hatte Lola ihn schon am Handgelenk gepackt und zog ihn in die entgegengesetzte Richtung fort.

»*Ef!*« Die Kleine klatschte begeistert in die Hände, während sie ordentlich durchgerüttelt wurde.

»Was ist los?«, fragte er verwirrt. »Was macht Rob denn da?«

»Dir den Arsch retten.« Sie klang erschöpft. »Stell dir vor, der hat was mit Cynthia aus dem Hooters am Laufen … ich erklär's dir später.«

Er hatte keine Ahnung, wovon sie sprach, und folgte ihr wie in Trance. So genau wollte er es auch gar nicht wissen. Aber er spürte deutlich die Erregung, die ihre Berührung an seinem Arm auslöste. Zugleich fiel der Stress von ihm ab, als hätte er einen tiefen Atemzug in der freien Natur getan und längst vergessen, dass sie die Security der Mall – seines Arbeitsplatzes! – ordentlich an der Nase herumgeführt hatten.

»Hast du die Zwillinge gefunden?«, fragte er, während er versuchte, mit ihr Schritt zu halten.

»Nein. Es wird dir wohl nicht entgangen sein, dass ich gerade einen Elfen bestochen habe, damit meiner nicht verhaftet wird.«

*Meiner.* Er lächelte beseelt.

Ich glaube, bei dem hätte ich mir den Pfeil sparen können.

Sie rannten bis ans andere Ende des Stockwerks, wo sich eine weitere Rolltreppe befand, doch Lola machte schlagartig kehrt und zog ihn in die andere Richtung.

»Nein, nicht die Rolltreppe. Der Todesengel ist auch hinter dir her«, sagte sie völlig außer Atem. »Lass uns den Aufzug nehmen.«

Ganz in der Nähe war einer. Sie mischten sich unter die Wartenden und nutzten die Gelegenheit für eine kurze Verschnaufpause. Der Elf stützte die Hände auf die Knie, und Lola lehnte sich an die Wand und hatte große Mühe, nicht kraftlos zu Boden zu sinken.

Keuchend sahen sie sich an und begannen plötzlich wie irre zu lachen, als würde dadurch alle Anspannung von ihnen abfallen. Ein kurzer Signalton verkündete, dass der Aufzug angekommen war, und als sich die Tür öffnete, erblickte der Elf unter den Ankommenden ein bekanntes Gesicht. Ihm blieb fast das Herz stehen.

*Das darf doch nicht wahr sein. Wie viel Pech kann man haben.*

Noch bevor die Tür ganz offen war und der Todesengel sie direkt vor der Flinte hatte, sprang er zur Seite und presste Lola an die Wand – vorsichtig, versteht sich, um die kleine Olivia in der Trage nicht zu erdrücken. Er hob die Arme und platzierte sie neben ihrem Kopf. So war sie quasi unsichtbar.

Als sie überrascht seufzte und der Luftstrom ihres Atems ihn berührte, durchzuckte es ihn, als hätte er einen Stromschlag bekommen. Besonders an einer Stelle. Er neigte den Kopf zur Seite, sodass ihre Lippen sich beinahe berührten.

»Keinen Mucks«, flüsterte er. Ihre Lippen waren so nah.

Er betete, dass sein Schwanz sich jetzt nicht regte.

Lola sah ihn irritiert an, packte ihn aber sogleich instinktiv am Nacken und zog ihn noch näher heran.

Ihm stockte der Atem. Allein diese kleine Geste machte ihn schon horny. Er musste alle Kraft zusammennehmen, um nicht in ihre Lippen zu beißen, als ihre Stirnen und Nasen sich berührten, während er sanfte Bewegungen mit dem Kinn ausführte, sodass es nach außen hin so aussah, als würde er sie küssen.

Vielleicht würde der Todesengel so an ihnen vorbeirauschen.

Die Wachfrau würde sie nicht bemerken: Lola wurde durch seinen athletischen Körper verdeckt, und er hatte das Elfenkostüm längst abgelegt. Sollte ihr Blick auf sie fallen, würde sie nur ein wild knutschendes Paar sehen. Das mochte vielleicht gegen die guten Sitten verstoßen, weil sie es in aller Öffentlichkeit taten, aber strafbar war es nicht.

Zum Glück hatte Lola die Taktik verstanden. Sie schob ihren Unterleib näher an ihn heran und liebkoste mit der Nase seine Mundwinkel. Dabei stöhnte sie leise auf.

»Lola.«

»Was?«, hauchte sie.

Wieder dieses Stöhnen.

*Die Frau macht mich fertig.*

Berauscht durch den Adrenalinstoß und die Ekstase löste sich der Elf aus der Umarmung. Wann war seine Hand an ihre Taille gewandert? Er hatte nicht die geringste Ahnung. Der Elf rieb sich die Schläfen, um wieder zur Besinnung zu kommen, und riskierte einen Blick über die Schulter. Der Todesengel war verschwunden.

Natürlich, und mit ihr all die anderen Leute, die auf den Aufzug gewartet hatten.

Inzwischen ertönte schon der dritte Signalton, und die Tür öffnete sich wieder. Er fasste Lola bei der Hand, und sie folgte ihm schlafwandlerisch in die Kabine. Der Aufzug war brechend voll, aber dem Elfen kam es so vor, als ob er mit ihr allein wäre.

Lola sah ihn konfus an und wedelte mit den Händen, als wollte sie sagen: »Was zum Teufel sollte das?«

»Der Todesengel war im Anmarsch«, erklärte er leise. Er schämte sich für seine Aktion in Grund und Boden. »Alles reine Tarnung.«

Er vermied es, sie anzusehen, während er unauffällig an dem Wulst in seiner Hose nestelte.

»Ach so.«

Sie nickte und blickte stur geradeaus.

Als er die schwere Tasche über ihrer Schulter bemerkte, schob er die Finger unter den Gurt und befreite sie von der Last. Erleichtert schloss Lola für einen Moment die Augen und reckte den steifen Hals.

»Entschuldige, wenn ich da eben etwas übergriffig war«, sagte er betreten und schulterte die Tasche.

»Entschuldigst du dich jetzt dafür, dass du dich an mich gepresst oder dass du damit aufgehört hast?«

Amüsiert linsten zwei Frauen zu ihnen herüber.

Der Elf wusste nicht, was er sagen sollte.

»Keine Ahnung.« Seine Kehle brannte, und er umklammerte den Gurt, als müsste er sich an irgendetwas festhalten. »Was wäre dir denn lieber?«

Lächelnd warf sie ihm einen ihrer Feuerblicke zu und konzentrierte sich dann auf die anderen Leute, die im dritten Stock zustiegen.

»Du bist zu gut für die Welt, Elf, aber nicht blöd«, foppte sie ihn. »Ich glaube, du kennst die Antwort.«

Er hörte nicht mal das Signal, als sie den zweiten Stock erreichten. Verzückt folgte er ihr und beobachtete, wie sie beim Gehen ihre Hüften schwang.

Das nächste Mal würde er die Gelegenheit nicht verstreichen lassen.

»Lola, warte.«

Irritiert drehte sie sich um.

»Was ist?«

»Ich habe etwas, das dir gefallen wird.«

Ich vermag das ungläubige Gesicht von Lola nicht zu beschreiben, als der Elf die Hand unter seinen Hoodie schob. Ho, ho, ho, das wird jetzt aber nicht das, was ich denke, oder?

»Du willst doch jetzt nicht hier … vor allen Leuten?

Sie hielt Olivia die Augen zu.

»Was denkst du denn von mir?« Er schüttelte den Kopf. »Es ist etwas, das dir noch besser gefallen wird.«

Als er Lola stolz das Walkie-Talkie präsentierte, das er kurz zuvor bei der Verfolgungsjagd dem Wachmann geraubt hatte, fiel ihr die Kinnlade herunter.

»Du hast noch ein Funkgerät geklaut?«, flüsterte sie. »Ich fasse es nicht.«

»Ich bin fast gestorben«, er lachte, »aber so kommen wir schneller weiter. Wir suchen beide auf eigene Faust, und wir halten uns hierüber gegenseitig auf dem Laufenden.« Er wedelte mit seiner Beute.

Lola schüttelte amüsiert den Kopf und bewegte sich kokett

auf ihn zu. Sofort setzte das Kribbeln wieder ein. Die Frau war sein Verderben. Betont langsam öffnete sie den Reißverschluss ihrer Tasche und holte das andere Walkie-Talkie heraus.

Der Elf stellte sich für einen kurzen Moment vor, es wäre der Reißverschluss an seiner Hose gewesen.

Aha. Angeblich will er nicht, dass sich in seiner Hose etwas regt, aber denken tut er an nichts anderes. Was für ein Held.

»Wow, das macht mich echt heiß«, raunte die Schlange und führte das Mikro des Funkgeräts an ihre Lippen, nachdem sie kurz damit herumgespielt hatte, um sich mit der Funktionsweise vertraut zu machen. »Ich wusste gar nicht, dass du so ein schlimmer Finger bist, richtig kriminell.«

»Ich habe ja in dir die beste Lehrmeisterin«, erwiderte er.

Sie lachten einander komplizenhaft zu, und dann trennten sich ihre Wege.

# Ein Pfeil für den Todesengel

Während Jhoselyn hinauf in den vierten Stock eilte, juckte es sie schon in den Fingern. Gleich würde sie den flüchtigen Elfen festsetzen. Und wo er war, wäre die Diebin des Walkie-Talkies nicht weit. Kaum hatten sich die Aufzugtüren geöffnet, bahnte sie sich unter Einsatz der Ellbogen einen Weg durch die Menge, ohne sich für ihr Gerempel zu entschuldigen.

Sie checkte rasch die Lage und marschierte schnurstracks zum Reich der Bonbons.

»Jhoselyn, wir haben ihn, kommen«, lautete der Funkspruch.

»Wartet auf mich. Wo seid ihr?«

»Im Lebkuchenhaus.« Sie hörte ein Kichern. »Was hat der Elf denn angestellt? Das ist ein echt cooler Typ.«

Sie verdrehte die Augen.

»Ihr rührt euch nicht vom Fleck.«

»Zu nichts zu gebrauchen, die beiden«, grummelte sie und legte noch einen Zahn zu.

Am Ziel angekommen, stürmte sie, ohne anzuklopfen, in das Lebkuchenhaus. Die Lampen waren aus, aber das durch die Fenster einfallende Licht reichte, um sich ein Bild von der Lage machen zu können.

»Ich seh wohl nicht richtig, oder?«, murmelte sie fassungslos.

Einer der beiden Wachleute, der mit vor der Brust verschränkten Armen resigniert an der Wand lehnte, schüttelte den Kopf. Der neben dem anderen Wachmann sitzende Elf hingegen – der zu allem Überfluss nicht der Gesuchte war – drehte ein Blättchen mit einer verdächtigen Substanz. Mit Engelsgeduld zeigte er anscheinend gerade dem Wachmann, wie man eine Tüte dreht.

»Kein Stress, Süße, das ist nur Tabak«, erwiderte der Verbrecher, ohne aufzusehen, »vermischt mit ein paar Zauberkräutern.« Er brach in albernes Gegacker aus, in das der beseelte Wachmann sofort einstimmte.

»Halt die Klappe, sonst mache ich dir gleich Feuer unterm Hintern«, drohte sie und marschierte mit großen Schritten auf das Grüppchen zu. »Darf man fragen, was du hier treibst?«, wandte sie sich an den ihr unbekannten Wachmann, der sich gerade weiterbilden ließ. »Und, was ist mit dir, Don? Willst du da nicht vielleicht mal einschreiten?«

»Meine Schicht ist in einer Viertelstunde zu Ende. Sollen sie doch machen, was sie wollen. Ich hab genug für heute«, erklärte er müde. Ihr Blick wanderte zur Zunge des Elfen, die geschickt über das Blättchen fuhr.

*Ist das etwa ein Piercing?*

»Ach, weißt du was, ich nehme auch einen Zug.«

»Ich glaub, ich spinne! Und nebenbei: Ihr habt den Falschen erwischt!!«

»Ah, richtig. Ich bin nicht *der* Elf.« Er zuckte mit den Achseln. »Ich bin Schneeflocke.« Er tippte auf sein Schild. »Aber du kannst mich Rob nennen.«

Sie entriss dem dreisten Typen den Joint, bevor er ihn anzünden und den widerlichen Qualm in die Luft blasen konnte, und warf ihn auf den Boden.

»Du kommst mit mir.«

Er war nicht der Elf, den sie suchte, aber dieser unverschämte Junkie namens Rob würde teuer dafür bezahlen, dass er sie mit seiner Skrupellosigkeit und dem mangelnden Respekt vor der Autorität so auf die Palme gebracht hatte.

Denn sie repräsentierte die Autorität. Hatten das etwa alle vergessen?

Sie packte Rob bei den Schultern, drehte seinen schlaksigen Körper behände um und hielt ihn an den Handgelenken fest. Der Elf leistete keinen Widerstand, als sie ihn wortlos abführte.

»Wo bringst du mich hin?«

»Ins Arrestzimmer«, erwiderte sie wütend. Sie ging so schnell, dass er ins Straucheln geriet.

»Du hast das Recht zu schweigen, also halt einfach den Mund.«

»Mach dir deswegen keinen Kopf, ich rede gerne.« Er zuckte seltsam ungelenk mit den Achseln und sprach sehr langsam, wie ein Faultier in einem Zeichentrickfilm. »Wenn du vorhast, mich abzutasten, kann ich dir gleich sagen, ich hab nichts dabei. Also nichts Illegales. Kaugummi, Handy, Geldbeutel ... Könnten wir vielleicht noch mal ins Lebkuchenhaus zurück? Mein Rucksack liegt noch im Spind, und da ist mein Haustürschlüssel drin. Den brauch ich.«

»Du sollst die Klappe halten!«

*Wo haben sie denn den rausgelassen?*

Zum Glück befolgte er ihre Anweisung und schwieg den Rest des Weges zum Arrestzimmer, das sich im dritten Stock befand. Sie würde den Typen nicht nur wegen des Besitzes von Marihuana belangen. Vielleicht könnte sie die Sache als besonders schweren Fall einstufen und ihm zusätzlich ein Anti-Drogen-Programm aufbrummen.

*Das kann ihm nicht schaden.*

Der Gedanke erfüllte sie mit Genugtuung. Und sie würde einen gepfefferten Bericht über ihre Kollegen verfassen, damit sie ihre verdiente Strafe bekamen.

*Niemand kriegt hier irgendwas auf die Reihe.*

Als Erstes legte sie ihm in dem kleinen Raum Handschellen an. Die Teile quietschten vernehmlich, weil sie so gut wie nie benutzt wurden. Danach ließ sie ihn auf einem der beiden Plastikstühle vor dem Schreibtisch Platz nehmen.

»Immer muss ich alles regeln«, schnaubte sie voller Wut auf alles und jeden. Sie lockerte den Gürtel und nahm das Mikrofon des Walkie-Talkies vom Revers.

»Du wirkst leicht gestresst.«

Sie erschrak ein wenig, als sie so unvermittelt wieder die Stimme des kriminellen Weihnachtsgehilfen hörte.

»Wenn du mir die Dinger abnimmst, kann ich dir den Nacken massieren. Du wirst sehen, ich habe magische Hände.« Er hob die Arme.

Die Ärmel seiner albernen Jacke rutschten hoch. Er hatte kräftige Unterarme.

»Wag es ja nicht, mir mit deinen Händen zu nahe zu kommen«, drohte sie mit wütend erhobenem Zeigefinger.

Doch unweigerlich fiel ihr Blick auf seine langen, dünnen Finger. *Ein dürrer Junkie mit extrem gepflegten Fingernägeln*, schoss es ihr durch den Kopf.

»Wie du meinst.« Die Nervensäge zuckte wieder mit den Achseln, als führte sie ein sinnfreies Gespräch mit einem x-beliebigen Gegenüber.

»Ist dir klar, dass du es hier mit einer Autoritätsperson zu tun hast?« Sie lehnte mit vor der Brust verschränkten Armen am Tisch, um ihren pathetischen Worten noch mehr Gewicht zu verleihen. »Also red hier keinen Unsinn, sonst verpasse ich dir einen Maulkorb.«

»Keine schlechte Idee.« Er nickte.

»Sei still, verdammt!« Wütend stürzte sie sich auf ihn.

Sie beugte sich herab, um mit ihm auf Augenhöhe zu sein. Dieses Grinsen und der Blick aus den unverschämt grünen Augen, der sie die ganze Zeit fixierte …

Aber seine Provokationen würde sie ihm nicht durchgehen lassen. Sie schob einen Stuhl in die Ecke und kletterte darauf, um demonstrativ die Kamera wegzudrehen, die an der Decke hing. Zwar würde sie nicht ernsthaft eine Suspendierung riskieren, indem sie irgendwelche unerlaubten Mittel gegen den Typen einsetzte. Aber allein die Drohgebärde half ihr, die Kontrolle über die Situation zurückzugewinnen. Mit einem gelenkigen Sprung landete sie wieder auf dem Boden, und als sie bemerkte, dass Rob seelenruhig aufstand, baute sie sich vor ihm auf.

»Wo wollen wir denn hin?«, fauchte sie und rückte ganz nah an ihn heran.

»Nirgendwo.« Er grinste schräg, während sein Blick zu ihren Lippen wanderte. »Aber ich find das alles hier ziemlich hot … Du etwa nicht?«

Er machte sie wütend. Furchtbar wütend. Ihr ganzer Körper glühte, das war ein ganz neues Gefühl.

»Du bist das abstoßendste Wesen, das mir je begegnet ist«, brummte sie.

»Warum sagst du das?« In seinen Augen war ein eigenartiges Blitzen. »Weil ich einen Teil von dir widerspiegele, den du verdrängst, weil er nicht deinen Erwartungen an dich selbst entspricht?«

Sie war baff.

*Was hatte er da gerade gesagt?*

»Weil du nicht weißt, was Anstand ist«, erwiderte sie wenig überzeugend. »Du bist rücksichtslos, unverschämt und hast überhaupt keinen Respekt vor Autoritäten.«

»Ich habe zu keinem Zeitpunkt Widerstand geleistet.« Er fuchtelte wieder mit den Handschellen, um seine Argumentation zu unterstreichen. »Ist es das? Stört es dich, dass ich so handzahm bin und dir damit keinen Vorwand liefere, so brutal vorzugehen, wie es dir deine Uniform erlaubt?«

Zorn loderte in ihrem Herzen, und ihre Haut brannte wie Feuer. Sie hatte das Gefühl, ein Lavastrom wanderte ihre Wirbelsäule hinab bis in die intimsten Bereiche.

Schaute er wieder auf ihre Lippen? Aber ja, und wie: begierig und vollkommen unangemessen. Als würde er sie mit seinen Blicken geradezu verschlingen wollen. Plötzlich schien der Sauerstoff in dem kleinen Raum knapp zu werden. Ihr Körper drohte in Flammen aufzugehen.

Diese Hitze, das war Zorn. Der blanke Zorn. Sie öffnete leicht die Lippen, um kühlende Luft einzusaugen. Er betrachtete sie versunken wie ein Maler ein Gemälde.

*Wie ein Maler? Bitte, Jhoselyn …*

»Keiner wird was davon erfahren«, murmelte Rob mit feuchten Lippen.

»Wie bitte?« Beschämt trat sie einen Schritt zurück.

Er deutete mit dem Kinn auf die Kamera an der Decke. »Na, davon, was du gleich mit mir anstellst.«

Das Herz schlug ihr bis zum Hals, als er ungefragt noch ein Stück näher rückte. Sie stoppte ihn nicht. Und sie sträubte sich auch nicht, als er den Kopf zur Seite neigte und mit seinen Lippen sanft über ihren Hals fuhr, als wollte er erst mal das Terrain sondieren.

Sie unterdrückte ein Stöhnen und versuchte zu verbergen, dass ihre Beine vor Begehren zitterten.

Ja, sie begehrte diesen Mann.

Seine Hände nestelten an dem Gürtel ihrer Uniform, der sich leichter öffnen ließ, als er sollte. Sie spürte das kalte Metall der Handschellen auf ihrer Haut, als er ihre Hose öffnete und das Hemd herauszog.

Seine langen Finger wanderten über ihren Bauch, und als sie in ihren Slip fuhren, entlud sich ihr Verlangen in einem tiefen Seufzen, obwohl sie es eigentlich verbergen wollte.

Schwindelig vor Erregung öffnete sie die zittrigen Beine, während seine Finger sie ohne jede Scham weiter erforschten. Sie schloss die Augen und atmete ein paarmal tief ein, um nicht laut aufzustöhnen.

Der letzte Rest an Schamgefühl verpuffte in der Glut der Leidenschaft, als sich ihre Lippen auf seine pressten.

Der Pfeil für Jhoselyn, den Todesengel, kam mehrere Monate und Sex-Dates später. Doch zu ihrem Leidwesen war seit dem feuchtschmutzigen Nachmittag im Arrestzimmer bereits Robs Name im Schaft eingeritzt.

Ich habe ja schon erwähnt, dass ich manchmal nur so zum Spaß Pfeile verschieße.

Und manchmal, wie bei Jhoselyn, einfach, um die Menschen ein wenig zu ärgern.

# KAPITEL 30

## Lola

Oh Mann, Oli, was für ’ne Bombe.«

Lola bemühte sich, durch den Mund zu atmen. Der dicke Kackehaufen stank widerlich. Konsistenz und Geruch waren ganz ohne Zweifel die Quittung für all die kleinen Naschereien, die Olivia zwischendurch in sich hineingestopft hatte, die Nachos aus dem Kino, die Reiswaffeln, dazu noch Babybrei, ein Häppchen Salchipapa und obendrein die Arepa.

Geschickt zog Lola die Windel unter dem Po der Kleinen hervor und schlug das stinkende Paket ein, um es anschließend im hohen Bogen im nächsten Mülleimer zu entsorgen.

»In Deckung!«, witzelte sie und duckte sich, als müsste sie sich vor einem Granateneinschlag schützen.

Olivia gluckste vergnügt. Lola säuberte der Kleinen behutsam den Hintern und zog ihr dann die neue Windel an.

Bevor sie die Toilette aufsuchte, hatte sie ein paar weitere Läden im zweiten Stock abgeklappert, wo sie die Zwillinge – oh Wunder! – nicht gefunden hatte. Als sie den Wegweiser zu den Toiletten sah, beschloss sie, der Kleinen noch mal die Windeln zu wechseln. Ihre Schulter schmerzte, seit der Tragegurt der Tasche wieder an ihr zerrte. Zwar hatte der Elf ihr die Last eine Zeit lang abgenommen, aber es half ja nichts, sie brauchte die Tasche. Ohne das Nötigste für Olivia bei sich zu haben, hätte sie die Suche nicht fortsetzen können.

Darüber, was Lola unter »das Nötigste« verstand, sprachen wir ja bereits.

»Schmuckgeschäft: Check. Hier sind sie nicht«, krächzte die roboterhafte Stimme des Elfen aus dem Funkgerät, das sie auf dem Waschbecken abgelegt hatte.

»Hier auf dem Klo auch nicht«, antwortete sie und ächzte vor Anstrengung, als sie die Babytrage hochstemmte. Ihr tat der Rücken inzwischen höllisch weh, weil sie die ganze Zeit nach vorn gebeugt herumgelaufen war. Also würde sie das Ding nun hinten aufsetzen und Olivia wie einen süßen Rucksack tragen. Stöhnend nahm sie die Kleine hoch, schwang sie mit der Trage nach hinten und zog die Gurte fest.

»Du bist auf dem Klo?«, hörte sie den Elfen murmeln. »Okay, wir mögen ein Team sein, aber dass du am Kacken bist, während wir uns unterhalten, geht mir entschieden zu weit.«

»Bin ich doch gar nicht, du Vollpfosten«, rief sie lachend. Dann prüfte sie noch einmal, ob die Babytrage richtig saß, und machte sich wieder auf die Suche.

Kennt ihr das Gefühl, so müde zu sein, dass die Erschöpfung ins Gegenteil umschlägt und ihr am Ende viel aufgekratzter seid als vorher? Wenn euch ein irrer Energieschub durchflutet, als wärt ihr betrunken? In genau diesem tranceartigen Zustand befand sich Lola. Sie stand unter enormem psychischem Druck. Ihr Verstand war total blockiert. Sie funktionierte nur noch wie ein Roboter, weil sie so darauf fokussiert war, die Kinder endlich zu finden. Das Einzige, was zu ihr durchdrang und sie erdete, waren die Worte des Elfen, die sie hin und wieder daran erinnerten, dass er noch immer bei ihr war.

»Du bist aber still«, hörte sie seine leise Stimme aus dem Walkie-Talkie.

»Ich muss mich konzentrieren, um nicht auf der Stelle loszuheulen«, erwiderte sie. Sie kam gerade aus einem Kerzengeschäft und schnaubte. »Hier sind sie auch nicht.«

»Dann rede doch einfach Spanisch mit mir.«

Verwirrt runzelte sie die Stirn.

»Warum? Fandest du es vorhin nicht toll, wie ich mich mit dem Englischen abquäle?«

»Stimmt.« Auch ohne ihn zu sehen, wusste Lola, dass er lächelte. »Aber ich möchte auch, dass du dich wohlfühlst. Also mach einfach, wenn dir das leichter fällt.« Er räusperte sich. »Ich suche jetzt in … Verdammt, ich hab nicht die leiseste Ahnung, was das für ein Laden sein soll.«

»Sei froh, wenn ich Englisch rede. Sonst hörst du mich nur noch fluchen«, antwortete sie und lachte traurig auf. »Ich suche als Nächstes in, warte mal … Krass! ’ne Kletterhalle!«

Vor Lola tat sich eine weitere Vergnügungsattraktion der Mall auf: die Kletterhalle ClimbZone. Hier gab es alle möglichen Kletterwände, designt als Burgen, Städte oder Tiere. Eine Wand sah aus wie ein Klavier, eine andere wie ein Ritter mit Rüstung, wieder andere wie ein Piratenschiff, Heißluftballons oder Puzzleteile. An allen hingen automatische Seilsysteme, in die sich die Kletternden einhaken mussten, damit niemand nach einem Fehltritt abstürzte und sich auf dem Boden den Kopf aufschlug.

Unter all den Kindern, die da drinnen wie Äffchen die

Wände hochkletterten, ihre Schützlinge zu finden, war eine echte Herausforderung.

Sie begann hysterisch zu lachen – ein besorgniserregendes Zeichen.

»Lola.« Die Stimme des Elfen riss sie aus ihrer Versunkenheit. »Bekomm jetzt bloß keine Panikattacke.«

*Panikattacke? Woher wusste er das?*

»Zur Hölle noch mal, wer hat bloß diese Horror-Mall gebaut?«

»Lola.« Wieder dröhnte auf penetrante Art ihr Name aus dem Walkie-Talkie.

»Mit der Kleinen auf dem Rücken kann ich nicht klettern.« Diesmal hatte sie lange genug auf den Knopf gedrückt, dass der Elf ihre Klage hören konnte.

»Lola, das musst du doch auch nicht.«

»Obwohl … Affen machen das, oder?«

»Lola!«

»Aber die tragen die Kleinen auf der Brust … Vielleicht sollte ich die Babytrage wieder umdrehen.«

»Ein argentinisches Restaurant.«

Verblüfft blieb sie stehen. Ihre Lider flatterten.

»Was?«, fragte sie verwirrt, ohne auf den Knopf zu drücken.

»Ich lade dich heute Abend in ein argentinisches Steakhaus ein. Was hältst du davon?«

Sie nickte vor sich hin, hob das Funkgerät zum Mund und fragte: »Geht es nur um das Steak oder um mehr?«

Es zuckte in ihren Mundwinkeln.

»Versuchst du gerade, mich mit Grillfleisch zu verführen?«

»Mit Erfolg?«

Sie kicherte und steuerte auf den Eingang der Kletterhalle zu.

»Möglich, kommt drauf an, wie scharf es wird.« Sie biss sich auf die Lippe. »Also, das Steak meine ich, und überhaupt …«

Sie hielt kurz inne und genoss es, dass sie dem Elfen ein kehliges Lachen entlockt hatte. Ein Schauer durchfuhr sie.

»Kletterhalle, ich komme«, rief sie. »Elf?«

»Ja?«

»Danke, ganz ehrlich. Ich glaube, ohne dich hätte ich längst aufgegeben«, gestand sie. Ihr entfuhr ein frustrierter Seufzer. »Oder man hätte mich schon festgenommen.«

»Okay, aber genau genommen säße *ich* jetzt im Arrest, wenn du nicht gewesen wärst.«

»Und das meinetwegen.« Verlegen lachte sie auf.

Es dauerte etwas, bis sie seine Stimme wieder hörte. Offenbar musste er erst darüber nachdenken, was er auf diese unbequeme Wahrheit antworten sollte.

»So ist das halt, wenn man ein Team ist«, sagte er zu ihrer Überraschung. »Und wir sind doch ein Team. Wie Sherlock Holmes und Doktor Watson.«

»Eher wie Shrek und Esel.« Ein Lächeln umspielte ihre Lippen. »Ich bin der Esel, nur um das klarzustellen.«

Das laute Lachen des Elfen hallte noch in ihren Ohren, als sie die Kletterhalle betrat. Zum Glück würde sie sich nicht die Wände hochkämpfen müssen. Jede Menge Kids standen Schlange und warteten ungeduldig darauf, dass sie endlich an der Reihe waren. Überrascht stellte sie fest, dass die meisten Kletternden an den bunten Wänden Erwachsene waren.

Na ja, ganz so erstaunlich war das auch wieder nicht. Das

Ganze schien großen Spaß zu machen, und es juckte sie, es selbst auszuprobieren …

*Von da oben hätte ich einen super Überblick.*

Nachdenklich tippte sie sich mit dem Zeigefinger ans Kinn.

Aber mit Olivia auf dem Rücken ging das nicht. Das wäre total verantwortungslos und gefährlich und …

Ihr erster Impuls war, es einfach zu machen. Sich einen Sicherungsgurt anzulegen, die Tasche irgendwo abzustellen, zu prüfen, ob die Kleine sicher in der Trage saß, und dann an einer der knallbunten Wände hochzuklettern – die, die wie ein Bücherregal aussah, fand sie besonders verlockend –, um zu sehen, ob sie die Zwillinge von dort oben irgendwo entdecken konnte.

Die feurige Kamikaze-Lola hätte keinen Gedanken daran verschwendet, dass man sie womöglich verwarnen oder ein Video von ihr in den sozialen Medien posten würde – das war ihr schon mal passiert, als jemand sie dabei gefilmt hatte, wie sie eine ertrinkende Maus aus einem Springbrunnen retten wollte – oder dass sie sich verletzen könnte, weil sie inzwischen so erschöpft war. Ihrem impulsgesteuerten Ich wäre das total egal gewesen.

Sie konnte es locker schaffen. So schwer war das nicht, und sie würde gut aufpassen.

Aber sie bremste sich. Erst mal tief durchatmen! Sie musste sich erden und mit voller Konzentration versuchen, das Adrenalin zurückzudrängen, das sie pushte und ihre Urteilskraft trübte.

Sie stemmte die Füße fest in den Boden. Nein, das Wagnis durfte sie nicht eingehen. Nicht mit Olivia auf dem Rücken.

Allein würde sie es schaffen, das wusste sie. Aber sie wollte es nicht auf den Versuch ankommen lassen. Stattdessen beschloss sie, etwas zu tun, was sie bisher stets tunlichst vermieden hatte. Sie würde jemanden um Hilfe bitten.

Ihr fiel eine blasse junge Frau mit einem langen, dunklen Zopf und einer riesigen Brille auf, die sich mehrfach vergewisserte, dass ihr Sicherungsgurt an der Taille und den Oberschenkeln richtig saß. Zögernd ging Lola auf sie zu.

»Hallo«, sagte sie mit heiserer Stimme.

Eigentlich war Lola nicht der Typ, der schnell verlegen wurde. Aber dass sie eine Fremde um Hilfe bitten musste, ließ sie ganz kleinlaut werden.

»Hallo«, antwortete die junge Frau irritiert.

Lola war so nervös, dass sie im ersten Moment fürchtete, sie würde auf Englisch nicht die richtigen Worte finden.

»Sorry, wie … wie heißt du?«

*Verdammt, Lola, das kannst du schon seit der ersten Klasse sagen. Krieg die Zähne auseinander!*

»Tati.« Die junge Frau neigte den Kopf und lächelte sie freundlich an. »Ist was?«

»Ich wollte dich um einen Gefallen bitten … Ist keine große Sache … «

Unbeholfen zerrte sie am Reißverschluss der Tasche und holte das Handy heraus. Sie zeigte Tati das Foto der Zwillinge und erklärte ihr kurz, worum es ging.

»Ich hab mich gefragt, ob du vielleicht von da oben mal nach ihnen Ausschau halten kannst.«

»Na klar, natürlich! Oh Mann, das tut mir voll leid. Du bist bestimmt total fertig.«

Um ein Haar wären Lola die Tränen in die Augen geschossen, weil die junge Frau so verdammt nett war.

»Ziemlich«, gab sie zu und schluckte.

Ungelenk begann Tati den Aufstieg an der Wand. Es war ihr anzusehen, dass sie noch nicht oft geklettert war, denn ein paarmal erreichte sie nur mit Mühe den nächsten Trittstein. Doch sie kämpfte sich so entschlossen weiter vor, dass Lola unwillkürlich Bewunderung für die junge Frau verspürte. Im Gegensatz zu ihr ließ sich diese Tati offenbar von ihren Defiziten nicht ausbremsen. Sie akzeptierte einfach, wie sie war, und machte sich nicht selbst nieder.

Wie Lola bereits vermutet hatte, fand auch die mutige Kletterin die Kinder nicht.

Frustriert beobachtete sie von unten, wie Tati sich minutenlang aufmerksam nach ihnen umschaute und dann bedauernd den Kopf schüttelte. Als die junge Frau wieder festen Boden unter den Füßen hatte, bedankte sich Lola.

»Alles wird gut«, antwortete Tati und strich Lola liebevoll über den Arm, was bei ihr ein komisches Gefühl hervorrief. »Du bist sehr stark. Ich hoffe, du findest sie bald.«

*Du bist sehr stark*, hallte es in Lolas Kopf wider.

Nein, das stimmte nicht. Sie war nicht stark. Wie auch, wenn sie sich in diesem Augenblick noch nutzloser und erbärmlicher fühlte als sonst?

Sie war nicht stark. Sie gab sich nur wahnsinnig Mühe, so zu wirken.

# KAPITEL 31

## Der Elf

Er war die Suche nach den Kindern leid.

Jeden verdammten Winkel des Einkaufszentrums hatte er abgeklappert und war fix und fertig. In den letzten Stunden hatte er mehr über die Mall erfahren als in der ganzen Zeit, in der er dort schon den Job als Elf machte.

Sein Job … Würden die Chefs bei Stars à la carte – wie er diesen grässlichen Namen hasste – ihn auf die Straße setzen, wenn sie erfuhren, dass er seinen Arbeitsplatz verlassen hatte? Oder schlimmer noch: Würde der Todesengel auf Santas Thron sitzen und auf ihn warten, Robs Kopf demonstrativ auf der Armlehne platziert, wenn er am nächsten Tag zur Arbeit kam?

Wie lange dauerte es wohl, bis sie herausfanden, dass Rob nicht der gesuchte Elf war? Zum Glück lief der Job bald aus. Nach Weihnachten wäre er wieder ein arbeitsloser Schauspieler unter vielen und kein lächerlicher Elf mehr.

War es das wert gewesen?

Jedes Mal, wenn er wieder zu zweifeln begann, stellte er sich diese Frage. Sie half ihm, die Grübelei abzustellen. Ja, es war das Risiko und die Strapazen definitiv wert gewesen. Denn er hatte nicht anders gekonnt. Wäre er brav bei der Zuckerstange stehen geblieben, hätte er sich den ganzen Tag gefragt, was aus dieser rasenden jungen Frau mit den wild funkelnden Augen geworden war. Er war inzwischen fest davon überzeugt, dass sie ihm vom Schicksal geschickt worden war.

Hört mir bloß auf mit dem Schicksal. Schicksal, Schicksal … wenn ich das schon höre. Fortuna, die Göttin des Schicksals, funkt mir nur zu gern dazwischen, dieses Miststück.

Ja, der Elf hatte sich schon lange nicht mehr so sehr im Einklang mit sich und seinem Gewissen gefühlt wie bei dieser Entscheidung. Und er blieb ihr treu, weil ihn, trotz allem, trotz der dummen Sprüche, eine elektrisierende Stimme immer wieder daran erinnerte, wie gut es sich anfühlte, wenn man einfach man selbst war.

»Ich weiß nicht, was mir mehr wehtut: der Kopf, die Schulter oder der Rücken«, hörte er sie durch das Walkie-Talkie jammern. »Ich laufe herum wie der Glöckner von Notre-Dame.«

»Brauchst du eine Massage?«, fragte er und grinste den kleinen Apparat an.

Gespannt lauschte er auf Lolas Antwort, die nicht lange auf sich warten ließ.

»Oh ja … das wär was, es tut echt verdammt weh.«

Sein Grinsen wurde noch breiter, als er sie nach diesen Worten leise kichern hörte.

»Die kriegst du von mir, dann ist das Leiden endlich vorbei.«

Diesmal dauerte es länger, bis die Antwort kam. Oder war er bloß zu ungeduldig?

»Weißt du, was mir noch wehtut?«

Während er durch das letzte Schaufenster des Ladens spähte, vor dem er stand, lächelte er beseelt. Er konnte sich nichts Schöneres vorstellen, als über Lolas Rücken zu streichen. Bei dem Gedanken, wie diese Massage womöglich enden würde, wurde es in seiner Hose spürbar enger.

»Was denn?«, hauchte er.

Er ahnte, dass Lola bei diesem innigen, heiseren Flüstern ein Schauer durchzuckt hatte.

Und damit lag er nicht falsch, falls ihr es genau wissen wollt.

»Die Füße.«

»Du Ärmste.«

»Und die Beine. Vor allem die Oberschenkel.«

Er musste einmal tief durchatmen, bevor er antworten konnte. Die Haut auf seiner Brust begann zu kribbeln.

»Das behalte ich im Hinterkopf.« Er räusperte sich. »Sonst noch was?«

»Sorry, Leute, *over.*«

Erschrocken schaute sich der Elf um. Doch zu seiner Verblüffung musste er feststellen, dass die Stimme, die sie unterbrochen hatte, niemandem in seiner Nähe gehörte.

*Was zum Teufel …*

Kam die Stimme etwa aus dem Funkgerät?

Sie sagten beide kein Wort, denn sie wussten genau, dass derjenige am anderen Ende der Leitung nur einer von der Security sein konnte. Wie lange hatte er schon mitgehört?

»Meinetwegen könnt ihr weitersäuseln, aber ich dachte, ich sag euch lieber mal, dass ich alles mitkriege.«

Der Elf schluckte ungläubig.

Lola reagierte als Erste: »Wer bist du?«

»Axel, erster Stock, freut mich. *Over.*«

»Seit wann hörst du uns zu?«

»Seit einer von euch den Knopf gedrückt hat, mit dem man den Kanal wechselt.«

Der Elf blickte auf seine Hand. Mist! Sein Daumen lag verdächtig nah an einem der Knöpfe. Vermutlich hatte dieser Axel aus dem ersten Stock den gemeint.

»Und wann war das?«, fragte er vorsichtig.

»Kurz bevor ihr davon angefangen habt, was dieser Typ mit seinen Fingern macht, wenn er sie …«

»Ja, schon klar«, unterbrach der Elf ihn rasch, um nicht noch einmal die Bilder der heißen Szene aus dem Roman vor Augen zu haben, von der Lola ihm gerade erzählt hatte. »Wir haben's kapiert.«

Der Typ hatte ihnen also schon eine ganze Weile zugehört. Er wusste folglich immer ganz genau, in welcher Ecke der Mall sie gerade unterwegs waren. Warum hatte er sie nicht einkassiert? War es ihm total egal, dass zwei Unbekannte Funkgeräte des Security-Personals geklaut hatten?

»Ich muss schon sagen, ihr seid echt süß.«

Ja, offenbar war es ihm egal.

»Danke«, murmelte Lola. Sie klang genauso durcheinander wie er selbst.

»Bei euch stimmt voll die Chemie. Wie macht ihr das?«

Entweder wollte der Typ sie verarschen, um sie hinzuhalten, während ein ganzes FBI-Team auf dem Weg war, um sie festzunehmen, oder dieser Axel Erster Stock war irgendein Spinner, der auch ein Walkie-Talkie geklaut hatte.

»Bist du von der Security?«

»Klar, sag ich doch, Axel, erster Stock. Kann ich euch irgendwie helfen?«

Der Elf schaute sich um und ging langsam weiter.

»Hast du bei dir im ersten Stock ein blondes Zwillingspärchen mit blauen Augen und Engelsgesichtern gesehen, Axel?«, hörte er aus dem Funkgerät. Lola hatte schnell geschaltet und die Gelegenheit beim Schopf ergriffen.

»Sind die Kids, nach denen ihr sucht, etwa die, die seit heute Morgen verschwunden sind? Nein, tut mir leid. Wenn ich sie sehe, lasse ich es euch wissen.«

»Danke, Axel Erster Stock.«

»Da nicht für.«

Sie verstummten abwartend.

»Bist du noch da?«, fragte der Elf misstrauisch.

»Wer? Ich?«, meldete sich Axel Erster Stock. »Ach ja, sorry, ich lass euch mal allein.« Er räusperte sich. »Übrigens, wem habt ihr eigentlich die Funkgeräte geklaut?«

Oh, oh.

Sie sagten kein Wort. Vielleicht dachte Axel Erster Stock dann ja, sie hätten den Kanal gewechselt.

»Nur aus Neugier. Wenn ich gewollt hätte, dann hättet ihr längst Handschellen um.«

»Warum hast du es nicht gemacht?«, fragte Lola zögernd.

»Ich war schon drauf und dran, aber ihr klangt so besorgt, dass ich mich nicht einmischen wollte. Es kam mir nicht richtig vor. Ich kann echt empathisch mit Schurken sein, wenn ich ihre Motive verstehe«, scherzte er und lachte allein über seinen Spruch. »Außerdem liebe ich guten Gossip und wollte wissen, wie dieser Typ es geschafft hat, den Daumen zu drehen, während er den Zeigefinger in …«

»Ja, das wissen wir«, unterbrach der Elf ihn genervt. »Also dann … danke.«

»Keine Ursache, ihr zwei. Ich hoffe, ihr findet die Kinder bald. Ich halte hier meine Augen offen. *Over and out.*«

»Danke, Axel«, sagte er noch einmal.

Doch der strange Security-Mann antwortete nicht. Vermutlich hatte er den Kanal gewechselt.

»In dieser Mall gibt's wohl niemanden, der noch alle Latten am Zaun hat«, witzelte er.

Keine Antwort.

»Lola?«

Als sie sich meldete, klang ihre Stimme so brüchig, dass er hellhörig wurde.

»Ein Anruf. Von ihr.«

Er wusste gleich, dass sie die Mutter der Zwillinge meinte.

»Schon gut, atme erst mal tief durch, es passiert schon nichts. Gib dich ganz normal.«

Lola antwortete nicht.

»Sag doch einfach, den Kindern geht's gut. Sie spielen. Die Situation ist unter Kontrolle, kein Grund zur Beunruhigung und so weiter«, schlug der Elf vor.

Unter Kontrolle? Hatte er sie noch alle?

Doch noch immer kam kein Lebenszeichen von ihr.

»Lola, sag was. Wo bist du?«

Kaum hatte er die Antwort gehört, rannte er los.

# Ein Pfeil für Cookie Dulce

Gesprächig bist du nicht gerade.«

Schon als sie ihn reinkommen sah, wusste sie, dass dieses Date eine Katastrophe werden würde.

Das war an ihrem ersten Tag als Santas Foto-Elfe, und auch wenn sie es nicht besonders reizvoll fand, ihre Freizeit in derselben Mall zu verbringen, in der sie in den nächsten zwei Monaten arbeiten würde, war es doch ungemein praktisch. Sie musste nicht weit fahren, und der Parkplatz war kostenlos.

Ihr schwante gleich, dass dieses Date genauso erbärmlich ablaufen würde wie die meisten anderen von der Dating-App. Und doch hegte sie die vage Hoffnung, irgendwann jemanden zu treffen, mit dem die Chemie stimmte. Vielleicht würde sich ja doch mal mehr ergeben als die gelegentlichen One-Night-Stands mit Typen, die nicht mehr zu bieten hatten.

Und die kein Interesse daran hatten, mehr zu entdecken.

Mit @BikerLoverRide21, so sein Username, hatte sie seit ein paar Wochen gechattet.

Anfangs war ihr vor allem sein attraktives Äußeres ins Auge gefallen. Auf seinem Profil gab es ein, zwei Fotos, auf denen er mit seinem Motorrad vor irgendeinem schönen Panorama zu sehen war, und ein paar Fakten über sein Leben, die nicht ganz so albern klangen wie die, die sie normalerweise zu lesen bekam. Seine Nachricht war an einem langweiligen, einsamen Abend aufgeploppt, und sie hatte sich auf einen Chat mit ihm eingelassen.

Am Ende war sie um vier Uhr früh mit dem Wunsch ins Bett gegangen, am nächsten Tag gleich nach dem Aufwachen eine neue Nachricht von ihm vorzufinden.

Natürlich war sie nicht so naiv, einen Typen, den sie nicht kannte, nach ein paar Schmeicheleien und Witzchen gleich auf ein Podest zu stellen. Doch in den Tagen darauf fand sie in ihm einen Menschen, mit dem sie Gedanken, Fotos und leere Stunden teilen konnte.

Und sie war definitiv nicht so leichtgläubig, sich vorzustellen, diese virtuelle Verbindung sei etwas Ernstes. Ihr war klar, was sich hinter seinen netten Komplimenten und zweideutigen Witzen verbarg. Sie wusste aus Erfahrung, dass Männer einem das Blaue vom Himmel versprachen, wenn sie auf Sex aus waren.

Als @BikerLoverRide21 ihr ein Date vorschlug, willigte sie ein, mit ihm einen Kaffee trinken zu gehen, versprach sich aber nicht zu viel davon. Wenn sie Glück hatte, wäre er interessant und attraktiv genug, dass es für ein paar Treffen reichte.

Danach wäre es vermutlich wie immer: Er würde auf ihre Nachrichten nicht mehr so überschwänglich antworten wie am Anfang, ihr mit blöden Ausreden kommen, wenn sie ihm vorschlug, etwas zusammen zu unternehmen, und sie würde nicht nachbohren. Irgendwann würde ihr aufgehen, dass er sich längst nicht mehr für sie interessierte, weder als Frau noch als Mensch.

Warum sollte es diesmal anders laufen? Aber während sie

auf der Toilette des Lebkuchenhauses vor dem Spiegel mit der miesen Beleuchtung das Rouge auf ihren Wangen verteilte, malte sie sich doch aus, er sei im wahren Leben genauso toll wie am Bildschirm. In ihren Tagträumen passten sie supergut zusammen.

Doch als sie ihn hereinkommen sah, wusste sie sofort, dass dem nicht so war. Nicht mit @BikerLoverRide21.

Die 21 stand nicht etwa für die Länge seines Schwanzes, sondern für seinen Intelligenzquotienten.

Sicher legte ihr der Typ, der sie anzüglich musterte, nur deshalb nicht gleich die Hand auf den Schenkel, weil er zu sehr damit beschäftigt war, mit der einen seinen Pony zurückzustreichen und mit der anderen seinen Motorradhelm festzuhalten. Er hatte den Helm nicht einen Moment zur Seite gelegt, seit er sich ihr gegenübergesetzt und einen Kaffee und ein Stück Cheesecake bestellt hatte, obwohl er ihr in ihren Chats erzählt hatte, er sei laktoseintolerant.

Dulce war bewusst, dass sie kein strahlender Sonnenschein war. Tatsächlich fiel es ihr superschwer, sich anderen gegenüber zu öffnen oder Gefühle zu zeigen. Meist wirkte sie auf andere schroff und abweisend. Ihre Freundinnen bescheinigten ihr ständig, sie sei unhöflich, ihre Mutter nannte sie Wildkätzchen, weil sie sie so kratzbürstig fand, und für ihre Schwester war sie seit jeher einfach nur dumm und unsympathisch, und das sagte sie ihr auch unverblümt bei jeder Gelegenheit.

In diesen harten Urteilen steckte ja auch ein Körnchen Wahrheit.

Ein Teil von ihr war in der Tat vorsichtig, wählerisch und verschlossen. Wenn die Leute in dir einen Kaktus sehen, versucht keiner herauszufinden, was sich hinter deinen Stacheln verbirgt. Aber es wird auch keiner versuchen, dich zu verletzen, wer fasst schon gern in Stacheln.

Tief im Inneren fand sie es schrecklich, dass sie so war, aber sie konnte einfach nicht raus aus ihrer Haut. Oft wusste sie nicht, wie sie sich verhalten sollte, um den Erwartungen der anderen zu entsprechen. Nicht dass sie es darauf anlegte. Im Grunde war es ihr egal, was die anderen dachten.

Sie war halt ein Kaktus und nie eine Blume.

Auch wenn sie sich manchmal so sehr danach sehnte.

Bei Dates versuchte sie immer, sich von ihrer Schokoladenseite zu zeigen, auch wenn die Typen sie offenbar nur selten so wahrnahmen wie sie sich selbst. In den ersten Minuten mit @BikerLoverRide21 war noch alles offen, auch wenn sie schon so eine Vorahnung hatte, und abgesehen von dem Machogehabe hätte das Date eventuell um einiges netter verlaufen können, hätte er nicht eine geschlagene Stunde nur gelabert, erst über sein Motorrad, die gerade erfolgten und die bevorstehenden Reparaturen, dann über die Mädels, die sich ihm angeblich an den Hals warfen. Dazu kamen noch Dutzende weiterer Geistlosigkeiten. Irgendwann hörte sie nicht mehr zu, nachdem sie x-mal vergeblich versucht hatte, das Thema zu wechseln, @BlöderLächerlicherRiesenvollpfosten21 aber immer wieder auf sich und sein Motorrad zurückgekommen war.

Das eine oder andere Mal hatten sie darüber schon in ihren Chats geschrieben, aber da hatte es sich so angehört, als wäre es bloß ein Hobby unter vielen. Sie fragte sich, ob er noch auf dem Schirm hatte, dass sie für Kunstfotografie brannte, aber auch Flugzeuge toll fand und deshalb einfach so eine Fortbildung zur Flugbegleiterin besucht hatte, ohne das beruflich zu nutzen, oder dass sie sich schon alles Mögliche über die Unermesslichkeit des Universums reingezogen hatte, worüber sie aber nur selten mit jemandem sprach.

Warum sollte sie sich ein Lächeln abringen oder den Versuch starten, mit jemandem ins Gespräch zu kommen, der offenbar nur mit sich selbst redete.

»Gesprächig bist du nicht gerade.« Er verzog das Gesicht. »Ich weiß, du hast gesagt, du wärst schüchtern. Aber so krass? Das hätte ich echt nicht gedacht.«

»Ich bin nicht schüchtern, du lässt mich einfach nicht zu Wort kommen«, wies sie ihn müde zurecht.

Dieser Vorwurf schien @BlöderLächerlicherRiesenvollpfosten21 zu kränken.

»Sorry, dann rede du.«

»Damit du mich wieder unterbrichst und von deinem Motorrad anfängst? Die Mühe spar ich mir lieber und halte gleich den Mund.«

Der junge Mann schaute sie irritiert an. In seinem linken Mundwinkel zuckte es, und er rümpfte beleidigt die Nase.

»Was ist dir lieber? Sollen wir für den Rest der Zeit schweigend hier sitzen bleiben, oder kann ich nach Hause fahren?«

Taktvoll war dieser bescheuerte Typ nicht gerade.

»Meinetwegen kannst du ruhig fahren.«

@BlöderLächerlicherRiesenvollpfosten21 stand empört auf und versuchte, mit einem sarkastischen Lachen Oberwasser zu behalten.

»Du hattest recht«, sagte er. Sie fragte sich, worauf er anspielte. »Eine Princess Charming bist du nicht gerade. Wenn ich dir fürs nächste Date einen guten Rat geben darf: Versuch mal, nicht so unsympathisch zu sein.«

»Lass du dir lieber beim nächsten Mal nicht ganz so deutlich anmerken, wie geil du darauf bist, es mit dem Auspuff deiner Supermaschine zu treiben.«

Sie machte sich nicht mal mehr die Mühe, ihm nachzuschauen, sondern wischte auf ihrem Handy TikTok-Videos weiter und probierte ein Stück von dem Cheesecake, den @MotorradFicker stehen gelassen hatte.

Den Kuchen und den Kaffee.

Der miese Typ hatte sich verdrückt, ohne zu bezahlen!

Wütend sprang sie auf und rannte zum Ausgang, wo sie ihn noch zu erwischen hoffte.

»Hey! Hey!«, brüllte sie, als sie aus der Tür stürmte. »Der Kuchen! Bezahl gefälligst den Kuchen, du Arsch!«

In der Menschenmenge konnte sie ihn nicht entdecken, und als sie ihr Handy entsperrte, um ihm eine Nachricht zu schicken, musste sie feststellen, dass er sie schon blockiert hatte.

»Fuck!«, schimpfte sie und stampfte mit dem Fuß auf den Boden wie ein kleines Kind (und da sie nicht mal einen Meter sechzig groß war, sah das umso infantiler aus). Stocksauer stapfte sie zu ihrem Tisch zurück und murmelte all die Beleidigungen vor sich hin, die sie ihm zu gern an den Kopf geworfen hätte.

Da sie das Stück Kuchen nun bezahlen musste, würde sie es auch essen. Rasch verdrückte sie den Rest, der noch übrig war, und verlor jedes Zeitgefühl, während sie sich lustige Katzenvideos anschaute. Ab und zu tunkte sie den Zeigefinger in die restlichen Marmeladenkleckse auf dem Teller und leckte ihn genüsslich ab.

»Hi. Entschuldige, hat dir jemand den Kuchen geklaut?«

Verdattert schaute sie auf und blickte in ein strahlendes,

ovales Gesicht mit kleinen blauen Kulleraugen, das ihr ein freundliches Lächeln schenkte. Der junge Mann mit dem dünnen Haar und den breiten Schultern hatte die Daumen in einen Polizeigürtel gehakt, der zur Uniform der Security gehörte.

»Hallo.« Sie wischte sich mit einer Serviette den Mund ab. »Nein, ich hab ihn gegessen.«

»Aha, Problem gelöst«, stellte er mit einem breiten Grinsen fest. »Und was war es für einer?«

»Cheesecake.«

Er schaute sie schweigend an. Eine unangenehme Stille breitete sich zwischen ihnen aus, die Dulce unbehaglich war.

»Ist noch was?«, fragte sie ihn irritiert.

Dass die Frage rüder geklungen hatte, als sie gemeint war, dämmerte ihr, als der Security-Mann beschämt ein paar Schritte zurückwich.

»Nein, nein, entschuldige. Ich hab dich bloß rausrennen und irgendwas von einem Stück Kuchen rufen sehen und wollte nur wissen, ob bei dir alles okay ist.«

»Ja, alles im grünen Bereich.«

Mit einem Mal prustete der junge Mann drauflos, dabei war sich Dulce sicher, dass sie nicht witzig geklungen hatte.

»Sorry.« Er versuchte, sich zusammenzureißen, doch seine runden Wangen zuckten. »Mit den Marmeladenklecksen auf den Wangen siehst du echt süß aus.«

Dulce überging das merkwürdige Kompliment und rieb sich rasch über das Gesicht.

»Weg?«

»Nein, warte.« Er kam wieder ein Stück näher. »Da ist noch ein bisschen.«

Sie erstarrte, als der Fremde sich über sie beugte und ihr sanft mit dem Daumen über die Wange strich. Amüsiert zeigte er ihr den Klecks rote Marmelade auf seiner Fingerspitze, bevor er ihn mit einer Serviette abwischte.

Dulce fragte sich, mit welchem Blick sie ihn wohl angesehen hatte, denn gleich darauf wurde er blass und entschuldigte sich erneut bei ihr.

»Meine Mutter sagt immer, ich soll die Finger bei mir behalten, weil es die Leute stört, wenn ich gleich zulange.« Er räusperte sich und wusste offensichtlich nicht, wohin mit seinen Händen.

»Es war ungewohnt, aber gestört hat es mich nicht«, beruhigte sie ihn.

Er quittierte ihre Antwort mit einem Lächeln und nickte nervös.

»Ich bin Axel, von der Security.« Er klopfte ein paarmal auf die goldene Marke, die sich strahlend von seinem weißen Hemd abhob und ihn als Mitarbeiter des Sicherheitsdienstes auswies. »Wenn du irgendwas brauchst, ich bin da.«

»Alles okay bei mir, aber danke.«

Axel schob mit einem Lächeln ab, das Dulce nicht deuten konnte. Warum hatte er die ganze Zeit so zufrieden und glücklich gewirkt, als lebten sie auf zwei unterschiedlichen Planeten?

»Ach, übrigens!« Axels Kopf war wieder in der Tür aufgetaucht. »Wie heißt du eigentlich?«

Peinlich berührt schaute sie sich um, doch niemand um sie herum schien auf Axels laute Rufe zu achten.

»Dulce«, murmelte sie.

»Wie?!«

»Dulce«, wiederholte sie lauter und zischte dann vorwurfsvoll: »Schrei nicht so.«

»Sorry.« Er lachte verschmitzt, hielt sich dann aber rasch die Hand vor den Mund. »Dulce, was für ein schöner Name.«

»Ja.« Bitter lachte sie auf. »Passt kein bisschen zu mir.«

»Wieso nicht?«, fragte er neugierig. »Ich finde, der passt super zu dir. Du bist ganz bestimmt süß. Und ganz weich noch dazu«, scherzte er und zeigte auf ihre Wange. »Wie eine Blume.«

Wie eine Blume!

Mit Dulces Pfeil in ihre Brust zu treffen, hat mich eine mordsmäßige Mühe gekostet. Als ich es endlich geschafft hatte, beschloss sie, den Pfeil einfach zu ignorieren. So übervorsichtig und verschlossen, wie sie war, wusste sie, dass ihre Stacheln jedem wehtun würden, der sich an ihnen vorbeimogeln wollte, und sei es nur als Sonnenstrahl oder Regentropfen.

Axel wurde zu dem Sonnenstrahl, der sie wärmte und ihre Stacheln liebkoste, als wären es Blütenblätter.

Aber sie brauchte Zeit, um diese Blüten wachsen zu lassen.

# KAPITEL 32

## Lola

Diesmal zitterten Lolas Hände nicht, als Ms Nightingales Name auf dem Display aufleuchtete, doch ihr schlug das Herz bis zum Hals. Die Kinder waren schon viel zu lange weg. Verirrt, ausgebüxt, entführt, weiß der Himmel was.

Sie ließ das Handy einfach klingeln, obwohl sie genau wusste, dass sie den Anruf entgegennehmen musste, darum würde sie nicht herumkommen. Aber wie sollte sie so tun, als wäre alles gut? Was, wenn Beatrice mit einem der Zwillinge reden wollte? Oder wissen wollte, warum sie nicht längst zu Hause waren?

*Sicher weiß sie, dass etwas nicht stimmt.*

Lolas Herz raste. Der Hals schnürte sich ihr zu.

Die Stimme des Elfen meldete sich aus dem Walkie-Talkie, doch in Lolas Ohren rauschte es, und der Druck auf ihren Schläfen war so groß, dass seine Worte nur als störendes Gemurmel zu ihr durchdrangen.

Mit einem genervten Ächzen schaltete sie das Funkgerät aus. So viele akustische Reize konnte sie nicht verarbeiten. In ihrem Kopf überschlugen sich die Gedanken und hämmerten auf sie ein, als versuchten sie, einander zu übertönen.

*Soll ich es ihr erzählen?*

Es wäre das Vernünftigste, auch wenn Beatrice ihr dann die ganze Verantwortung zuschreiben würde und Lola sich dem Zorn und der Verzweiflung einer Mutter stellen müsste, die durch *ihr* Verschulden ihre Kinder verloren hatte.

*Sie haben sich nicht verlaufen, sie sind ausgebüxt*, wollte sie eine der Stimmen in ihrem Kopf beruhigen. *Spielt das jetzt noch eine Rolle?*, schimpfte eine andere. *Benimm dich wie eine Erwachsene und gib es zu*, hämmerte der nächste Gedanke auf sie ein. *Noch ist Zeit, sicher tauchen sie wieder auf, sie spielen nur*, besänftigte sie ein weiterer. Dann donnerte ein anderer, weit zorniger: *Schämst du dich nicht? Du bist einfach unfähig, bei allem!*

Sie selbst war auch wütend und verzweifelt. Um die Flut der Gedanken einzudämmen, atmete sie einmal tief durch und konzentrierte sich. Sie fasste einen Entschluss. Dann nahm sie das Gespräch an.

»Hallo, Dolores, wie läuft es denn so?«

Lolas Ohr zuckte. Dass diese Frau sie immer bei ihrem vollen Namen nennen musste! So nannte sie nur ihre Mutter, wenn sie etwas angestellt hatte. Und die Lage, in der sie sich befand, fühlte sich ganz ähnlich an. Bei dem Gedanken stellten sich ihr die Nackenhaare auf.

»Hallo, Beatrice, wie geht's?« Lolas Kehle war wie ausgedörrt. »Ich muss dir was erzählen.«

# KAPITEL 33

## Der Elf

Er rannte, als wäre der Teufel hinter seiner Seele her.

Sicher hatte Lola das Funkgerät stummgeschaltet, weil sie nicht auf ihn hören wollte, denn er erreichte sie nicht. Trotzdem keuchte er im Laufen immer wieder kurze Beschwörungen in sein Walkie-Talkie in der Hoffnung, sie würden auf wundersame Weise doch bei ihr ankommen.

»Tu's nicht«, raunzte er aufgewühlt. »Lola, warte.«

*Fuck.*

Sie hatten noch Zeit. Sicher würden sie die Kinder finden. Wenn Lola den Eltern die Sache jetzt beichtete, wäre das Chaos perfekt. Klar, er verstand natürlich, dass sie diese Last loswerden wollte. Sie wollte die Verantwortung übernehmen und die Konsequenzen tragen. Aber wozu? Damit die Eltern ihr dieselben schlimmen Dinge an den Kopf warfen, mit denen sie sich selbst schon marterte? Damit sie drohten, die Polizei zu rufen? Damit sie ihren Job verlor? Seit wann verhielt Lola sich auf einmal erwachsen und reif?

Okay, mag sein, dass er wie ein launisches Kind klang. Mag sein, dass er tief in seinem Inneren wusste, dass es vielleicht richtig war, den Eltern der Kinder Bescheid zu geben. Mag sein, dass das, moralisch betrachtet, von Anfang an am besten gewesen wäre.

Ähm, Elf … Glaubst du das wirklich?

Aber manchmal muss man halt den eigenen Arsch retten und den der Menschen, die einem wichtig sind. Und aktuell war seine größte Sorge, den knackigen Hintern dieser Nanny zu retten, mit der er innerhalb weniger Stunden eine intensivere Gefühlsachterbahn erlebt hatte als mit anderen Frauen in vielen Jahren. Beichten und den Kopf hinhalten konnte sie auch später noch.

Aber jetzt noch nicht. Noch nicht!

Er bog um eine Ecke und seufzte erleichtert auf, als er sie auf einer der Brücken entdeckte, wo sie wild entschlossen auf das Handy starrte und in diesem Moment den Anruf entgegennahm.

*Nein, nein, nein.*

Er ruderte wild mit den Armen, um ihre Aufmerksamkeit zu erregen. Doch sie war zu sehr in das Telefonat vertieft. Er sah, wie sie sich selbstvergessen in die Wange biss und nervös die Fingernägel gegeneinanderschnippte. Noch ein paar Meter, dann stand er endlich vor ihr. Erstaunt schaute sie auf, als sie seinen durchdringenden Blick bemerkte. Sicher fragte sie sich, wie er so schnell dorthingekommen war. Doch dann schaute sie verlegen weg und konzentrierte sich wieder auf das Handy.

Ungeniert stellte er sich so dicht vor sie, dass er ihre Brust streifte, um das Telefonat mithören zu können. Mit sanftem Druck packte er sie an den Oberarmen, damit sie ihm in die Augen sah.

»Tu's nicht«, flüsterte er lautlos.

»Ist etwas?«, zeterte eine Frauenstimme aus dem Handy, als sie keine Antwort bekam.

»Ja, weißt du …« Lola schluckte nervös, ohne den Blick von seinem Gesicht abzuwenden.

»Tu's nicht«, wiederholte er. Sie las die Worte von seinen Lippen ab und nickte bekümmert.

»Beatrice, die Kinder sind …«

Es gab eine Menge Dinge, die er hätte tun können: Er hätte ihr das Handy wegnehmen können oder … Aber, okay, tatsächlich fiel ihm nur wenig ein, was er in diesem Moment tun konnte. Er wusste nur, dass er sie unbedingt aufhalten musste, bevor sie weitersprach.

Natürlich hätte er ihr das Handy wegnehmen können, aber seine Hände umklammerten noch immer Lolas Arme. Und weil er ihr so nahe war, stieg ihm dieser verdammt verführerische Duft nach Honig und Feige in die Nase und …

Es gab eine Menge Dinge, die er hätte tun können, aber sobald ihm diese eine Idee gekommen war, dachte er nicht länger nach.

Er tat es nicht überfallartig oder aufdringlich. Er näherte sich ihr so langsam, dass sie seine Absichten erkennen konnte, ohne ihr jedoch genug Zeit zu geben, das zu verarbeiten. Lola verstummte überrascht und hielt den Atem an. Entschlossen berührten seine Lippen die ihren und küssten sie sanft. Ihr Mund war warm und weich, er konnte nicht genug bekommen. Hatte Lola die Augen geschlossen? Er wusste es nicht, denn er hatte seine unwillkürlich zugemacht, um alle anderen äußeren Reize auszublenden.

Er küsste sie.

Nach der ersten Verblüffung erwiderte Lola den Kuss. Alle

Anspannung fiel von ihr ab, und sie wagte sich mit einem sanften Spiel der Zunge vor, das in ihm ein Feuer entfachte, den dringenden Wunsch nach mehr.

Behutsam legte er ihr die Hand auf die Wange und strich mit dem Daumen zärtlich an den Konturen ihres Gesichtes entlang. Er genoss jede Sekunde dieses Kusses, der so liebevoll und innig war und zugleich etwas so Forderndes hatte, dass er Lola sanft in die Unterlippe biss. Sie stöhnte auf.

»Ist etwas?« Wieder diese verbiesterte Stimme. »Dolores, was ist mit den Kindern?«

Benommen und verwirrt stoben sie auseinander. Doch er hätte schwören können, dass da zwischen ihnen eine magnetische Kraft war, die sie partout wieder zusammenbringen wollte. Er beugte sich zu ihr vor und flüsterte: »Hab Vertrauen in dich«, bevor er zurückwich und sie machen ließ.

In Lolas Augen blitzte es, doch er konnte den Ausdruck nicht deuten. War sie dankbar? Sauer? Horny? Vielleicht alles gleichzeitig. Wenn er genau hinsah, konnte er am Funkeln in ihren Augen erkennen, dass sich in ihrem Kopf die Gedanken überschlugen und sie wie eine Lawine mit sich rissen.

»Beatrice?« Lola räusperte sich. »Hallo?«

»Darf man vielleicht mal erfahren, was los ist?«

»Ach, endlich!« Sie ließ ein zuckersüßes Lachen hören, das im Widerspruch zu ihrer angespannten Miene stand. »Ich hab dich nicht mehr gehört, das lag bestimmt am Netz«, log sie ungeniert. »Ich weiß nicht, ob du mich gehört hast?«

»Nein, ich habe nichts gehört«, schnaubte die Frau. »Also, was ist mit den Kindern?«

»Nichts, Beatrice.«

Der Elf atmete erleichtert auf.

»Sie sind total begeistert von der Mall«, fuhr Lola fort. »Und, na ja, Sophies Wasserflasche hat ein bisschen gelitten. Sie hat versucht, sie in eine Öffnung zu stecken.«

»Du lieber Gott!«, rief die Frau theatralisch. »Das teure Ding. Die ist von Yeti Rambler Jr!«

»Ich weiß, es tut mir leid, deshalb wollte ich ja Bescheid geben.« Lola verdrehte genervt die Augen. »Den Kindern geht es gut, sie … haben Spaß. Und wegen der Flasche …«, fuhr sie fort und zog die Nase kraus, »ich versuche, sie wieder hinzukriegen. Sonst kaufe ich ihr eine neue, keine Sorge.«

»Seid ihr bald zu Hause?«

Lola schnürte es die Kehle zu. Der Elf sah, wie sie panisch zu schlucken begann.

»Nein. Wir sind sicher noch ein Weilchen hier.« Hektisch schweiften ihre Blicke über die Bodenfliesen, als könnte sie dort eine glaubwürdige Antwort finden. »Die Kinder haben so viel Freude an der Weihnachtsstimmung hier, sie wollen unbedingt noch den Rest des Nachmittags im Reich der Bonbons genießen.«

»Sie essen Bonbons?« Beatrice' Frage klang wie eine Drohung.

»Nein, natürlich nicht!« Lola giggelte nervös. »So heißt hier der Bereich mit Santa Claus, mit dem Lebkuchenhaus und den Elfen …« Für einen kurzen Moment streifte ihn ihr Blick. »Hier werden Weihnachtslieder gespielt, und die Deko ist wirklich toll. Auf dem Boden liegt Kunstschnee, und es gibt einen richtigen kleinen Wald aus Weihnachtsbäumen und …«

»Schon gut«, unterbrach die Mutter sie barsch. »Aber sorg dafür, dass du vor Gregor da bist und die Kinder frisch gebadet sind, wenn er heimkommt. Du weißt ja, meinen Mann stört ihr Gekreische in der Dusche. Und druck das Foto noch nicht aus. Ich will mir erst mal alle anschauen, um das schönste auszusuchen.«

»Alles klar, Beatrice, wir sehen uns zu Hause.«

Sie verabschiedeten sich, und Lola beendete das Telefonat. Irritiert starrte sie das Handy an.

»Komische Frau.« Der Elf war sprachlos. Was war denn das für eine seltsame Unterhaltung? »Sag mal, ist das die Addams Family?«

»Nein, schlimmer«, seufzte Lola, die aus ihren Gedanken auftauchte. Mit einem Mal hob sie den Kopf und schaute ihn erst überrascht, dann abschätzend an. Doch in ihren Mundwinkeln zuckte es vergnügt. »Du hast mich geküsst.«

Oh, oh, der Kuss.

Der Elf schien fast wieder vergessen zu haben, dass er sich erst wenige Augenblicke zuvor danach gesehnt hatte, mit seiner Zunge ihren Mund zu erkunden und alles, was sie ihm noch erlaubte.

»Das war Taktik, damit du dich nicht verplapperst«, entschuldigte er sich kleinlaut und kaute verlegen auf seiner Unterlippe.

»Du wirst ja rot«, stellte sie amüsiert fest.

»Das ist die Elfenschminke«, wiegelte er ab und verschränkte die Arme vor der Brust.

Doch sie hatte recht, er war wirklich nervös geworden.

*So ein Quatsch! Als hättest du vorher noch nie jemanden geküsst, du Idiot!*

»Ist es dir etwa peinlich zuzugeben, dass ich dir gefalle, kleiner Elf?«, stichelte sie und machte einen Schritt auf ihn zu.

»Von wegen, du Pfeffernuss«, frotzelte er und blickte betont auffällig auf die beiden Pfefferkuchenaufkleber auf ihrem Shirt.

»Dann gibst du es also zu, dass ich dir gefalle.«

Ihr süßes Lächeln und der erwartungsvolle Augenaufschlag brachten ihn zum Lachen.

»Lola, ich habe dich gerade geküsst.« Achselzuckend schüttelte er den Kopf. »Ich dachte eigentlich, das wäre eindeutig.«

»Aber ich will, dass du es mir sagst«, bohrte sie weiter und rückte noch ein Stück näher. Fasziniert sah der Elf zu, wie hinter Lolas Nacken eine kleine, vorwitzige Hand zum Vorschein kam und an einer ihrer Locken zog. Die Kleine brabbelte vor sich hin. »Olivia wartet auch schon ganz gespannt darauf.«

»Ich soll dir sagen, dass du mir gefällst?«

Ach, Elf, wenn du noch weiter so auf deiner Lippe herumkaust, ist gleich ein Loch drin.

Diesmal verkürzte er den Abstand zwischen ihnen. »Reicht es dir nicht, wenn ich dich noch mal küsse?«

»Nein«, erwiderte sie herausfordernd. Aufreizend wiegte sie den Kopf hin und her wie eine Schlange und kam seinem Gesicht dabei gefährlich nahe. »Ich will, dass du es mir sagst.«

Als sie den Kopf neigte, um jeden Millimeter seines Gesichts zu studieren, wusste er genau, was er sagen musste.

»Du gefällst mir so gut, dass ich dich am liebsten um noch einen Kuss anflehen würde«, murmelte er auf Spanisch.

Lola schluckte.

»Ich finde, das klang schon wie Flehen«, hauchte sie.

Er setzte ein verführerisches Lächeln auf.

»Ach, darauf stehst du also. Du willst dich bitten lassen. Du willst, dass man dir nachläuft.« Aufreizend näherte er sich wieder ihren Lippen. Beiden entfuhr ein lustvolles Seufzen.

Und das mitten im Gang! Zum Glück amüsierte sich Olivia mit den Locken ihrer Nanny und bekam nichts mit.

»Ich mag halt Jungs, die wissen, was sie wollen«, sagte Lola. Nun wirkte sie selbst nervös. »Und ja, stimmt, ich mag's schon, wenn sich jemand ins Zeug legt ... «

Mit einem Augenzwinkern, das jeden schachmatt setzen würde, rückte Lola lächelnd noch ein Stück näher. Ihre Lippen vereinten sich in einem erneuten Kuss. Einem viel vertrauteren, innigeren Kuss.

Wie zuvor streichelte er ihr mit einer Hand sachte über die Wange. Mit dem anderen Arm umschlang er ihre Taille und zog sie an sich heran. Voller Verlangen registrierte er, wie sie aufstöhnte und die Arme um seinen Hals legte. Als sie ihm dann sanft mit den Fingernägeln durchs Haar fuhr, durchfuhr ihn ein Schauer. Seine Erregung wuchs.

Leute, bitte! Denkt dran, dass sie ein Kleinkind auf dem Rücken hat!

Wie gern hätte der Elf stundenlang jeden Winkel ihres Körpers erkundet. Sicher tat das heimelige, romantische Ambiente sein Übriges, dass der Kuss gar nicht mehr enden wollte. Wäre es nicht schön, beieinander Zuflucht zu suchen, alles um sich herum zu vergessen und so zu tun, als wären sie die Hauptfiguren am Happy End eines kitschigen Weihnachtsfilms?

Sogar der Soundtrack passte! Genau in dem Moment, als sie sich küssten, hatte im ersten Stock unterhalb der Brüstung in Lolas Rücken ein Chor auf der Bühne *Mistletoe* von Justin Bieber angestimmt.

Der Elf schlug die Augen auf, als Olivias kleines Händchen seine Hand streifte. Die Kleine spielte noch immer mit Lolas langen Strähnen und schenkte ihnen keine Beachtung. Für einen Moment wurde seine Aufmerksamkeit magnetisch von den blinkenden Lichtern und lauten Geräuschen des Vergnügungsparks angezogen, den er hinter Lolas Rücken ausmachen konnte. Die totale Reizüberflutung! Das Getümmel war noch ein ganzes Stück entfernt, aber von der Brücke, auf der sie sich gerade befanden, sah der Elf die riesigen Achterbahnen, Kettenkarussells, den Ninja-Turtles-Autoscooter, die Wildwasserbahn, das Riesenrad, die Zwillinge …

*Die Zwillinge?*

Verwirrt riss er die Augen auf.

*DIE ZWILLINGE!*

»Lola!« Er fuhr zurück und zerstörte den Zauber des Moments. Aufgeregt deutete er in die Ferne. »Die Zwillinge!«

Überrascht wandte Lola sich um. Es dauerte einen Moment, bis sie die beiden in dem Durcheinander ausgemacht hatte: In einer der leuchtenden Kabinen des Riesenrades standen Finn mit seiner Augenklappe und Sophie, die ein Stück Stoff schwenkte, und schaukelten heftig hin und her. Sie hatten einen mordsmäßigen Spaß dabei, die Kabine möglichst hoch schwingen zu lassen, während der Mann, der für das Fahrgeschäft zuständig war, unten am Boden tobte. Mit übertriebenen Gesten zog er an den Steuerungshebeln des Riesenrades und ließ die Kabine herunter, um die beiden hinauszuwerfen.

»Die Zwillinge«, jammerte Lola, als wollte sie sich selbst überzeugen, dass ihre Augen sie nicht trogen. »Die verdammten Zwillinge.«

»Dampen Willinge«, plapperte Olivia ihr nach.

Sie achteten nicht darauf. Denn endlich hatten sie es geschafft.

Sie hatten die Kinder gefunden.

# Erster Stock

Ein Knebel, Cheesecake und
die durchgeknallte Detektivin

# KAPITEL 34

## Lola

*Sehen* heißt nicht zwangsläufig *finden*.

Es hängt von der Situation ab und von dem genauen Kontext des Verbs. Ein Beispiel: Zu sagen, dass Mr Schnauzbart im Schaufenster eines LEGO-Shops das Star-Wars-Raumschiff *sah*, das er sich unbedingt kaufen wollte, ist dasselbe, wie zu sagen, dass Mr Schnauzbart im Schaufenster eines LEGO-Shops *fand*, was er so dringend brauchte, um sein inneres Kind zu füttern, dem es an Liebe fehlte und das sich aus der Realität flüchtete, indem es mit bunten Steinen Raumschiffe zusammenbaute, und ein enormes Erfolgserlebnis verspürte, wenn es damit fertig war.

In dem Fall bedeuten beide Verben dasselbe.

Aber zu sagen, dass Lola die Zwillinge *gesehen* hatte, die in einer Kabine des Riesenrades hin- und herschaukelten, bedeutete noch lange nicht, dass sie die beiden *gefunden* hatte.

Und das wusste sie.

Sie blinzelte ein paarmal kräftig, um sich zu vergewissern, dass sie nicht einer Sinnestäuschung aufsaß und Finn und Sophie tatsächlich in Sichtweite waren. Weiter weg, als ihr lieb war, aber nah genug, um trotz ihrer Kurzsichtigkeit die goldblonden Schöpfe der beiden Kinder zu erkennen, die voller Energie auf und ab sprangen und, um besser gesehen zu werden, einen schmutzigen Stofffetzen schwenkten, den sie hoffentlich nicht aus irgendeinem Mülleimer gefischt hatten.

»Die Zwillinge!«, kreischte sie außer sich. Sie beugte sich über das Geländer, um sich im darunterliegenden Stockwerk bemerkbar zu machen. »Haltet die Zwillinge fest!«

Doch ihr lauter Ruf verhallte ungehört, denn zum einen war das Riesenrad viel zu weit weg, und zum anderen schmetterte der verdammte Chor auf der Bühne gerade lauthals *Rudolph the Red-Nosed Reindeer*.

»Fuck!«, fluchte sie frustriert.

Im nächsten Moment schoss sie wie ein Blitz zur nächsten Treppe, die hinunter in den ersten Stock führte. Der Elf, der gleichzeitig mit ihr losgelaufen war, überholte sie mit langen Schritten. Sie konnte seinen Rücken ein paar Meter vor sich sehen. Er wies ihr die Richtung, die sie einschlagen musste.

»Die Zwillinge!«, hörte sie ihn rufen. »Haltet die Zwillinge auf!«

Sie entfernten sich rasch von dem Chor, der ihre Schreie übertönt hatte. Die Leute, an denen sie vorüberrannten, schauten sie verwirrt oder manchmal auch erschrocken an. Ein Vater, der einen Zwillingskinderwagen schob, nahm entsetzt Reißaus.

»Die Zwillinge, bitte!«, jammerte Lola verzweifelt. Erschöpfung und Anspannung setzten ihr zu, sie war fix und fertig. Tränen strömten über ihre Wangen. »Die Zwillinge auf dem Riesenrad! Bitte!«

Erleichtert beobachtete sie, wie sich der Elf mit riesigen Schritten dem Vergnügungspark näherte. Sie wollte ihn unbedingt einholen, doch Olivias körperliche Unversehrtheit ging vor. Damit die Ärmste so wenig wie möglich durchgeschüttelt wurde, hielt Lola schützend eine Hand unter die Babytrage in ihrem Rücken. Bei jedem Schritt spürte sie, wie ein harter Gegenstand in ihrer Tasche gegen ihre Hüfte stieß und schepperte. Mit der freien Hand zog sie hektisch den Reißverschluss auf, kramte das Walkie-Talkie hervor und hob es verzweifelt vor den Mund.

»Bitte! Axel Erster Stock! Oder irgendwer! Die vermissten Kinder sind im Vergnügungspark!« Sie hatte Mühe zu sprechen, ihre Kehle brannte vor Anstrengung. »Bitte! Axel Erster Stock! Die Kinder!«

Nichts! Der Blödmann hatte den Kanal gewechselt.

Doch der Elf hörte ihren Hilferuf per Funk. Er wandte sich um und warf ihr einen betrübten Blick zu. Offenbar sah sie furchtbar aus, denn sie bemerkte, wie sich seine Miene verfinsterte. Einen Moment lang fürchtete sie, er würde stehen bleiben, um sie zu trösten.

Doch stattdessen legte er einen Zahn zu, und sie tat dasselbe. Konnte der verdammte Sicherheitsdienst nicht ein einziges Mal etwas Sinnvolles tun und in den ersten Stock kommen? Lola kochte vor Wut. Ihre Hände waren so verschwitzt, dass ihr das Walkie-Talkie fast aus den Fingern glitt. Frustriert pfefferte sie es von sich. Es brachte ja sowieso nichts. Splitter flogen durch die Luft, als das Funkgerät mit einem fiesen schrillen Kreischen auf dem Boden aufschlug.

Ein bisschen arg überspannt, wenn ihr mich fragt. Aber irgendwie musste die Frau die Anspannung wohl abreagieren.

Als Lola den Elfen für einen kurzen Moment aus den Augen verlor, keimte in ihr die Hoffnung auf, ihr wunderbarer

Held hätte die beiden Ausreißer am Schlafittchen, wenn sie ihn wiedersah, damit sie ihnen eigenhändig den Hals umdrehen konnte.

Atemlos stürzte sie sich in den riesigen Vergnügungspark mit den johlenden Menschen, ohrenbetäubenden Geräuschen und blendenden Lichtern. Wie gebannt fixierte sie das Riesenrad, das immer größer wurde, je näher sie ihm kam. Doch als sie auf den Elfen stieß, brach für sie eine Welt zusammen. Wieder einmal.

Mit denselben Händen, mit denen er ihr kurz zuvor bei ihrem Kuss noch über die Wange gestreichelt hatte, hielt er jetzt den unglückseligen Mitarbeiter beim Riesenrad am Kragen gepackt. Wutentbrannt fauchte er ihm denselben Vorwurf entgegen, der in Lolas Kopf bei jedem Schlag ihres wild pochenden Herzens widerhallte: »Warum zur Hölle hast du sie entwischen lassen?«

Das Verb *sehen* bedeutet nicht zwangsläufig *finden*.

Das hatte Lola nun am eigenen Leib erfahren.

# Ein Pfeil für Axel Erster Stock

Er kam sich schäbig vor, weil er sich darüber freute, Dulces neuestes Date durch die Tür des Cafés abrauschen zu sehen. Als er sie getroffen hatte, während er – rein zufällig natürlich – auf dem Gang vor dem Café auf und ab patrouillierte, und sie ihm verstohlen gezeigt hatte, wer derjenige war, der auf sie wartete, hatte er kurz Angst gehabt, dieser junge Mann sei schließlich ihr Mister Right. Der heutige Kandidat schien nett und witzig zu sein, und ziemlich attraktiv war er obendrein. Jedenfalls mehr als er selbst, auch wenn er das nicht gern zugab.

Wenn er einen Blick über die Schulter riskierte, sah er sie mehr als einmal über einen Witz oder Spruch dieses Fremden schmunzeln. Allmählich löste sich seine Furcht in Luft auf, und an ihrer Stelle nistete sich ein Gefühl der Zufriedenheit ein. Sollte ihr dieser junge Mann wirklich gefallen, dann freute er sich für sie. Nach all den verunglückten Dates, deren Zeuge er geworden war, verdiente Dulce etwas Schöneres, etwas, das der wahren Liebe nahe kam.

Als er sie zum ersten Mal gesehen hatte, mit ihrer ernsten Miene, dem auffälligen blonden Kurzhaarschnitt – wie Tinkerbell – und den marmeladenbekleckstren Wangen, hatte er sich gefragt, wie eine so hübsche Frau so niedergeschlagen sein konnte. Aber er vermutete, das Date mit diesem komischen Typen, der seinen Motorradhelm nicht mal aus der Hand legte, um seinen Kaffee umzurühren, sei einfach ein Fehlgriff gewesen. Pech halt.

Das zweite Date schien besser zu laufen, aber dann sah er perplex, wie Dulce den Kerl nach zwanzig Minuten zum Teufel jagte. Der Typ war noch nicht mal zur Tür raus, da bestellte sie sich ein Stück Cheesecake.

»Willst du heute wieder nicht teilen?« Ein besserer Spruch war ihm nicht eingefallen.

Dulce sah mit regungsloser Miene zu ihm auf, wie üblich.

»Ein Stück Kuchen ist mir lieber als die Gesellschaft von so ’nem Idioten.« Mit dem Kinn deutete sie zur Tür, durch die der Mann gerade verschwunden war. »Er hat mir vorgeschlagen, gleich hier auf dem Klo zu vögeln.«

»Ernsthaft? So ein Schwein, das ist verboten.«

Überrascht sah er, wie Dulce verstohlen grinste.

»Ja, komplett respektlos, der Typ«, erwiderte sie leichthin, ohne von ihrem Kuchen aufzublicken.

Das dritte Date war das schlimmste. Er wusste nicht, was geschehen war, aber als der Typ aus der Tür des Cafés stürmte, saß Dulce mit hängendem Kopf und leerem Blick an ihrem Tisch. Sie war ein Bild des Jammers und so in Gedanken versunken, dass sie nicht einmal ein Stück Kuchen bestellte. Also tat er es.

Er schickte seinem Freund Mario, dem Barista in dem Café, eine Nachricht und ließ Dulce ein Stück Cheesecake mit einem kleinen Zettel bringen:

Lieber ein Stück Kuchen als ein Idiot.

Dulces Lächeln war für andere kaum wahrnehmbar, doch an der Art, wie sie den Zettel zwischen ihren Fingerkuppen rieb, erkannte er, dass sie sich nach seiner kleinen Geste besser fühlte.

Das vierte Date war eigenartig. Es war total unhöflich, fremde Gespräche zu belauschen, aber er konnte nicht anders. Denn im Gegensatz zu den vorherigen Typen war dieser Mann offenbar daran interessiert, sie auf eine galante, reife und ärgerlich romantische Art näher kennenzulernen. Aber Dulce schien ihn weder zu animieren noch der Unterhaltung so aufmerksam zu folgen wie sonst. Axel wusste, dass sie wortkarg und kurz angebunden war, aber an diesem Tag war es anders. Als sie schließlich wieder allein dasaß, hatte sein Freund das Stück Cheesecake mit seiner Nachricht schon vorbereitet.

Geht es dir gut oder soll ich
jemanden festnehmen?

Diesmal lächelte sie ein bisschen mehr. Axel blieb nicht verborgen, dass sie die Nachricht, wie schon beim Mal davor, sorgsam in ihre Tasche steckte.

Er kam sich schäbig vor, weil er sich freute, als er Dulces fünftes Date aus dem Café kommen sah. Während er darauf wartete, dass sie ihren Kuchen bekam, atmete er tief durch, um seine Nerven zu beruhigen, denn diesmal war seine Nachricht etwas gewagt.

Isst du den nächsten mit mir?

Verstohlen beobachtete er, wie Dulce große Augen machte, als sie die Nachricht las. Er wartete einen kleinen Moment, aber da sie nicht von ihrem Teller aufschaute, gab er sich einen Ruck und ging zu ihr.

»Du kannst auch Nein sagen«, sagte er lächelnd. »Aber ich musste es zumindest versuchen.«

»Du willst ein Date mit mir?« Endlich wagte sie, ihn anzublicken. »Bist du dir sicher?«

»Ganz sicher.«

»Du kennst mich nicht, Axel. Ich glaube nicht, dass ich dein Typ bin.« Angespannt neigte sie den Kopf, während sie mit der Kuchengabel über den Cheesecake strich.

»Du mich auch nicht. Du weißt doch gar nicht, wer mein Typ ist«, gab er zurück und schaute sie herausfordernd an.

»Schon gut«, erwiderte sie mit einem genervten Kopfschütteln.

»Hättest du Lust, gleich jetzt 'ne Runde zu drehen?«

»Jetzt? Musst du nicht arbeiten?«

»Eigentlich schon.« Verlegen kratzte er sich im Nacken. »Wir könnten ein paar Schritte gehen, während ich mich nach ein paar Kindern umschaue, die abhandengekommen sind. Sofern du Lust auf ein Alternativprogramm zu Kaffee und Kuchen hast«, flachste er.

Sie räusperte sich verlegen.

»Ja. Wäre wohl ganz gut, wenn wir sie suchen.«

Verblüfft beobachtete er, wie sie blitzschnell aufsprang und den Kellner bat, ihr den Cheesecake zum Mitnehmen einzupacken. Dann kam sie mit dem Kuchenstück in einer Tragetasche zur Tür und lächelte ihn nervös an.

Schweigend stapften sie los. Hin und wieder warfen sie einander verstohlene Blicke zu, was er süß fand, ihn aber auch verlegen machte. Da gab sein Walkie-Talkie plötzlich einen ohrenbetäubenden schrillen Ton von sich. Fahrig drückte er auf dem Gerät herum, um das verdammte Pfeifen zum Verstummen zu bringen.

»Horror! Was war denn das?«, sagte Dulce mit einer missbilligenden Miene und hielt sich die Ohren zu.

»Keine Ahnung.« Irritiert blickte er auf das Funkgerät und zuckte ratlos mit den Schultern. »Das hat das Ding noch nie gemacht. Vermutlich 'ne Interferenz mit 'nem Funkgerät in der Nähe.«

Sie setzten ihren eigenartigen Spaziergang fort.

»Danke für die Kuchen«, brach Dulce schließlich ihr Schweigen. Verwundert sah Axel, dass sie errötete.

»Keine Ursache. Ich sehe es halt gern, wie du dich jedes Mal mit Marmelade beschmierst.«

»Tu ich doch gar nicht!«, brauste sie auf und verstummte wieder.

Anfangs musste Axel ihr die Worte buchstäblich aus der Nase ziehen, aber irgendwann ließ ihre Anspannung nach, und sie erlaubte sich häufiger ein Lächeln. Ganz allmählich kamen sie ins Gespräch.

Unterdessen wanderte sein Blick unablässig über sämtliche Läden, Schaufenster und Winkel, wo die Kinder stecken konnten, von denen die verliebten Delinquenten gesprochen hatten. Doch was seine Aufmerksamkeit weitaus mehr fesselte, war Dulces Pony, der beim Gehen wippte, ihre gekräuselte Nasenspitze und die gerunzelte Stirn, die ihr etwas Griesgrämiges gaben, ihre zarten Hände und die kurzen Beine. Er passte seine Schritte an, damit die Ärmste nicht so rennen musste.

»Du bist umwerfend«, platzte es mit einem Mal aus ihm heraus.

»Wie bitte?« Sie blieb abrupt stehen und schaute ihn so entrüstet an, als hätte er sie beschimpft. Wenn sie die Nase rümpfte, sah sie noch hinreißender aus, fand er. »Red keinen Scheiß.«

»Tut mir leid, wenn ich dir zu nahe getreten bin.«

»Nein, das nicht.« Sie schüttelte den Kopf. »Ach, weißt du, schon gut. Danke.«

»Manchmal bist du ganz schön konfus«, sagte er mit einem breiten beseelten Grinsen, »aber das ist witzig. Du bist witzig.«

»Sag mal, was willst du eigentlich?«, fauchte sie und funkelte ihn an.

»Ich?« Überrascht trat er einen Schritt zurück und hob die Hände als Zeichen des Friedens. »Nichts. Dich kennenlernen, sonst nichts.«

»Warum? Wenn du das ganze Theater nur veranstaltest, um mich ins Bett zu kriegen, brauchst du nicht so rumzuschleimen.«

»Was? Dulce, ich habe nur gesagt, dass du witzig bist. Und das meine ich ernst«, bekräftigte er und lachte ratlos auf.

»Du hast mich auch *umwerfend* genannt.«

»Das bist du ja auch.«

Dulce schüttelte energisch den Kopf.

»Okay, schon gut, ich hör ja schon auf.« Schmunzelnd schielte er aus dem Augenwinkel zu ihr hinüber und schob hinterher: »Aber denken tu ich's trotzdem.«

Sie schüttelte erneut den Kopf, doch als sie ihm einen Klaps auf den Arm verpasste, musste sie sich ein Grinsen verkneifen.

Sie kamen an mehreren Geschäften vorbei, bis sie schließlich eine zentral gelegene Freifläche erreichten, auf der Nussknacker einen großen Weihnachtsbaum bewachten. Über einem runden Springbrunnen hingen riesige leuchtende Weihnachtskugeln, und in der Ferne war ein Chor zu hören, der Weihnachtslieder sang.

»Wow, wie romantisch.« Der Anblick des weihnachtlichen Ambientes entlockte ihm einen verzückten Seufzer. Er spürte, wie Dulce ihm einen stechenden Blick zuwarf. »Was denn? Darf ich das etwa auch nicht sagen?«, neckte er sie lachend.

Er fand sie wirklich witzig. Warum störte es sie so, wenn er ihr das sagte?

»Mal 'ne Frage, auch wenn ich's damit vermutlich so richtig verkacke: Wo gehen wir eigentlich bei unserem ersten Date hin?«

»Ach, das hier ist gar nicht das Date?«

Sie steuerten auf den Springbrunnen zu und ließen sich auf dessen Rand nieder.

»Das soll ein Date sein?« Feixend stupste er sie mit der Schulter an. »Du stehst doch auf Kunstfotografie, oder? Wenn du Lust hast, könnten wir zusammen in eine Ausstellung gehen. Ich versteh nicht viel davon, aber ich kann mal im Internet recherchieren. Oder du suchst selbst was aus, wie du willst.«

»Woher weißt du, dass ich mich für Kunstfotografie interessiere?«

»Ach, das hast du so ein paar Schwachköpfen erzählt, mit denen du nicht Kuchen essen wolltest.«

»Lauschst du etwa, wenn sich Leute unterhalten?«, fragte sie tadelnd.

»Sorry! Du hast mich überführt. Ich bin ein echter Schurke, aber mit nachvollziehbaren Motiven.«

»Welche Motive?«

»Ich bin auf ein spannendes Date mit einer *umwerfenden* Frau aus.« Er betonte das Adjektiv, da er genau wusste, dass Dulce aus Schüchternheit hochgehen würde.

»Du bist unerträglich«, sagte sie und zog eine verärgerte Grimasse.

Doch ihre verbiesterte Miene konnte nicht darüber hinwegtäuschen, wie nah sie an ihn herangerutscht war. Ihre Oberschenkel berührten sich. Rasch schlug Dulce ein Bein über, um zu überspielen, dass einer ihrer Füße nervös auf den Boden tippte.

Aber Axel konnte nicht länger sitzen bleiben. Die Arbeit rief. Es war nur eine Frage der Zeit, bis einer aus seinem Team vorbeikäme und ihn dabei erwischte, wie er mit einer Frau flirtete, statt seinen Job zu machen.

»›Unerträglich‹ klingt aber nicht sehr nett. Willst du wirklich mit mir auf ein Date? Du kannst auch Nein sagen, kein Problem. Du kriegst auch weiterhin von mir Kuchen, wenn deine Dates mit irgendwelchen grässlichen Langweilern in die Hose gehen, falls du dir deshalb Sorgen machst.«

Dulce lachte. Sie lachte!

Axel atmete auf. Ihre Fröhlichkeit wirkte auf ihn so belebend wie frischer Sauerstoff. Er würde von nun an alles dafür geben, sie wieder zum Lachen zu bringen.

»Klar will ich mit dir auf ein Date, du Blödmann.«

»›Blödmann‹ finde ich auch nicht gerade toll.« Mit einer gekränkten Grimasse legte er sich theatralisch eine Hand auf die Brust, während die andere auf dem Funkgerät ruhte.

»Komm schon, sag mir was Nettes«, säuselte er und zog eine Schnute.

»Vergiss es, ich denke gar nicht daran. Ich kenne dich doch kaum.«

»Kein Ding, das wird schon noch«, erwiderte er lachend und strahlte sie an, um ihr zu signalisieren, dass er nur scherzte.

Sie unterhielten sich noch eine Weile, aber dann musste er sich schweren Herzens losreißen. Beim Abschied hielten sie gebührenden Abstand voneinander und schauten sich nicht mal an, während sie ihre Handynummern austauschten.

Was für unglaubliche Schnarchnasen!

»Okay, wir bleiben in Kontakt.« Nervös kratzte Axel sich im Nacken. »Wenn ich heute Abend nach Hause komme, schaue ich nach, welche Fotoausstellungen es gerade gibt. Dann schicke ich dir eine Liste, und du suchst die aus, die du am besten findest.« Er lachte erneut und nickte.

»Okay«, erwiderte sie mit einem knappen Lächeln, das blitzschnell wieder verschwand. »Reden wir heute Abend.«

Er hätte Dulce zum Abschied gern in den Arm genommen, doch vielleicht wäre ihr das unangenehm gewesen, also ließ er es lieber sein.

Sie trennten sich. Er steuerte einen Gang an, in dem er noch nicht gewesen war, und hielt nun aufmerksamer nach den Kindern Ausschau. Allerdings erinnerte er sich kaum noch, wie sie aussahen.

*Blond sollten sie sein … Aber hatten sie nun blaue oder grüne Augen?*

Da hörte er plötzlich einen leisen Ruf hinter sich.

»Axel!«

Als er sich umwandte, stand Dulce vor ihm. Sie hatte die Arme vor der Brust verschränkt. Ihre Wangen glühten ebenso rot wie die Uniformjacken der Nussknacker neben dem Weihnachtsbaum, und ihr grimmiger Blick schien sich nicht vom Boden lösen zu wollen.

»Es hat schon seinen Grund, dass ich mir für meine miesen Dates mit irgendwelchen grässlichen Langweilern immer dasselbe Café aussuche.«

»Was?«, fragte er verwirrt.

»Du wolltest doch was Nettes von mir hören, das war es.«

Ratlos schüttelte er den Kopf, aber er konnte sie nicht mehr fragen, wie sie das gemeint hatte, denn Dulce hatte bereits auf dem Absatz kehrtgemacht und war in der Menge verschwunden.

*Es hat schon seinen Grund, dass ich mir für meine miesen Dates mit irgendwelchen grässlichen Langweilern immer dasselbe Café aussuche.*

Es dauerte nicht lange, bis der Groschen fiel, denn so kryptisch war der Satz gar nicht.

*Es ist meinetwegen. Sie will mich sehen.*

Am liebsten hätte er vor Freude Luftsprünge gemacht wie ein kleines Kind, als er begriff, was sie ihm damit sagen wollte. Ob es sehr verzweifelt wirkte, wenn er ihr eine Nachricht schickte, nachdem sie sich gerade erst verabschiedet hatten? Egal, er musste es genau wissen.

Meinetwegen? Gehst du wegen mir in das Café?

Wegen dem Cheesecake.

Er wusste, das war eine Lüge, genau wie er wusste, dass die umwerfende Frau von diesem Tag an auf ganz besondere Weise Teil seines Lebens sein würde.

Nicht mal ich weiß, wann Axels Pfeil ihn traf. Ich glaube beinahe, er hat ihn sich ohne mein Einverständnis selbst ins Herz gerammt. Ehrlich gesagt hatte ich diesen Pfeil nicht richtig auf dem Schirm, denn ich wusste von vornherein, dass der Mensch, in den sich Axel verlieben würde, großes Glück hatte. Er war ein toller Kerl.

Deshalb staunte ich selbst nicht schlecht, dass er von allen Menschen, die er hätte wählen können, ausgerechnet Dulces Namen in den Schaft seines Pfeiles ritzte.

Axel, der Sonnenstrahl, allein auf weiter Flur in Dulces Sturm.

Übermütig wettete ich mit Fortuna, dass diese Beziehung zum Scheitern verurteilt sei. Für mich war Dulce ein Wolkenbruch, in dem Axels Strahlen erlöschen würde.

Ich verlor die Wette.

Eines hatte ich nicht bedacht: So hell die Sonne am Himmel auch scheinen mag, ohne Regen gibt es keinen Regenbogen.

# KAPITEL 35

## Der Elf

Schon bevor er am Riesenrad ankam, war ihm klar, dass sich die kleinen Ausreißer nicht mehr in der Nähe befanden. Er war zu spät gekommen und konnte nur daran denken, wie beklommen sich Lola fühlen musste, wenn sie ihn einholte. Mit grimmiger Miene stapfte er auf den Mitarbeiter zu, der gerade ein junges Pärchen, das aus einer der Kabinen stieg, ziemlich garstig herunterputzte.

»Geht das nächste Mal gefälligst in ein Hotel, wenn ihr fummeln wollt«, hörte der Elf ihn schimpfen.

Da stieg in ihm eine Mordswut hoch. Noch bevor der Mann sich abwenden konnte, packte er ihn am Hemdkragen.

»Warum zur Hölle hast du sie entwischen lassen?«, knurrte er Mr Riesenrad an und zog ihn so nah an sich heran, dass ihm sein stinkender Tabakdunst in die Nase stieg.

»Hey, hey, hey!«, protestierte der Mann und machte sich mit einem Ruck frei. »Was soll das? Geht's noch, du Spinner?«

Mit flatternden Lidern blickte der Elf auf seine Hände, die den Kerl einen Augenblick zuvor am Schlafittchen gepackt hatten. Was war denn das gerade gewesen? Er war eigentlich nicht der Typ, der anderen gleich an den Kragen ging. Hatte er den Verstand verloren?

Da durchzuckte ihn der Gedanke, wer tatsächlich allen Grund hatte, stinksauer zu sein. Mit einem mulmigen Gefühl schaute er sich nach Lola um und stellte fest, dass sie inzwischen eingetroffen war.

Was würde sie Mr Riesenrad wohl an den Kopf werfen – oder gar mit ihm machen –, wenn ihr klar wurde, dass er die Kinder hatte entkommen lassen? Doch ihr flammender Zorn war offensichtlich erloschen. Dem Elfen wurde ganz elend zumute.

Mit anzusehen, wie sie vor Wut kochte, war nicht schön gewesen, aber diese untröstliche Miene war bedeutend schwerer zu ertragen.

Lola standen die Tränen in den Augen, und bei jedem Blinzeln rannen sie langsam über die feuchten Wangen hinab. Ihre Mundwinkel hingen herab, und ihre Stirn war in tiefe Falten gelegt.

Vor ihm stand eine neue Lola.

Eine gebrochene, verletzliche Lola.

Und das Schlimmste war: Er konnte nichts anderes tun, als zu ihr zu laufen und sie in die Arme zu schließen.

Ihre erste richtige Umarmung.

Er drückte sie an sich, vorsichtig darauf bedacht, Olivia in der Babytrage nicht zu stören. Die Kleine schien zu verstehen, was los war – oder vielleicht war sie auch einfach nur todmüde –, denn sie kuschelte sich mit ihrem Pausbäckchen an seinen Arm.

Lola erwiderte die Geste anfangs nur zögerlich. Als hätte sie

Angst zu zeigen, dass sie ihn brauchte, machte sie sich steif. Er spürte, wie sie darum rang, ihre Fassung wiederzufinden.

Also drückte er sie fester an sich, zärtlich und beschützend zugleich, um ihr zu verstehen zu geben, dass er für sie da war, egal, was auch passierte. Er würde es ihr bestimmt nicht als Schwäche oder Unfähigkeit auslegen, wenn sie an seiner Schulter weinte.

Schließlich gab Lola nach. Matt schlang sie die Arme um seine Taille, sank an seine Brust und ließ ihrem Frust heftig schluchzend freien Lauf.

»Alles wird gut«, flüsterte er.

Schon den ganzen Tag hatte er sie damit trösten wollen. Aber hatten diese Worte wirklich noch eine Bedeutung? Vielleicht hatten sie ihren Sinn längst verloren, doch was hätte er sonst sagen sollen? Es gab nichts, womit er sie aufmuntern oder beruhigen konnte. Denn es wurde nicht alles gut. Lola hatte jedes Recht, ihrem Kummer Raum zu geben.

Sie durfte sich verzweifelt und verletzlich fühlen. Obwohl ihm ihr stockender Atem und ihre tiefe Verzweiflung im Herzen wehtaten, respektierte er, dass es ihr mies ging.

Na ja, zumindest für einen Moment.

Einen winzigen Moment.

Lange genug.

Er konnte sie doch nicht den ganzen Nachmittag weinen lassen! Das würde er nicht aushalten!

»Es ist nicht deine Schuld«, flüsterte er. Seine Lippen strichen ihr sanft übers Haar, bevor er ihr einen Kuss auf die Schläfe gab. »Du bist nicht schuld daran.«

Er spürte, wie sich ihr Atem allmählich beruhigte und ihr Herzschlag sich dem seinen anpasste. Als Lola sich schließlich aus der Umarmung löste, merkte er, dass sie sich mit den Fäusten in sein T-Shirt gekrallt hatte.

»Es ist nicht deine Schuld«, wiederholte er und strich ihr sanft eine Haarsträhne hinters Ohr.

Sie nickte ergeben und wischte sich die verlaufene Wimperntusche von den Wangen.

»Immer geht bei mir alles schief«, murmelte sie, als sie mit hängendem Kopf wieder lostrottete. »Alles.«

Sie mussten wohl oder übel weitersuchen. Aufmerksam ließen sie ihre Blicke schweifen. Vielleicht waren die Zwillinge ja doch wie durch ein Wunder noch irgendwo in der Nähe. Doch genau wie Lola verlor auch der Elf allmählich die Hoffnung.

»Die Situation ist außer Kontrolle, das ist zu viel für dich.« Vorsichtig machte er einen Schritt auf sie zu. Er wollte ihr in einem so heiklen Moment nicht zu nahe treten, doch er nahm ihr sanft die Tasche ab. Die würde er wieder tragen. Dann hob er Olivia aus der Babytrage auf Lolas Rücken und nahm sie auf den Arm. Als die Kleine den Kopf an seine Schulter schmiegte, lächelte er gerührt. »Ich nehme sie mal ein Weilchen«, flüsterte er, als Lola zusammenzuckte. »Dein Rücken braucht dringend mal eine Pause.«

»Sie laufen vor mir weg«, flüsterte sie, ohne ihn anzuschauen. Mit nervösen Blicken scannte sie die Fahrgeschäfte, an denen sie vorüberkamen. »Ganz eindeutig, sie spielen mit mir.«

»Sie checken bestimmt nicht wirklich, was sie da tun.«

»Und ob sie das tun. Es ist ihnen scheißegal.« Sie lachte kläglich auf und ging ein paar Schritte vor. »Sie wissen genau, dass ich schwach bin und sie nicht im Griff habe. Ich bin nicht so knallhart wie ihre Eltern«, räumte sie seufzend ein. »Ich versuche immer, alles so gut zu machen wie möglich, aber je mehr ich mich abstrampele, desto eher verkacke ich es, weil ich so saublöd bin.«

Es tat ihm in der Seele weh, wie sie über sich sprach.

»Hältst du mich für saublöd?«, fragte er deprimiert.

Verwirrt warf sie ihm über die Schulter einen Blick zu.

»Natürlich nicht«, erwiderte sie stirnrunzelnd. »Ich hab gesagt, dass *ich* saublöd bin.«

»Hältst du mich für schwach, weil ich nett zu anderen sein möchte?«

»Was?« Irritiert blieb sie stehen und drehte sich zu ihm um. »Natürlich nicht.« Sie schüttelte verständnislos den Kopf, doch dann machte es auf einmal klick. Mit großen Augen sah sie ihn an. »Das ist nicht das Gleiche. Bei dir läuft doch alles super, du …« Sie schluckte. »Du bist ein guter Mensch und hast dein Leben im Griff. Ich dagegen bin 'ne Vollkatastrophe.«

»Weißt du was? Ich hab keinen Bock mehr, mir so einen Mist anzuhören.« Resolut kramte er mit seiner freien Hand einen Schneeflockenaufkleber aus der Hosentasche. »Okay, jetzt hältst du mal 'ne Weile die Klappe, meine Kleine.«

Er wusste nicht, ob es am Aufkleber lag oder daran, dass er die paar Worte in ihrer Muttersprache gesagt hatte, aber hinter dem weihnachtlichen Knebel zuckten Lolas Mundwinkel amüsiert. Ihre Arme hingen jedoch müde herab, und in ihrem Blick lag eine Traurigkeit, die ihm das Herz schwer machte.

»Ich will dir mal was sagen.« Er nahm ihre Hand und strich sanft mit dem Daumen über ihren Handrücken. »Es stimmt, du hast vollkommen recht. Du bist wirklich eine Katastrophe. Du bist impulsiv und total von der Rolle, und es ist nicht zu fassen, wie ungeschickt du manchmal bist …« Sie lachte. »Du bist dickköpfig, grob und außerdem – du brauchst mich gar nicht so anzuschauen – ein bisschen Furcht einflößend«, flachste er, als sich Lolas Augenbrauen herausfordernd hoben. »Aber du bist auch stark, zupackend und aufmerksam. Und tapfer. Eine Beschützerin. Ein Mensch, der für seine Lieben zu allem fähig ist.« Er senkte die Stimme. »Und das meine ich wörtlich. Du hättest um ein Haar eine Axt nach diesem Kellner geworfen, Lola. Du bist echt voll durchgeknallt.«

Als sich ihr Mund wieder zu einem breiten Grinsen verzog, löste sich der Aufkleber an einer Ecke. Doch bevor Lola ihn ganz abziehen konnte, drückte der Elf ihn rasch wieder fest.

»Ich bin noch nicht fertig«, knurrte er. »Du bist all das und noch viel mehr. Und diese anderen Seiten will ich unbedingt kennenlernen, wenn wir diese kleinen Teufel endlich gefunden haben und du sie nach einer fetten Strafpredigt bei ihren bekloppten Eltern abgeliefert hast.« Er seufzte tief. »Glaub mir, Lola, das Ganze ist nicht deine Schuld, auch wenn du dich für unfähig hältst. Es ist nicht bloß ein dummer Streich. Niemand hätte diesen ganzen Wahnsinn heute so dermaßen gut gemanagt wie du. Du bist sehr stark.«

Vorsichtig, um ihr nicht wehzutun, zog er ihr den Aufkleber von den Lippen. Sie antwortete nicht gleich, und als sie es schließlich tat, hätte er ihr den Mund am liebsten gleich wieder mit dem verdammten Sticker verschlossen.

»So stark bin ich nicht. Du hilfst mir doch. Allein würde ich das nicht schaffen.«

»Dass du zu etwas fähig bist, heißt nicht, dass du alles

zwangsläufig allein regeln musst.« Um diese vermaledeite Aura von Traurigkeit, die sie umgab, endgültig zu vertreiben, checkte er sie unmissverständlich von Kopf bis Fuß ab. »Außerdem bist du echt heiß. Dir zu helfen, war für mich der perfekte Vorwand, um dir den ganzen Tag auf den Hintern glotzen zu dürfen.«

Endlich hellte sich ihr Gesicht auf. Ihr trauriges Lächeln wich einem schallenden Lachen, das er mit Genugtuung zur Kenntnis nahm.

»Du traust dich ja was!« Sie boxte ihn sanft vor die Brust. »Wir kennen uns doch kaum.«

Dann verstummten sie. Nur ihre glänzenden Augen und ihr beseeltes Lächeln sprachen Bände.

Ach nee, wie süß …

Hey, Leute, kann die beiden mal irgendwer daran erinnern, dass die Kids noch immer weg sind?

»Nur fürs Protokoll, falls du Zweifel hast …«, sagte sie mit kratziger Stimme, »ich habe in keinem Moment gedacht, weil du ein guter Mensch bist, wärst du schwach.«

»Ich weiß«, antwortete er und nickte froh. Ja, das wusste er, doch es aus ihrem Mund zu hören, war befreiend. »Ich habe heute meinen Arbeitsplatz verlassen und einen öffentlichen Skandal verursacht, bin vor dem Sicherheitsdienst abgehauen, hab einen Security-Mann beklaut und den ganzen Tag daran gedacht, mit einer Unbekannten, die mit einem Baby vor der Brust herumläuft, rumzumachen … Glaub mir, ich weiß, dass ich kein Weichei bin, aber so ein herzensguter Mensch nun auch wieder nicht.«

»Alles Eigenschaften, die ich in einem Mann suche.«

Sie lachten. Ein paar ruhige Minuten der Nähe, bevor sie

wieder Gänge, Läden und gellende Fahrgeschäfte abklapperten, an die er sich sicher noch lange voller Bitterkeit erinnern würde. Natürlich war er nicht so ein Gutmensch, wie die Leute meinten. Wäre es bei der ganzen Sache nicht um *sie* gegangen, hätte er es bestimmt nicht ertragen, den ganzen Tag Katz und Maus mit ein paar frechen Gören zu spielen, denen man zur Strafe mindestens zwölf Jahre lang das Zocken verbieten sollte.

»Gehen wir?«

»Was bleibt mir anderes übrig?«, seufzte sie erschöpft.

Sie liefen weiter. Ihnen blieb nicht mehr viel Zeit, in etwas über drei Stunden würde die Mall schließen.

Er wollte sich nicht ausmalen, was los wäre, wenn sie die Zwillinge bis dahin nicht fanden.

Denn dann wüsste er nicht mehr, wie er Lola trösten sollte.

# KAPITEL 36

## Lola

Auch wenn der kleine TED-Talk des Elfen sich positiv auf ihren emotionalen Zustand ausgewirkt hatte, drangen ihr Nervosität und Unsicherheit aus allen Poren. Eines ihrer Augenlider zuckte nervös. Sie brauchte dringend frische Luft, um wieder normal atmen zu können. Es war, als wäre ihr Brustkorb verengt, das bloße Atmen wurde zu einer echten Herausforderung.

Ihr taten die Knie weh, und der Kopfschmerz, der in ihren Schläfen pochte, schrie sie an, sie solle aufgeben und einfach stehen bleiben.

Sie wünschte sich nur noch, sich auf dem Boden zusammenzukauern, ihre Mutter anzurufen und ihr unter Tränen zu erzählen, was passiert war. Oder sich bei ihren Mädels auszukotzen, Gala und Elena, den Freundinnen, die sie gerade so dringend brauchte. Danach würde sie die Mutter der Zwillinge anrufen, ihr brühwarm erzählen, was ihre beiden Schätze in diesem Moment trieben, den Job kündigen und den erstbesten Flug nach Hause nehmen, heim in ihr Viertel, zu ihren Freundinnen, ihrer Mutter, ihrem Kater Casimiro, und so tun, als wäre nichts von alldem je geschehen.

Aber das tat sie nicht. Sie dachte nicht daran, sich unterkriegen zu lassen. Denn diesmal wollte diese Seite in ihr, die sonst immer den anderen zeigen wollte, dass sie alles gewuppt kriegte, es sich selbst beweisen. Die Situation war kniffelig, aber als Nanny der Kinder musste sie sich ihr stellen. Sie war für die beiden verantwortlich und würde es sich nicht erlauben, an sich selbst zu zweifeln. Es stimmte, sie war ungeschickt und schusselig, und manchmal verkackte sie alles, auch wenn sie sich noch so große Mühe gab. Und es stimmte auch, dass sie nicht in dieser Situation wäre, wenn sie die Kinder nicht für einen Moment aus den Augen verloren hätte. Aber das hieß nicht, dass sie an allem schuld war. Oder vielleicht doch, sie wusste nicht so recht, welche der beiden Stimmen in ihrem Kopf recht hatte. Aber kam es in diesem Moment etwa darauf an?

Es zählte nur eins: Sie musste das Problem lösen und die Kinder finden.

Da sie schon mal im Vergnügungspark waren, würde sie ihre unendliche Suche zunächst in diesem Paradies für kleine Rotznasen fortsetzen. Dem denkbar schwierigsten Ort, um die Zwillinge zu finden, denn hier gab es viel zu viele visuelle und akustische Reize, viel zu viele Leute und viel zu viele Kinder, zwischen denen die Zwillinge sich unsichtbar machen konnten.

Aber davon ließ sie sich nicht abschrecken. Energisch stapfte sie drauflos und ließ ihre Blicke in jeden verdammten Winkel schweifen. Dankbar nahm sie zur Kenntnis, dass der Elf ein paar Schritte Abstand hielt. Sie brauchte Raum für sich, um sich zu konzentrieren und durchatmen zu können.

Er folgte ihr und wiegte Olivia im Arm, die vergnügt mit

den Bändern der Kapuze seines Hoodies spielte. Ab und zu brabbelte sie etwas Unverständliches vor sich hin, und Lola konnte hören, wie der Elf der Kleinen interessiert antwortete.

»Wirklich? Was du nicht sagst. Erzähl mir noch mehr davon«, sagte er gerade.

Da quäkte plötzlich eine blecherne Stimme aus dem Walkie-Talkie, das der Elf in der Hosentasche trug. Lola zuckte zusammen. Ihr Herz begann zu rasen. Vielleicht gab es etwas Neues über die Zwillinge!

»Komm schon, sag mir was Nettes.« Es war die Stimme von Axel Erster Stock, der offensichtlich mit jemand anderem redete und nicht mit ihnen.

»*Tesoro!*«

Der Elf lachte amüsiert über Olivias Telenovela-Kosewort. Auch Lola musste unwillkürlich grinsen, als sie aus diesem kleinen Mund ein so gewichtiges Wort hörte: Schatz.

*Tesoro*, wiederholte sie für sich.

Sie blieb abrupt stehen, ihr Herz klopfte schnell und schien mit seinem wilden Pochen die enge Klammer um ihren Brustkorb sprengen zu wollen.

*Tesoro.* Schatz.

Eine Flut von Gedanken stürmte auf sie ein, sodass sie das Gefühl hatte, von einem Tsunami mitgerissen zu werden. Hektisch huschten ihre Blicke hin und her.

Schatz.

Blitzschnell drehte sie sich zu Olivia um.

»Was hast du da gerade gesagt?« Sie wusste es genau, aber sie musste das Wort noch einmal hören.

»*Tesoro.*«

Der Elf schaute sie erstaunt an und schloss zögernd zu ihr auf.

»Was ist los?«, fragte er besorgt. »Alles okay bei dir?«

Sie sagte nichts, und ihre Miene schien die Unruhe des Elfen noch zu steigern. Doch sie musste sich sammeln und atmete tief durch die Nase ein, um den leichten Schwindel, der sie erfasst hatte, zu vertreiben und wieder klar denken zu können.

*Vielleicht ziehst du vorschnelle Schlüsse.*

Sie durfte sich nicht zu große Hoffnungen machen.

Bevor sie zum Riesenrad schaute, kniff sie die Augen fest zusammen. Gut möglich, dass das, was sie suchte, nicht dort war, dass ihre Theorie zwar richtig war, aber dass der Beweis, der sie untermauerte, letztlich fehlte.

Doch es war dort.

Das Blut wich aus ihrem Gesicht, und ihr wurde schwindlig. Ein Geräusch stieg aus ihrer Kehle empor, von dem sie nicht hätte sagen können, ob es ein Lachen oder ein Knurren war. Dann schüttelte sie ein nervöser Lachanfall.

»Lola, du machst mir Angst.«

Sie stürzte sich auf den Elfen, nahm ihm die Kleine ab und drückte sie fest an sich.

»Oli, du bist ein Genie!« Da erst fiel ihr Blick auf ihren erschrockenen Begleiter. »Die Kinder spielen nicht mit mir. Sie laufen auch nicht vor mir weg!« Vor Erleichterung, dass nicht sie das Ziel des Streiches war, lachte sie schrill auf.

»Wenn du nicht damit aufhörst, muss ich den Notdienst rufen.«

»Schau doch mal. Da oben.« Lola ging über seine warnenden Worte hinweg und deutete auf das verheißungsvolle Indiz.

An einer der Metallstangen oben am Riesenrad hing das Stück Stoff, das die Zwillinge in der Kabine wild hin und her geschwenkt hatten.

»Ein Fetzen von einer Decke, der sich verfangen hat?«, murmelte der Elf verwirrt.

»Wenn du es mit den Augen eines Erwachsenen betrachtest, ja.« Lola nickte versunken. In ihr wuchs die Überzeugung, dass sie auf der richtigen Fährte war.

»Ich würde gern verstehen, über was wir hier reden«, sagte der Elf mit einem unsicheren Kichern.

Lola rekapitulierte im Geiste blitzschnell den bisherigen Tag. Es gab nur wenige Hinweise, aber die hatten es in sich.

»Die Augenklappe, die Flasche, ›Captain Finn‹ auf dem Hintern der Verkäuferin …« Erneut zeigte sie auf das Riesenrad. »Das ist eine Piratenflagge. Captain Finn, der gefürchtetste Pirat von ganz Amerika.«

Der Elf schaute Lola mit großen Augen an, als er verstand.

»Sie spielen Piraten«, schnaubte er. »Sie spielen, sie wären Scheiß-Piraten.«

Lola entfuhr wieder ihr irres Lachen, doch sie riss sich sofort zusammen und biss sich in die Wange, um den Zorn zu beschwichtigen, der jede Faser ihres Körpers erfasste. Dann brach es mit einem Schrei aus ihr heraus.

»VERDAMMTE SCHEISSE, WIE KOMMEN DIE DAZU, PIRATEN ZU SPIELEN?«

Sie schäumte vor Wut. Vorsorglich wich der Elf einen kleinen Schritt zurück.

»Es ist Weihnachten! Warum spielen sie nicht Rentiere und ziehen den Buggy?«, tobte Lola auf Spanisch. »Oder spielen schön Jesuskind und bleiben mäuschenstill in der Krippe?«

»Tja, weißt du, Krippen stellt man nur in katholisch geprägten Ländern auf. Hier in den Staaten sind die nicht so üblich.«

»Ach so, schon klar.« Langsam wandte sie ihm den Kopf zu und starrte ihn mit weit aufgerissenen Augen an. »Das wird's gewesen sein.«

Sie fühlte sich wie ein wildes Tier auf der Jagd. Der Elf musste gut aufpassen, um nicht gebissen zu werden.

»Niemand kennt sie so gut wie du«, versuchte er, Lola zu besänftigen. Vorsichtig streckte er die Arme aus, um ihr Olivia wieder abzunehmen. Anscheinend machte er sich Sorgen, dass sie die arme Kleine sonst wie einen Anti-Stress-Ball zerdrückte.

Das würde sie natürlich nicht tun, aber sie ließ ohne Protest zu, dass er Olivia wieder auf den Arm nahm. Auf diese Weise hatte sie die Hände frei und konnte ihrem inneren Bedürfnis nachgeben, sich die Haare zu raufen. Mit hängendem Kopf trottete sie im Kreis und murmelte ihre Überlegungen vor sich hin, die dem Elfen wie die hirnrissigen Theorien einer durchgeknallten Detektivin vorkommen mussten.

»Jetzt sind wir im Vorteil«, versuchte der Elf sie zu beruhigen. »Was könnte Captain Finn, der gefürchtetste Pirat von ganz Amerika, als Nächstes tun?«

Lola, ganz die durchgeknallte Detektivin, blieb abrupt stehen und seufzte tief. Sie schaute ihn unverwandt an. Äußerlich wirkte sie ganz gelöst, doch durch ihre Adern peitschte das Adrenalin.

»Wir brauchen dieses Stockwerk nicht abzusuchen, denn ich weiß, wo sie hin sind. Aber wir müssen uns beeilen.«

»Und wohin?«

»Zum Kraken.«

# Sea Life

Ein Pimmelfisch, spitze Ohren
und der Weihnachtsmann

# KAPITEL 37

## Der Elf

Jetzt hatte sie völlig den Verstand verloren.

Er verstand ja, wie sie darauf kam. Es schien logisch: Die Zwillinge spielten Piraten und begingen als solche echte kleine Untaten. Aber bei genauerer Überlegung offenbarte die Theorie deutliche Schwächen, denn ihre Taten waren vollkommen willkürlich und sinnfrei, selbst wenn sie alle etwas mit Piraten zu tun haben mochten. Wer garantierte ihnen, dass die Kinder nicht in ein Karussell gestiegen waren, das aussah wie ein Schiff? Dass sie sich nicht im Fisch- und Meeresfrüchterestaurant im ersten Stock versteckt hatten? Oder nicht wieder in eins der höher gelegenen Stockwerke gelaufen waren, um wer weiß was anzustellen?

Lolas Einfall hatte was, keine Frage. Aber sie war so felsenfest davon überzeugt, dass sie recht hatte, und klammerte sich verzweifelt an diesen Strohhalm, dass sie jeden anderen Gedanken kategorisch ausschloss.

»Sie müssen da sein, ich bin mir ganz sicher«, raunte sie vor sich hin, während sie durch den Tunnel hastete.

Sea Life war ein riesiges Aquarium mit rund fünf Millionen Liter Wasser und allem möglichen Meeresgetier. Ein Ozean hinter Glas. Eintauchen konnte man durch Höhlen an Land – das Reich der Krokodile, Taranteln und Schlangen – oder Räume, die bestimmten Arten gewidmet waren, etwa tropischen Fischen oder leuchtenden Quallen.

Was das Publikum am meisten faszinierte und auch Olivia in diesem Moment in Verzücken versetzte, waren die Unterwassertunnel.

Sie liefen inmitten einer riesigen Meereslandschaft durch einen dieser Glastunnel unter den Bassins voller unglücklicher Kreaturen, die nichts anderes kannten als die Gefangenschaft. Der Elf schaute nach oben, wo ein riesiger Hai über ihren Köpfen schwamm. Obwohl ihm das Tier von Herzen leidtat, konnte er sich ein Schmunzeln nicht verkneifen, als er sah, wie Olivias Gesicht begeistert aufleuchtete.

Im Widerschein des Wassers funkelten Olivias Augen, als sie mit ihrem kleinen Finger auf jedes Tier zeigte, das ihnen begegnete. Sie brabbelte Worte ohne Sinn und brachte manchmal sogar den richtigen Namen heraus.

»Hai.«

»Ja, genau! Ein Hai!« Euphorisch hob der Elf die Hand zum High five, damit Oli stolz dagegenklatschen konnte.

Dann folgte sein Blick wieder Lola, die ein paar Meter vor ihnen geschickt den Leuten auswich und sich zugleich vergewisserte, dass die Zwillinge nicht unter ihnen waren. Mit Olivia auf dem Arm war er nicht ganz so gewandt wie sie – auch wenn der Schultergurt der Tasche unbequem war, störte ihn das Gewicht nicht –, aber es gelang ihm, mit dem irren Tempo Schritt zu halten, mit dem Lola durch den Tunnel rannte.

»Da sind sie!«, hörte er sie plötzlich rufen, als sie einen der Ausgänge des Tunnels erreicht hatte.

Er folgte ihr in den Raum der Kopffüßer, die sich in verschiedenen Bassins befanden. Die größten Kreaturen in riesigen Becken und die vielen kleineren Arten in verschiedenen Schaubecken, in denen man sie besser beobachten konnte. Auf den Schildern neben den Sichtfenstern standen außer den unverständlichen wissenschaftlichen Namen auch die geläufigen Trivialnamen.

In der Mitte des Raumes befand sich ein längliches, oben offenes Bassin mit verschiedenen kleinen Tieren wie Seesternen, Seeigeln, kleinen harmlosen Schlammspringern, Seeanemonen, Clownfischen, Schnecken, Krebsen, einem …

*Verdammt, was ist denn das?*

»Das ist ein *Urechis caupo*«, sagte eine junge Frau, die ihm gegenüberstand und offenbar Gedanken lesen konnte. Amüsiert betrachtete sie seine angewiderte Grimasse. »Stimmt, er ist ziemlich hässlich«, lachte sie.

Die freundlich lächelnde junge Frau mit dem gelockten Haar war nicht die erste Mitarbeiterin des Aquariums, auf die sie trafen. In einem anderen Raum hatten sie schon Kolleginnen von ihr gesehen, die den Besuchern den Weg erklärten oder interessierte Fragen zu den Tieren beantworteten.

Während Lola ihre Blicke über die Kinder an den Beckenrändern und selbst in die Bassins hinein schweifen ließ – *sucht sie die Kids etwa in den Aquarien?* –, betrachtete der Elf erneut den langen, grotesk aussehenden Wurm, der über den Sand kroch.

»*Urechis caupo*? Den Namen habe ich in meinem ganzen Leben noch nicht gehört«, sagte er zu der Mitarbeiterin.

»*Uchicapo*«, plapperte Olivia ihm nach.

»Wie süß.« Die Angestellte des Aquariums lachte entzückt.

Eigentlich wollte er seine Zeit nicht damit vertrödeln, diese eigenartige blassrosa Kreatur zu beobachten. Doch er konnte seinen Blick nicht von dem formlosen Wesen abwenden. Dort, wo der Elf den Kopf vermutete, besaß es ein paar Ausstülpungen und am anderen Ende seines Körpers einen fiesen Ring. Es sah aus wie ein …

»Ein Pimmelfisch«, murmelte Lola neben ihm leise auf Spanisch. »Bah, ist der eklig.«

»Pimmelfisch«, wiederholte Olivia, und diesmal war ihr Brabbeln klar verständlich.

»Lola, bitte«, tadelte er sie und verkniff sich ein Grinsen.

»Sie weiß nicht, was es bedeutet. Und die sicher auch nicht«, fuhr Lola mit einem verschmitzten Lächeln in ihrer Muttersprache fort und schielte zu der Angestellten. Dann switchte sie mit einer Leichtigkeit ins Englische, dass sich der Elf fragte, ob Lola sich eigentlich bewusst war, wie toll sie das schon den ganzen Tag machte. Freundlich sprach sie die junge Frau an und hielt ihr das Foto auf dem Handydisplay vor die Nase: »Entschuldigen Sie, haben Sie zufällig diese Zwillinge gesehen? Sie müssen hier vorbeigekommen sein.«

Die Angestellte betrachtete das Bild kurz und nickte.

»Ja, ich glaub, die hab ich gesehen«, bestätigte sie und kaute unschlüssig auf ihrer Unterlippe. »Aber das ist schon eine Weile her.«

Lola hatte recht behalten. Die durchgeknallte Detektivin hatte sich tatsächlich nicht geirrt.

»Ich wusste es!«, rief sie euphorisch. Doch dann verdüsterte sich ihre Miene sorgenvoll. »Können Sie sich erinnern, wohin sie gegangen sind? Gibt es vielleicht noch einen Raum, wo man leichter an einen Oktopus rankommen kann?«

Die Lider der Angestellten flatterten. Sie war genauso verblüfft wie der Elf.

»Verzeihung, ich glaube, ich habe Sie nicht richtig verstanden. Das hier ist kein Streichelzoo, die Tiere darf man nicht berühren, tut mir leid.«

Lola schüttelte frustriert den Kopf.

»Nein, nein, nicht ich will sie berühren«, stellte sie mit einem nervösen Kichern richtig. »Sondern die Kinder.« Sie deutete erneut auf das Handydisplay, auch wenn das Foto bereits verschwunden war. »Sie wollen den Riesenkraken fangen, also müssen sie irgendwie an einen Oktopus rankommen … Moment, war der Krake ein Oktopus oder ein Kalmar?«

*Okay, jetzt ist sie endgültig übergeschnappt.*

»Ein Kalmar«, erwiderte der Elf, der verwundert zusah, wie Lola ihre Nase an einem der Bassins platt drückte. »Glaubst du ernsthaft, sie haben einen Kalmar gefangen? Ausgeschlossen.«

»Das ist ziemlich unwahrscheinlich«, mischte sich die Angestellte des Aquariums ein. »Zum einen kommt man nicht so leicht an die Bassins heran, und zum anderen ist es schwierig, diese Tiere zu erwischen. Ganz zu schweigen davon, dass ich oder eine meiner Kolleginnen sie gesehen hätte.«

Stirnrunzelnd schüttelte Lola den Kopf. Offenbar war sie felsenfest von ihrer hirnrissigen Theorie überzeugt. Wenn sie allen Ernstes herausfinden wollte, aus welchem der Bassins die Kinder den Kalmar entführt haben konnten, würde er sie wohl oder übel bei ihren durchgeknallten Nachforschungen unterstützen. Doch als sie die makabere Idee anscheinend verwarf und beschloss, anderswo weiter nach den Kindern zu suchen, atmete er erleichtert auf.

Drei Türen führten aus dem Raum der Kopffüßer heraus: die, durch die sie gekommen waren, und zwei weitere.

»Erinnern Sie sich noch, durch welche Tür die Kinder raus sind?«, fragte Lola die Angestellte des Aquariums, die sie entgeistert anstarrte, als hätte sie ein paar Verrückte vor sich.

Ehrlich gesagt, ganz von der Hand zu weisen war dieser Eindruck nicht.

»Ich glaube, durch die da«, sagte sie und deutete auf die linke Tür. »Aber ich kann es nicht mit Sicherheit sagen. Es ist schon eine Weile her, dass sie hier waren. Hier war so viel los. Ich habe gedacht, sie wären in Begleitung eines Erwachsenen hier«, entschuldigte sie sich verlegen.

»Schon gut«, sagte Lola beschwichtigend, während sie auf die Tür zusteuerte. »Danke für Ihre Hilfe.«

Der Elf nickte ihr zum Dank zu, bevor er der Verrückten mit dem schönen Hintern durch die Tür folgte.

»Du glaubst immer noch, dass sie versuchen wollen, einen Kalmar zu entführen«, schnaubte er resigniert, als sie mit Riesenschritten durch den Gang eilte.

»Ich bin mir sicher!« Lola wandte sich frustriert um und suchte seinen Blick.

*Wie schön sie ist*, schoss es ihm ganz unpassend durch den Kopf.

»Meinst du, ich liege falsch?«, fragte sie verzagt. »Das darf nicht sein. Wo hätten sie sonst hingehen sollen?«, widersprach sie heftig, ohne eine Antwort abzuwarten. Sie massierte sich die Schläfen so fest mit den Fingerspitzen, dass der Elf Sorge hatte, sie könnte sich den Schädel eindrücken. »Die Piratenflagge, die Kritzelei mit seinem Namen, die Flasche …« Sie stieß einen so spitzen Schrei aus, dass die Fische im nächstgelegenen Schaubecken erschrocken flüchteten. »Eine Flaschenpost!« Sie blitzte ihn mit weit aufgerissenen Augen an. »Piraten werfen so was doch ins Wasser!«

Noch so eine kranke Idee … Aber eine ziemlich logische.

Dass die Kinder deshalb versucht hatten, die Flasche in einen Wasserfall zu werfen, klang plausibel. Lolas Vermutung war zwar genauso abgedreht wie die mit dem Kalmar, aber er musste zugeben, dass das Ganze Sinn ergab.

Lolas Blick ruhte einen Moment lang versonnen auf Olivia, bevor er zur Tasche an seiner Seite weiterwanderte.

Der arme Elf kam um ein Haar ins Schlingern, als die irre Nanny sich auf ihn stürzte, um darin zu wühlen …

»Hey, was hast du denn da drin?«, fragte er konsterniert, als er sich wieder gefangen hatte. Mit seiner freien Hand hielt er ihr die Tasche hin, um ihr zu helfen.

»Alles, nur nicht Sophies verdammte Flasche!«, schnaubte sie frustriert. »Die ist sicher noch im Buggy.«

»Das heißt, sie ist im Sazón Costeño«, fiel ihr der Elf nachdenklich nickend ins Wort.

»Scheiße! Auch das noch!«, schimpfte sie in ihrer Muttersprache und verzog das Gesicht.

»Warte, nimm Oli mal einen Moment.«

Er drückte ihr die Kleine in den Arm und fingerte rasch sein Handy aus der Hosentasche.

»Bitte sag mir, dass du noch im Restaurant bist«, begrüßte er Eric und stellte das Handy auf laut.

»Wo soll ich sonst sein? Meine Alte hat mich versklavt.« Im Hintergrund hörte man Grandma Rafaela schimpfen. »Habt ihr die Kinder gefunden? Und hast du die Granate schon rumgekriegt?«

»Hat der mich gerade *Granate* genannt?«, fragte Lola empört.

»Hör zu, Eric, es ist wichtig: Geh ins Lager, wo wir den Buggy abgestellt haben. Da drin ist eine grüne Trinkflasche mit wilden Tieren drauf. Mach sie auf und sag uns, ob da was drin ist.«

»Sofort?« Er gackerte dämlich. »Nur wenn mich die Granate darum bittet.«

»Sofort!« Kochend vor Wut riss Lola dem Elfen das Telefon aus der Hand. »Eric, hol die verdammte Flasche. Ich bitte dich. Wenn ich selbst raufkommen muss, um sie zu holen, stecke ich sie dir in …«

»Okay, okay … Ich geh ja schon.« Eric rief seinen Kollegen in der Küche etwas zu. Dann hörten sie, wie er losging, eine Tür öffnete und im Buggy kramte.

»Sie ist im Korb unter dem Sitz«, erklärte Lola.

»Die grüne mit den Tieren oder die grüne mit Hulk?«

»Die mit den Tieren!«, riefen Lola und der Elf wie aus einem Mund.

Es dauerte ewig, bis Eric sich wieder meldete.

»Da ist ein Zettel drin.«

»Was steht da drauf?«, riefen die beiden.

»›Weihnachten ist ein guter Grund, etwas zu wagen. Trau dich!‹ Was soll das denn heißen?«

Der Elf war ebenso ratlos wie Eric. Er suchte Lolas Blick und fürchtete schon, dass sie wieder am Boden zerstört war, weil die Spur ins Nichts führte. Aber zu seiner Verblüffung grinste sie breit.

»Ich weiß, wo sie sind«, erklärte sie aufgeregt und legte ihm ihre zitternde Hand auf den Arm.

»Habt ihr sie gefunden?«, tönte Erics irritierte Stimme aus dem Lautsprecher.

»Erzähl ich dir später.« Der Elf legte auf und steckte das Handy zurück in die Hosentasche. Dann nahm er wieder Olivia auf den Arm.

Hektisch löste Lola die Schultergurte der Babytrage, um sie sich wieder vorn anzulegen.

»Nein, nein, gib Oli mir. Ich trage sie«, sagte sie und nahm ihm die Kleine wieder weg.

»Tut dir denn der Rücken nicht mehr weh?«

»Doch, sehr sogar.« Mit einem tiefen Seufzer überprüfte sie, ob die Trage sicher saß, und zerrte ihm dann die Tasche von der Schulter. »Aber du musst rennen. Schnell rennen. Ich weiß jetzt, wo sie sind.«

# Ein Pfeil für Ms Pfötchenbande

Alle, die Louise kannten, sprachen nur gut über sie.

Sie war einer der Menschen, denen man abnahm, dass es Energien, reine Seelen und allen möglichen esoterischen Humbug gab, auch wenn man eigentlich gar nicht daran glaubte. Ihre Erscheinung, ihre Stimme und ihr warmes Lächeln strahlten etwas aus, das einen unerklärlichen inneren Frieden übertrug. Sie war ein Mensch, der ein Gefühl von Sicherheit vermittelte, ein Mensch, dem man seine größten Geheimnisse anvertrauen würde, wenn er danach fragte, was sie allerdings niemals tun würde. Und genau deshalb würde man jedes Geheimnis ohne Bedenken mit ihr teilen.

Ihrer Stimme hätte man stundenlang zuhören können, wenn sie Geschichten erzählte. Sie schien immer etwas Interessantes zu sagen zu haben. Eine Frau, die so klar war wie ein Tropfen Wasser und deren Inneres zugleich ein unermessliches Universum zu sein schien – unmöglich, es vollständig zu erkunden.

Louise war ein Glückskind. Das Leben hatte es gut mit ihr gemeint.

Und ich rede hier nicht über Geld, Reichtum oder Ruhm. Auch nicht über das tollste Auto, das schönste Haus oder die beste Schule für ihre Kinder. Und erst recht nicht über ein Studium, lange Reisen oder bequeme Jobs.

Louise hatte kein perfektes Leben gehabt, aber etwas hatte sie in allen Phasen ihres Lebens begleitet und sie zu einem glücklichen Menschen gemacht: die Liebe.

Liebe um ihrer selbst willen, für das, was sie war, was sie fühlte, was sie erreichte, was sie geben konnte. Liebe, die sie von der Familie, von Freunden, Tieren, Arbeitskollegen, auf Reisen, bei Begegnungen, im Bett, im Leben zurückbekam.

Liebe, die sie zurückbekam. Mit *ihm*.

Fortuna und ich sind uns nur selten einig. Sie ist konfus und launisch, und ich bin lieber im Flow mit dem, was das Leben bereithält. Aber wenn wir uns mal einig sind, kommen dabei so schöne Geschichten heraus wie die von Louise und Melvin.

Das Sinnbild der Liebe in Fleisch und Blut.

Ein verliebtes Ehepaar, das sein Zuhause, seine Kinder, seine Haustiere, seine Pflanzen und seine Träume hegte und pflegte. An ihnen war nichts Besonderes, nichts, das sie von einem ganz gewöhnlichen und alltäglichen Leben abhob. Ihre erste Begegnung hatte nichts Märchenhaftes, und sie sangen und tanzten in ihrem Leben auch nicht zu einem Soundtrack aus Liebesliedern.

Louise und Melvin waren der Inbegriff der Liebe, weil sie sich nicht nur als Paar liebten, sondern auch als Menschen. Sie hatten einander ins Herz geschlossen, sorgten füreinander, bewunderten und unterstützten sich. Sie gingen Hand in Hand auf einem Weg, auf dem sie beide für die eigenen Träume kämpften und zugleich füreinander da waren.

Louise und Melvin waren ein Team, zwei Seelen, denen es bestimmt war, eins zu werden.

Auch wenn Melvin immer gern scherzte, dass Louise ihn zwar sehr liebte, aber nicht so sehr wie ihre Tiere.

Denn Louise liebte die Natur und die Tierwelt von ganzem Herzen. Sie konnte sich für alle Lebewesen begeistern, selbst für die ganz unliebsamen, was in ihren jungen Jahren dazu geführt hatte, dass ihre Kinder ihr alle möglichen Streuner von der Straße anschleppten, weil sie wussten, dass ihre Mutter ihnen ein gutes Zuhause bieten würde. Zurzeit lebte sie zusammen mit ihrem Ehemann und nur vier Hunden, zwei Katzen, einem Leguan und einer Fledermaus, die ihr Enkel vor ein paar Tagen auf dem Boden gefunden hatte und der sie einen Unterschlupf aus Pappe gebaut hatte, bis ihr verletzter Flügel verheilt wäre.

In ihrer Jugend hatte die Frau mit dem großen Herz für Tiere in einer Schreinerwerkstatt gearbeitet. So hatte sie ihr Studium finanziert, um Tierärztin werden zu können. Sie brauchte ein paar Jahre länger als ihre Kommilitonen, doch das schien sie nicht zu stören. Louise behielt immer nur ihren eigenen Weg im Blick und hob nie die Augen, um nach den anderen zu schauen.

An diese Zeit und auch an die Jahre als Tierärztin und später als Dozentin an der Universität erinnerte sie sich voller Wärme. Wenn sie erst einmal in Rente war, würde sie sich von der ganzen Arbeit mit den Tieren erholen, hatte sie sich damals gesagt.

Und jetzt war sie das erste Jahr Rentnerin und arbeitete ehrenamtlich bei der Tierschutzorganisation Pfötchenbande.

Sie war es nicht gewohnt, den ganzen Tag auf den Beinen zu sein. Stundenlang vor dem Eingang des Einkaufszentrums zu stehen, war sehr ermüdend, auch wenn es ihr Spaß machte.

Und, ehrlich gesagt, gehörte es auch nicht zu ihren Lieblingsaufgaben als Freiwillige. Viel lieber umsorgte und verwöhnte sie die Tiere, die bei der Organisation untergekommen waren. Sie fütterte sie, badete sie und machte sich als Tierärztin nützlich, wenn die Festangestellten eine helfende Hand benötigten. Aber sie sah ein, dass sie auch langweiligere Tätigkeiten übernehmen musste wie die Reinigung der Gehege, die Aufnahme von Daten oder Spendensammelaktionen. In der Regel wurde sie aus Altersgründen von dieser Art von Aufgaben verschont, doch hin und wieder meldete sie sich freiwillig dafür. So wie an diesem Tag.

Normalerweise musste sie drei oder vier Stunden dortbleiben – zum Glück konnte sie sich jederzeit auf einem Stuhl ausruhen –, dann wurde sie von einem Kollegen oder einer Kollegin abgelöst. Doch als sie an diesem Nachmittag nach ihrer Schicht zu Hause eine leckere Suppe gegessen und sich dann zu Melvin gesetzt hatte, um ein Buch zu lesen, erhielt sie eine Nachricht in der Chatgruppe der Ehrenamtlichen.

**Tommy Pfötchenbande:** Leute, mir ist was dazwischengekommen. Mein Sohn ist krank, ich muss nach Hause. Könnte jemand kommen und die letzten paar Stunden übernehmen?

Sie antwortete mit einer Sprachnachricht, weil sie immer so lange brauchte, um die winzigen Buchstaben auf dem Display zu tippen.

»Hallo, Tommy. Ich hoffe, deinem Sohn geht es besser. Melvin bringt mich rüber.« Sie spürte den irritierten Blick ihres Mannes auf ihrer Wange. »Wir sind in einer Viertelstunde da. Bis gleich.«

**Tommy Pfötchenbande:** Danke, Louise!!!
Du bist ein Schatz.

Es dauerte doch einen kleinen Augenblick länger, bis sie ankamen, weil Louise erst das Santa-Claus-Kostüm wieder anziehen musste und Melvin die Autoschlüssel verlegt hatte, aber das schien Tommy nicht zu stören, als sie schließlich im Van vorfuhren, zusammen mit dreien ihrer Hunde – Waffel, Gurke und Tomate, die Namen hatten ihnen Louises Enkel gegeben. Parmesan, den vierten Hund, hatten sie zu Hause gelassen, wo er in Ruhe schlafen konnte, denn er war schon sehr alt und ging nicht mehr gern mehrmals am Tag aus dem Haus.

Es war inzwischen schon dunkel geworden, und Louise fühlte sich um diese Zeit allein nicht wohl. Also hatte Melvin beschlossen, die Hunde mitzunehmen und mit ihnen eine Runde zu drehen, bis sie wieder gemeinsam nach Hause fahren würden.

Nach einer Weile nahm Louise auf dem Klappstuhl Platz und lächelte die Vorbeikommenden von dort aus freundlich an. Sie sammelte nicht ganz so viele Spenden wie am Vormittag, aber im Großen und Ganzen konnte sie zufrieden sein.

Alle paar Minuten kam Melvin zum Stand der Pfötchenbande und tat, als wäre er ein Fremder.

»Entschuldigen Sie, Miss, sind Sie zu verkaufen?«

Sie schmunzelte, als er ihr zuzwinkerte, bevor er weiterging.

»So ein dichter Bart, da werde ich ja ganz neidisch!«, scherzte er beim nächsten Mal.

»Ich kann ihn dir als Toupet leihen«, witzelte sie zurück und musste über den eigenen Scherz so herzhaft lachen, dass ihr Bart ins Rutschen kam und sie sich die Gummis wieder hinter die Ohren schieben musste.

»Ich tausche zwei Glückskugeln gegen zwei Zauberkugeln, du musst nur die Hand in meine Hose stecken.«

»Melvin!«, schimpfte sie entrüstet und drohte, ihm eine der Kugeln an den Kopf zu werfen. Eine goldene, denn die mochte sie am liebsten.

Ihr Ehemann schickte ihr einen Luftkuss und trollte sich, auch wenn er sie auf seiner Runde mit den Hunden nie aus den Augen verlor.

»Pfötchenbande!«, hörte Louise mit einem Mal eine hohe Stimme zu ihrer Rechten.

»Wir haben den Schatz gefunden!«, juchzte eine zweite, ebenso schrille Stimme in der Nähe.

Überrascht erhob sie sich und kniff die Augen zusammen, um besser sehen zu können.

*Das sind doch die Kinder von heute früh!*

Die Zwillinge bauten sich vor ihr auf. Der Junge trug eine Augenklappe, und das Mädchen hatte sich offenbar mit einem Permanentmarker, der sich nicht so leicht wieder abwischen ließ, einen Schnurrbart aufgemalt. Beide waren zerzaust und vom Spielen oder Rennen oder weiß der Himmel, was sie getrieben hatten, ganz verschwitzt. Sie strahlten sie mit einem spitzbübischen Lächeln an.

»Was macht ihr denn hier ganz allein?«, fragte Louise verblüfft.

»Wir sind wegen dem Schatz da!«, erklärte der Junge ernsthaft und versteckte die Hände hinter dem Rücken.

Louise schaute sich nach allen Seiten um, ob die bedauernswerte junge Frau mit dem Buggy irgendwo zu sehen war. Doch vergebens.

»Wo ist die junge Frau, mit der ihr heute früh da wart?«

Die Zwillinge sahen sich verwirrt an. Die Kleine drehte den Kopf zum Eingang der Mall, durch den sie gerade herausgekommen waren.

»Drinnen«, antwortete sie kleinlaut.

»Weiß sie, dass ihr hier draußen bei mir seid?«

Wieder wechselten die Kinder einen unbehaglichen Blick. Der Junge schaute auf seine Füße.

»Na klar! Wir spielen Piraten«, rief die Kleine. »Wir haben ihr eine Flaschenpost geschickt.«

*Ach du liebe Güte*, dachte Louise alarmiert.

»Weiß sie denn, dass ihr Piraten spielt?« Keine Antwort. Diesmal schauten beide betreten zu Boden. »Wie lange seid ihr schon allein unterwegs?«

»Ein Weilchen«, murmelte der kleine Fratz.

»Papa sagt, die Zeit ist relativ. Wenn du dich langweilst, bleibt sie stehen, aber wenn du Spaß hast, rennt sie«, dozierte das Mädchen zu Louises Verwunderung.

Besorgt schüttelte sie den Kopf. Womöglich suchte die arme Nanny verzweifelt nach den Kindern. Sie konnte nur hoffen, dass die beiden noch nicht allzu lange allein herumstreunten.

*Das arme Ding.*

»Ihr bleibt jetzt hier bei mir«, erklärte sie energisch und erhob drohend den Zeigefinger. »So was macht man nicht,

Kinder. Wisst ihr eigentlich, welche Sorgen sich eure Nanny macht?« Louise schaute sich suchend nach ihrem Mann um. »Melvin!«

»Lola geht's gut, ganz bestimmt.« Die Kleine knetete unruhig ihre Hände. »Sie ist voll schlau, sie kommt ganz sicher.«

Konsterniert verschränkte Louise die Arme vor der Brust.

»Sagt mal, warum seid ihr eigentlich hier?«, fragte sie.

»Ich bin Captain Finn, der gefürchtetste Pirat von ganz Amerika«, juchzte der Junge und plusterte sich auf, hielt die Hände aber hinter dem Rücken verborgen. »Und das ist Sophie, die intelligenteste Forscherpiratin der Antarktis.« Das Mädchen streckte sich und salutierte. »Wir sind wegen dem Glücksschatz hier.« Die Kleine zeigte auf den Korb mit den bunten Weihnachtsglückskugeln. Wie Louise hatten ihr es wohl vor allem die goldenen Kugeln angetan.

*Ach du lieber Himmel.*

»Wir bieten dir einen Tausch an: den Schatz gegen den Kraken.«

»Den … Kraken?«

Finn zog die Hände hinter dem Rücken hervor.

Da sah sie ihn.

»Das darf doch nicht wahr sein!« Entsetzt schlug sie die Hände vor den Mund. »Melvin! Ich brauche Hilfe!«

# KAPITEL 38

## Lola

Da waren sie.

Der Elf stand neben den Zwillingen, einem Mann mit drei Hunden und Ms Pfötchenbande, die allesamt ungläubig dreinblickten. Lola wollte zu ihnen laufen, doch sobald sie aus der Eingangstür der Mall kam und die Kinder sah, gesund, munter und in Sicherheit, gaben ihre Beine nach. Mit einem erstickten Schrei warf sie die Tasche von sich, sank zitternd daneben auf die Knie und fing an zu weinen.

Ihr herzzerreißendes Schluchzen machte Olivia, die sie fest umklammert hielt, Angst. Die Kleine zog eine Schnute, dann begann auch sie erschrocken zu wimmern.

Unfassbar. Da hatte sie den ganzen Tag die Augen nach den Kindern offen gehalten, und jetzt, da sie sie vor der Nase hatte, konnte sie sie hinter dem Tränenschleier nicht erkennen.

Sie konnte auch nicht sehen, wessen Arme sich tröstend um sie schlangen. Aber sie wusste auch so, dass er es war.

»Alles gut, Lola, sie sind hier«, flüsterte der Elf ihr auf Spanisch ins Ohr, während er ihr sanft über den Rücken strich. »Ihnen geht's gut, es ist ihnen nichts passiert. Es ist vorbei«, sagte er leise und hauchte ihr sanfte Küsse ins Haar.

Sie blinzelte und sah, dass er mit der anderen Hand über Olivias Pausbäckchen streichelte. Auch die Kleine beruhigte er mit leisen Worten. Lola rang um Fassung. Es war, als hätte ihr Körper einfach aufgegeben: Ihre Beine waren kraftlos, die Arme tonnenschwer, ihr Hinterkopf brannte, und ihre Unterlippe zitterte, ebenso der Rest ihres Körpers.

Mit hängenden Köpfen schlichen die Kinder näher. Sophies Augen glitzerten feucht, sicher hatte sie geweint. Finn schaute betreten zu Boden, er trug seine Augenklappe nicht mehr. Auf beiden Seiten wurden sie von Ms Pfötchenbande und dem fremden Mann flankiert, vielleicht aus Sorge, die Kinder könnten wieder davonlaufen.

Doch Lola wusste, dass sie nicht mehr ausreißen würden.

»Was habe ich euch gesagt?«, schimpfte Ms Pfötchenbande mit den Zwillingen. »Dass sie sich sicher Sorgen macht. Ihr habt ihr mit eurem Spiel sehr wehgetan. Wolltet ihr das etwa?«

Verlegen schüttelten Sophie und Finn die Köpfe. Enttäuscht schaute die Frau sie an. Doch dann verrauchte ihr Zorn, und sie wandte sich voller Mitleid Lola zu.

»Es tut mir sehr leid, Darling«, versuchte sie, Lola zu trösten. »Ich hoffe, du hast sie nicht lange suchen müssen.«

*Nicht lange?*

Lola lachte hysterisch auf.

»Den ganzen Tag. Ich habe sie den ganzen verdammten Tag gesucht.« Sie starrte die Zwillinge an. »Warum habt ihr mir das angetan?«, fragte sie mit brüchiger Stimme. »Wisst ihr, wie schlimm es für mich war, die ganze Zeit daran zu denken, dass euch was passiert sein könnte?« Erneut schossen ihr Tränen in die Augen. »Euch hätte sonst was zustoßen können! Warum seid ihr immer so gemein zu mir?«, schniefte sie frustriert und müde. »Das war so, so, so schlimm für mich …« Die Tränen schnürten ihr die Kehle zu. »Ihr habt keine Ahnung, wie mir das Herz wehtut.«

Finn warf sich als Erster in ihre Arme und brach an ihrer Schulter in hemmungsloses Schluchzen aus. Gleich darauf schlang Sophie auf der anderen Seite den einen Arm um Lolas Hals und den anderen um ihre kleine Schwester.

Lolas Tränen mischten sich mit denen der Kinder. Trotz ihrer Wut und Enttäuschung wischte die Umarmung der Kinder alle Sorge, Angst und Beklommenheit, die ihr stundenlang das Herz schwer gemacht hatten, fort.

»'tschuldigung«, wimmerte Finn leise an ihrem Hals. »Wir haben nur gespielt.«

Auch wenn es ihr schwerfiel, die Umklammerung zu lösen, schob sie die beiden sanft, aber entschieden von sich und schaute ihnen in die verweinten Gesichter. Zärtlich strich sie ihnen die Tränen von den Wangen.

»Ihr wusstet, dass das für mich kein Spiel war. Das wusstet ihr ganz genau«, schimpfte sie. Sie durfte nicht aus Mitleid mit den beiden über ihr schlechtes Verhalten hinwegsehen. »Ich habe euch gebeten, euch zu benehmen. Wenn ihr in der Mall Piraten spielen wolltet, hättet ihr es mir nur sagen müssen, das wisst ihr sehr wohl. Dann hätten wir zusammen gespielt, sobald wir bei Santa Claus fertig sind«, schnaubte sie bitter enttäuscht. »Aber ihr habt lieber nicht auf mich gehört und seid einfach alleine abgehauen, dabei wisst ihr, dass das gefährlich war und dass es mir und euren Eltern schrecklich wehgetan hätte, wenn euch was passiert wäre.«

»Entschuldigung«, murmelte Sophie mit tränenerstickter Stimme. »Wir wussten nicht, dass das so schlimm für dich ist.«

»Doch, das war es.« Lola atmete tief ein und versuchte, die Tränen zurückzudrängen.

»Bestrafst du uns jetzt?«, fragte Finn.

Sie schüttelte bekümmert den Kopf.

»Würde das was bringen?« Sie ließ sich vom Elfen aufhelfen und stemmte die Hände in die Hüften. »Ich werde euren Eltern erzählen müssen, was passiert ist. Nach der Sache heute wollen sie ganz sicher nicht mehr, dass ich bei euch bleibe. Sie werden eine andere Nanny für euch suchen. Ich kann euch nur bitten, dass ihr zu ihr netter seid.«

»Nein!«, riefen die Kinder wie aus einem Mund. Sophie klammerte sich an Lolas Bein. »Du darfst nicht weggehen! Wir haben dich lieb, Lola!«

»Das stimmt nicht, ihr habt mich nicht lieb.« Wie schwer ihr diese Worte fielen. Sie wollte nicht mehr weinen, doch die Tränen strömten ohne Unterlass über ihre Wangen. »Sonst hättet ihr das nicht gemacht.«

»Wir werden auch ganz brav sein!« Nun klammerte sich Finn wie ein Äffchen an ihr anderes Bein. »Bitte, Lola, wir wollen keine andere. Du bist doch unsere Freundin.«

»Du bist unsere allerliebste, beste Nanny«, nahm Sophie den Ball auf. »Entschuldigung, wir tun das auch nie wieder. Wir benehmen uns auch immer gut, wir tun alles, was du sagst, wir werden deine Sklaven.«

*Was? Geht's noch?*

Lola war stinksauer, todtraurig, enttäuscht und einfach nur müde … Aber dieser unverhoffte, absurde Vorschlag brachte sie zum Schmunzeln.

»Danke, ich brauche keine Sklaven«, erwiderte sie kopfschüttelnd. »Ich brauche Kinder, die sich gut benehmen, die auf mich hören und nicht dafür sorgen, dass ich einen Herzinfarkt bekomme.« Endlich gab sie dem Bedürfnis nach, den beiden über die Köpfe zu streicheln.

»Jetzt wisst ihr, was der wahre Schatz ist«, murmelte Ms Pfötchenbande.

Die Zwillinge nickten und umarmten Lola nur noch stürmischer.

»Habt ihr was gegessen?«, fragte die mit einem Mal besorgt. »Habt ihr Wasser getrunken? Wart ihr auf dem Klo?«

»Wir haben Burger mit Pommes gemopst«, antwortete Sophie kleinlaut. »Die standen auf der Theke. Der Mann hat gerufen: ›Nummer dreiundzwanzig! Nummer dreiundzwanzig.‹ Aber weil keiner sie abgeholt hat …«

»Ihr habt sie geklaut?!«, flüsterte Lola ungläubig. »Ich bitte euch, man darf doch nicht stehlen. Was habt ihr euch nur dabei gedacht?«

Plötzlich schnarrte eine blecherne Stimme in der Hosentasche des Elfen.

»Hey, ihr zwei Verliebten? Hier ist Axel, erster Stock. Seid ihr das, oder habe ich mich wieder im Kanal geirrt? *Over.*«

Die Miene des Elfen erstarrte. Er schaute Lola mit großen Augen an, bevor er blitzschnell die Hand in die Tasche steckte und das Walkie-Talkie ausschaltete.

»Also, macht so was nicht noch mal.« Mit einem Räuspern wandte sich Lola wieder an die Kinder. »Wir fahren jetzt nach Hause.«

»Gehst du dann weg? Bitte, bitte, geh nicht«, flehte Finn noch ein letztes Mal und zog einen Flunsch.

Die jämmerlichen Mienen der Kinder gingen nicht spurlos an Lola vorbei.

*Diese kleinen Teufel sind ja eigentlich doch ganz süß.*

»Wir fahren nach Hause, und da erzähle ich euren Eltern, was passiert ist, auch wenn ich das nur ungern tue. Es ist ihre Entscheidung, ob ich bleibe oder gehen muss.« Leise, als enthüllte sie ihnen ein Geheimnis, fuhr sie fort: »Ihr müsst euch also gut überlegen, was ihr ihnen sagt, wenn ihr sie davon überzeugen wollt, mich nicht auf die Straße zu setzen.«

Finn und Sophie nickten und blinzelten sich verschwörerisch zu. Sie machten zwar nicht gleich Freudensprünge, doch in ihren Gesichtern zeigte sich ein hoffnungsvolles Lächeln.

Sie wussten, dass es nicht in Ordnung war, was sie getan hatten, aber sie hatten noch eine Chance, ihren wertvollsten Schatz zu behalten: ihre Nanny.

Lola machte sich von ihnen los und ging zu Ms Pfötchenbande und dem Fremden, der, so dicht, wie sie beieinanderstanden und sich einmütig anstrahlten, vermutlich ihr Ehemann war.

»Vielen, vielen Dank«, sagte sie zu der Frau mit dem Rauschebart.

»Keine Ursache, meine Liebe.« Sie schielte zum Korb mit den Weihnachtskugeln und scherzte: »Ich wusste ja, dass du Glück brauchst.«

»Sie ahnen nicht, wie sehr.« Lola lachte nervös auf.

Der Mann schaute sie erwartungsvoll an.

»Ich bin Melvin, Louises Mann«, sagte er und streckte ihr die Hand entgegen. »Bevor ihr nach Hause fahrt, solltest du, glaube ich, noch etwas wissen …« Er räusperte sich und senkte die Stimme, bis er nur noch leise flüsterte: »Sie haben noch etwas mitgehen lassen.«

Lola kniff die Augen zu. Wieso überraschte sie das nicht.

Sie warf den Zwillingen einen bohrenden Blick zu, die wieder stocksteif dastanden, die Hände hinter dem Rücken verborgen und die Lippen wie zwei kleine Engelchen aufeinandergepresst.

Was sollte sie nur mit ihnen tun?

Sie folgten Melvin und Louise zu einem Van, der ein paar Meter entfernt geparkt war. Rasch wechselte Lola einen stummen Blick mit dem Elfen. Sie wollten endlich wissen, *was* die Zwillinge geklaut hatten. Lola seufzte nervös.

*Es ist der Kalmar. Ganz bestimmt ist es der Kalmar.*

Begierig, endlich nach Hause zu fahren, sprangen die Hunde mit einem Satz in den Van, als Melvin die Heckklappe öffnete und nach einer schweren, mit Wasser gefüllten Plastiktüte griff, die er vor Lolas Nase hielt.

*Das kann nicht wahr sein.*

»Sie haben ihn Krake genannt.«

Mit einem *Ich hab's dir ja gesagt* in den Augen funkelte Lola den Elfen an, dem die Kinnlade herunterfiel. Fassungslos schüttelte er den Kopf, als traute er seinen Augen nicht.

Obwohl … Lola hatte nicht ganz ins Schwarze getroffen. Ein Kalmar war das nicht.

Als die kleine Olivia das Tier erblickte, klatschte sie begeistert in die Hände.

»Pimmelfisch!«

# KAPITEL 39

## Der Elf

Finn, rutsch noch ein Stückchen nach links«, sagte der Elf und zeigte ihm, wohin.

Er hatte Lola versprochen, dass sie nicht ohne ein Foto der Kids mit Santa Claus nach Hause gehen würde, und er würde sein Wort halten.

Zwar würde das Foto nicht ganz so aussehen, wie sie es gerne gehabt hätten, und erst recht nicht so, wie die Eltern es haben wollten. Aber ein realistischeres und witzigeres Bild mit Santa Claus konnten sie nicht bekommen.

Da es draußen bereits dunkel war, mussten sie wohl oder übel zurück in die Mall gehen.

»Du tickst wohl nicht ganz sauber. Glaubst du ernsthaft, ich würde da wieder reingehen?«, zischte Lola entsetzt.

Aber er redete mit Engelszungen auf sie ein, bis er sie und Louise überzeugt hatte. Die musste sich immer wieder den rutschenden Rauschebart hochschieben, weil die Gummis an den Seiten zu groß für ihre kleinen Ohren waren. Melvin wartete unterdessen draußen in seinem Van mit den drei Hunden und dem neuen Haustier, das bei ihm nicht gerade Begeisterungsstürme auslöste.

»Noch ein Viech!«, hatte er belustigt gemault, als seine Frau ihnen erklärt hatte, dass sie sich um den »Pimmelfisch« kümmern würde. »Als hätten wir nicht schon genug davon!«

Sie steuerten den erstbesten Weihnachtsbaum an und bauten sich davor auf. Santa Louise nahm die hundemüde Olivia auf den Arm, die schon vor Stunden ihre hübsche Schleife verloren hatte, dafür aber nun eine angesabberte Weihnachtsglückskugel in der Hand hielt. Finn posierte mit gekonnt geneigtem Kopf und Sophie mit einem auf die Schnelle geflochtenem Zopf, der ihr über die linke Schulter fiel – und mit dem Schatten eines Permanentmarker-Schnurrbarts, den Lola zum Glück doch mit ein paar Feuchttüchern hatte abwischen können. Beide Kinder verbargen die Hände hinter dem Rücken und schauten mit einem artigen, engelsgleichen Lächeln in die Handykamera.

»Sieh dir an, wie brav die kleinen Biester jetzt dastehen«, flüsterte Lola, die völlig erledigt neben dem Elfen stand und das Schauspiel mit verschränkten Armen beobachtete.

Er schoss noch ein paar Fotos. Dann sagte er ermunternd zu Lola: »Los, du musst auch mit drauf.«

Sie strahlte ihn an, und er hätte sie zu gern auf der Stelle noch einmal geküsst, doch das Foto hatte Vorrang.

»Sagt mal ›Spaghetti‹!«

»Spaghetti!«, riefen alle und grinsten in die Kamera.

»Louise, könntest du auch eins von uns machen?«, fragte Lola. Sie schenkte dem Elfen ein so süßes Lächeln, dass er ihr überallhin gefolgt wäre, und bat: »Komm her.«

Dann nahm sie Louise Olivia ab und gab ihr das Handy, damit sie ein Foto von ihnen machen konnte. Der Elf nahm Louises Platz ein und schlang einen Arm um Lolas Taille.

Ein Foto mit einer Unbekannten – na ja, nicht mehr ganz so Unbekannten –, die er geküsst hatte, und ein paar diebischen, vollkommen durchgeknallten fremden Kids, die er einen ganzen Tag lang fieberhaft gesucht hatte? Das war ohne jeden Zweifel das perfekte Weihnachtsfoto.

Er schaute schon erwartungsvoll in die Kamera, als Lola ihm plötzlich einen Finger ihrer freien Hand aufs Kinn legte, sein Gesicht sanft zu sich drehte und ihm einen Kuss auf den Mund gab, den sie so lange andauern ließ, bis Louise das Foto gemacht hatte.

Überrascht und glücklich genoss er die erneute zarte Berührung ihrer Lippen. Ob es sehr verzweifelt wirkte, wenn er sie direkt um noch einen Kuss bat?

»Ich wollte immer schon mal einen Elfen küssen«, murmelte Lola leise, damit die Kinder es nicht mitbekamen. »Jetzt habe ich den Beweis, dass ich es wirklich getan habe.«

»Aber ich hab doch gar kein Kostüm mehr an«, widersprach er lächelnd.

Ach, Leute, das hättet ihr sehen müssen. Er glotzte die Nanny so verzückt an, dass man den Eindruck hatte, er finge jeden Moment an zu sabbern.

»Das ist egal, das kannst du bei Gelegenheit nachholen.« Sie zwinkerte ihm schelmisch zu.

Da wurde er von einer kleinen Hand angestupst. Erwartungsvoll streckte Olivia ihm die vollgesabberte Weihnachtsglückskugel entgegen.

»Ach, jetzt willst du sie mir doch geben?«, scherzte er und strich ihr mit dem Finger über das Pausbäckchen.

»*Eff*«, bestätigte die Kleine und klopfte ihm mit der Kugel auf den Arm.

»Willst du sie dem Elfen schenken?«, fragte Lola, und Olivia nickte gespannt.

»Oh! Für mich?«, sagte er übertrieben freudig, um der Kleinen ein Lächeln zu entlocken. »Danke schön!«

»Du sollst sie aufmachen«, erklärte Lola belustigt.

»Gut, dann schauen wir mal …« Er hielt die Kugel mit spitzen Fingern, um sie beim Öffnen so wenig wie möglich zu berühren, was sich nicht ganz einfach gestaltete. Darüber, warum sie so unglaublich glitschig war, wollte er lieber nicht zu lange nachdenken.

Als er es endlich geschafft hatte, zog er das kleine Zettelchen aus dem Inneren der Kugel hervor und faltete es auseinander.

»Und? Was steht drauf?«, erkundigte sich Lola neugierig.

Feixend las er den Zettel ein paarmal durch, bevor er ihn an Lola weiterreichte.

*Weihnachten verwandelt Chaos in Magie. Mach dir das zunutze und suche an den verrücktesten Stellen nach der Liebe.*

»Gefällt mir«, sagte sie mit einem Funkeln in den Augen.

Lola, diese absolut verrückte Frau, zwinkerte ihm noch einmal zu. Wenn sie ihn mit diesem verflixten Augenaufschlag ansah, konnte sie alles von ihm bekommen.

# KAPITEL 40

## Lola

Ihre größte Sorge in diesem Augenblick hatte einen Namen: Beatrice.

An der Tür begrüßte Gregor sie freundlich, doch sie wusste, wie wenig begeistert er davon war, dass sie erst nach ihm nach Hause kamen. »Sorg dafür, dass du vor Gregor da bist und die Kinder frisch gebadet sind, wenn er heimkommt«, hatte Beatrice geschrieben. »Du weißt ja, meinen Mann stört ihr Gekreische in der Dusche.«

Tja, an diesem Abend würde Gregor den Lärm in der Dusche wohl ertragen müssen.

»Na, wie war der Tag?«, fragte er seine Kinder, als er sie zur Begrüßung umarmte. Er hob Olivia aus dem Buggy, die ihm stürmisch um den Hals fiel.

»Genial«, antwortete Finn mit wohlkalkulierter Coolness. »Lola hat uns einen sensationalen Tag bereitet.«

»Das heißt ›sensationell‹, Finn«, korrigierte Sophie ihren Bruder zuckersüß. »Ist Mama da? Wir wollen ihr was sagen.«

»Ja, sie ist im Wohnzimmer«, antwortete Gregor verdutzt über das liebenswürdige Gesäusel seiner Kinder.

Bei diesen Worten schlug Lola das Herz bis zum Hals.

Gregor war speziell, aber mit seiner Frau konnte er definitiv nicht mithalten. Die war knallhart.

Mit einem verkniffenen Lächeln schob sie den Buggy in den Flur und verstaute ihn zusammengeklappt unter der Treppe. Sie spitzte die Ohren und lauschte, als Finn und Sophie stürmisch ins Wohnzimmer liefen.

Vorsichtiger, aber ebenso schnell ging sie ihnen nach. Sie wollte dort sein, bevor die Kinder sich verplapperten. Als sie das Zimmer betrat, setzte Gregor Olivia gerade auf dem Boden ab, damit sie in ihrer Krabbelecke auf den weichen Teppichfliesen spielen konnte. Beatrice saß mit der Lesebrille auf der Nase am Tisch und starrte in ihren Laptop. Neben ihr hatten sich Finn und Sophie in der gleichen Engelspose aufgebaut, die sie für das Foto eingenommen hatten.

»Hallo, Beatrice«, begrüßte Lola sie leichthin. Sie wollte sich auf keinen Fall anmerken lassen, wie nervös sie war. »Wie war dein Tag?«

»Gut, danke.« Beatrice lächelte die Nanny herzlich an. »Und eurer? Ihr seid spät dran.« Es war keine Frage, aber Lola wusste, dass ihre Chefin eine Antwort erwartete.

»Ja, also …« Beklommen schaute sie die Zwillinge an. »Wir müssen euch etwas sagen …«

Und dann erzählte sie Beatrice und Gregor die ganze Geschichte.

Na ja, zumindest mehr oder weniger. Wenn sie ihren Job behalten wollte, durfte sie nicht zu sehr ins Detail gehen. Immerhin hatte sie, bevor sie die Kinder ins Auto verfrachtete, schon mal im Internet nach den Preisen der Direktflüge nach Madrid geschaut, weil sie nach Hause wollte. Sie sehnte sich nach ihrem ruhigen, beschaulichen Leben, in dem sie sich um kein anderes gefährliches Lebewesen kümmern musste als um Casimiro, der in die Badewanne kackte, wenn er das Katzenklo nicht fand, das kleine Biest.

Aber um diese Jahreszeit waren die Preise total überzogen, und *so* übel war es bei den Nightingales auch wieder nicht. Jedenfalls hoffte sie, dass die Kinder nach diesem verhängnisvollen Tag ihre Lektion gelernt hätten.

Und falls nicht, würde sie nach den Feiertagen halt noch mal nach Tickets schauen. Dann wäre der Rückflug bestimmt erschwinglich.

Sie erzählte Beatrice und Gregor also, dass die Kinder weggelaufen waren – und unterschlug dabei geflissentlich, dass dies nur möglich gewesen war, weil sie sich mit einer Fotografin angelegt hatte. Beim Piratenspielen hätten sie sich so weit entfernt, dass sie eine Weile nach ihnen hätte suchen müssen. Dass diese Suche den ganzen Tag gedauert hatte, ließ sie ebenfalls unerwähnt.

Finn und Sophie beteuerten treuherzig, dass sie so einen Streich nie wieder spielen würden.

Sophie beichtete außerdem, dass sie die Flasche mit den wilden Tieren verbeult hatte, als Lola nicht dabei war, und Finn gestand, wie er auf die Idee gekommen war wegzulaufen, um Piraten zu spielen. Beide betonten mit Nachdruck, dass Lola keine Schuld träfe, sie sei die beste Nanny *ever*, und sie hätten sich ihr gegenüber unfair verhalten, das sei ihnen klar.

Ja, sie erzählten, was geschehen war, aber allzu viele Details mussten es ja nicht sein, oder?

Natürlich waren Beatrice und Gregor alles andere als begeistert. Ihre Mienen verfinsterten sich immer mehr, während

Lola eine grobe – und erheblich abgemilderte – Version des *kleinen* Streiches ihrer Kinder zum Besten gab. Doch trotz ihrer sichtlichen Verärgerung reagierten sie bedeutend besser, als Lola erwartet hatte.

Wer weiß, wie sie es aufgenommen hätten, wenn sie ihnen von der Sache am Riesenrad oder vom »Pimmelfisch« erzählt hätte.

Für den Rest des Abends benahmen sich die Zwillinge jedenfalls wie wahre Engelchen.

Sie duschten, zogen brav die Schlafanzüge an und aßen zu Abend, ohne ihr irgendwelche Schwierigkeiten zu machen. Als das Date mit dem Elfen näher rückte, hatte Lola daher genug Zeit, um selbst zu duschen – die Haare waschen konnte sie nicht mehr, also band sie sie zu einem hohen Zopf – und sich ein langärmeliges schwarzes Kleid anzuziehen, das knapp unter dem Po endete.

»Wow«, begrüßte sie der Elf. Er lehnte lässig an dem Auto, mit dem er sie vor der Haustür erwartete. »Die Pfefferkuchensticker auf deinen Nippeln waren schon echt spicy. Ich dachte, das wär nicht mehr zu toppen. Aber da habe ich mich wohl geirrt.«

»Du bist so was von frech«, gab sie belustigt zurück, während der Elf ihr die Beifahrertür aufhielt. »Wir kennen uns doch kaum.«

Die beiden strahlten sich an wie Honigkuchenpferde.

Während der Elf den Wagen mit ernster Miene über die Schnellstraße lenkte, checkte Lola ihn unverhohlen ab. Was den spicy Look anging, stand er ihr in nichts nach. Er trug ein schwarzes Hemd, das so eng war, dass sie die definierten Muskeln darunter erahnen konnte, und sein braunes, sorgsam gekämmtes Haar war noch feucht von der Dusche. Sie fuhr sich genüsslich mit der Zunge über die Lippen wie eine Pantherin vor dem Erlegen ihrer Beute.

Der Elf schielte amüsiert zu ihr hinüber. An seinem Grinsen konnte sie sehen, dass er sich seines Äußeren sehr wohl bewusst war und mit Freude zur Kenntnis nahm, wie sehr er ihr gefiel.

»Wo fahren wir denn eigentlich hin?«, brach Lola das Schweigen.

»In ein argentinisches Restaurant.« Abermals warf er ihr einen Seitenblick zu. »Hattest du nicht vorhin Lust auf ein Steak?«

»Ja, große Lust.« Sie legte ihm eine Hand auf den Oberschenkel. »Gibt's da auch einen Parkplatz?«

»Am Restaurant?« Verwirrt runzelte er die Stirn. Bei ihrer Berührung durchfuhr ihn ein Schauer. »Ja, ich glaube schon.«

Lola ließ die Hand ein Stück weiter zur Innenseite seines Schenkels wandern. Sie gelangte nicht ganz so weit, wie sie wollte, kam der Stelle aber nahe genug, sodass der Elf sich schwer zusammennehmen musste.

»Äh, Lola, was suchst du da?«, fragte er sie heiser. Seine Hände umklammerten das Lenkrad. »Ich könnte rechts ranfahren und dir suchen helfen.«

Der Spruch brachte Lola zum Lachen, und nach kurzem Zögern fiel der Elf mit ein. In das Knistern zwischen ihnen mischte sich ein wohliges Gefühl der Vertrautheit.

»Fahr zum Restaurant. Dort parkst du den Wagen an einer abgelegenen Stelle, und bevor ich mir ein leckeres Steak gönne, kannst du ja mal austesten, warum ich dieses kurze Kleid angezogen habe. Wie findest du das?«

»Es ist echt heiß hier drin geworden, so finde ich das«, erwiderte er und hielt ihre Hand fest.

Sie warf ihm einen innigen Blick zu, den er erwiderte. Dann prusteten beide los und lachten noch immer, als sie auf den Parkplatz des Restaurants einbogen. Dort gab es weit genug vom Eingang entfernt und außerhalb des Lichtkegels der Laternen tatsächlich ein paar freie Stellplätze. Dass es dort in einem Auto zur Sache ging, wäre nur zu sehen, wenn jemand ganz genau hinsah.

Das machte das Ganze nur noch aufregender.

Blitzschnell sprangen sie aus dem Auto, nur um hinten wieder einzusteigen.

Auf der Rückbank setzte sich Lola, ohne zu zögern, rittlings auf seinen Schoß. Der Elf brauchte sich nicht zu bemühen, der knappe Stoff ihres Kleides rutschte von allein hoch.

»Verdammt, Lola«, stöhnte er so heiser, dass sie ein Schauer durchfuhr. »Du ahnst nicht, wie sehr ich dich will.«

Lächelnd schmiegte sie sich an ihn, schlang ihm die Arme um den Hals und wiegte sich langsam vor und zurück. Sie küssten sich, begierig, unersättlich, als hätten sie sich schon viel zu lange zurückhalten müssen.

Voller Verlangen umklammerte der Elf ihre Hüften.

Lola entfuhr ein ersticktes Stöhnen, als sie seine Erregung spürte. Da biss der Elf sie sachte in die Lippe, gab ihr einen Klaps auf den Po und ließ sie zwischen seine Beine gleiten. Dann zog er sie fest an sich, und seine Lippen wanderten mit heißen, forschenden Küssen langsam an ihrem Hals hinab. Er seufzte auf, und der raue Klang seiner Stimme brachte Lola noch mehr in Fahrt. Sie küssten sich, lange und intensiv. Als sich seine Hand in ihren Slip schob, stöhnte Lola erneut auf.

»Etwas sagt mir, dass du es genauso sehr willst wie ich«, raunte er, bevor er wieder ihren Mund suchte. Sie rieb sich an seiner Handfläche, voller Verlangen nach mehr. Sie wollte seine Finger in sich spüren.

»Nun mach schon«, quengelte sie.

Das Lächeln des Elfen wurde breiter. Es gefiel ihm, wie erregt sie war.

»Du hattest recht. Angefleht zu werden, macht echt Spaß.«

Er änderte den Rhythmus seiner Bewegungen, variierte den Druck auf die heißeste Stelle ihres Körpers, doch er gab ihrem Flehen nicht nach.

»Elf, ich …«

Mit einem Mal fuhr sie erschrocken zurück und sah ihn mit großen Augen an.

»Fuck! Wie heißt du eigentlich?«

Lola hatte überhaupt nichts gegen Casual Sex. Wenn sie Lust dazu hatte, ließ sie nichts anbrennen. Aber dass sie nicht mal den Namen der Person kannte, mit der sie gerade rummachte, diese Grenze hatte sie noch nie überschritten.

Verdutzt starrte der Elf sie an. Dann prustete er los, und Lola fiel in sein ansteckendes Lachen ein.

»Das wüsstest du wohl gern, was?«, neckte er sie und streichelte ihr sanft über die Schenkel.

»Mann, wär nicht schlecht zu wissen, wie der Typ heißt, der mich zum Stöhnen bringt«, scherzte sie.

Da grinste der Elf sie so breit an, dass es ihr in den Fingern juckte, ihn zu boxen.

»Noel, ich heiße Noel.«

*Ist nicht wahr!*

Lola fiel die Kinnlade runter.

»Noel«, wiederholte sie blinzelnd, und der Elf nickte amüsiert. »Noel.«

Das war zu viel für sie. Noel … Ein normaler, geläufiger Name, der ihr in einer anderen Situation kein bisschen seltsam vorgekommen wäre. Aber an diesem verrückten Tag hatte er schon was.

»Noel … Wie der verdammte Weihnachtsmann? Papa Noel?«

»Für dich gern *Papi* Noel.«

Sie stieß einen Schrei aus. Ob sie empört, verwundert oder belustigt war – oder vielleicht auch alles gleichzeitig –, war nicht zu erkennen. Der Elf, pardon, Noel amüsierte sich köstlich.

»Erst Elf, jetzt Noel … Klingt komisch«, murmelte sie kichernd und streichelte seinen Nacken. »Du musst mich wohl noch öfter zum Stöhnen bringen, bis ich mich daran gewöhnt habe.«

»Mit diesem Body darfst du mich Elf nennen, Noel oder wie immer du willst, mein Schatz«, rief er theatralisch und zog sie wieder an sich. Seine warmen Hände strichen voller Lust über ihre Schenkel, bis ein amüsiertes Lächeln über sein Gesicht huschte und er innehielt. »Nicht nur das, ich habe dir auch was mitgebracht.«

Irritiert runzelte Lola die Stirn, als der Elf – Noel – sich verrenkte, um etwas aus einer seiner hinteren Hosentaschen zu fingern.

Dann hielt er ihr die flache Hand hin und zeigte ihr, was es war.

Trotz der geschlossenen Autofenster war ihr Lachen auf dem ganzen Parkplatz zu hören.

»Die Elfenohren?!«

»Falls dir das hilft, ziehe ich sie in der Übergangsphase zwischen den zwei Namen an«, neckte er sie und steckte sich die spitzen Ohren an. »Oder dann, wenn du Lust darauf hast«, raunte er und zwinkerte ihr zu.

Ihr Lachen verebbte allmählich und verstummte schließlich ganz, als sich ihre Lippen zu einem erneuten innigen Kuss fanden.

Sie hatten im Restaurant einen Tisch reserviert, aber es war ihnen egal, dass sie zu spät kommen würden. Die Welt um sie herum versank. Für sie zählte nichts anderes mehr als ihre enge Umarmung und der prickelnde Kontakt ihrer Haut.

Oh nein, ich denke nicht daran, euch in allen Einzelheiten zu erzählen, was auf der Rückbank eines etwas abseits geparkten Autos auf einem öffentlichen Parkplatz vor sich ging.

Erst recht nicht, weil ich weiß, dass der Elf die Ohren nicht mehr ablegte.

# Ein Pfeil für den Elfen

Kurz nach Weihnachten hängte er das Elfenkostüm an den Nagel. Seine letzten Tage als Elf in der Mall of America. Abgesehen von dem surrealen Tag mit Lola hatte es keinen großen Ausreißer gegeben, wofür er echt dankbar war.

Nach dem denkwürdigen Tag war also alles wie immer, zumindest fast.

Gleich am nächsten Morgen war Lola mit Finn, Sophie und Olivia erneut aufgetaucht, weil die Nightingales zu ihrem Leidwesen doch auf einem klassischen Foto mit dem Weihnachtsmann bestanden. Das herzerwärmende Foto vor dem Weihnachtsbaum im ersten Stock mit Louise als Santa entsprach nicht ihren Vorstellungen. Lola bewahrte es für sich auf und pinnte es an die Korkwand in ihrem Zimmer.

Das Kussfoto klebte sich der Elf an die Sonnenblende seines Wagens.

Als Dulce Lola kommen sah, fauchte sie sie nicht gleich an. Wisst ihr, was das heißt? Richtig, sie war guter Laune. Als hätte sich ein Sonnenstrahl den Weg durch die dunklen Wolken in ihrem Kopf gebahnt. Er war noch zart, kaum wahrnehmbar, aber Noel war er nicht verborgen geblieben.

Santa war abseits der Bühne immer noch derselbe brummelige alte Kauz, ihm war nichts anzumerken, Rob ebenso wenig, auch wenn Noel auffiel, dass der Todesengel häufiger durch das Reich der Bonbons patrouillierte. Als er Rob fragte, wie er die knallharte Frau von der Security losgeworden war, erwiderte der lapidar: »Sie hat festgestellt, dass es reine Zeitverschwendung ist, bei mir lange Widerstand zu leisten.«

Rob und sein Freiheitssinn würden ihm fehlen, auch wenn sie nur eine kurze Zeit miteinander verbracht hatten.

»Was machst du, wenn das hier rum ist?«, fragte er ihn an seinem letzten Tag als Elf.

»Im dritten Stock gibt es einen Teeladen, wo sie auch entspannende Kräuter verkaufen.« Er grinste, als hätte er gerade etwas davon geraucht. »Eine Freundin hat mir dort einen Job verschafft.« Er zwinkerte ihm vielsagend zu.

*Der hat es wirklich drauf.*

»Da bist du ja Experte«, scherzte er.

Er dachte, dass er sogar Dulce vermissen würde, so schroff sie manchmal sein konnte.

Aber so weit kam es nicht.

Zwei Wochen nach dem Gastspiel als Elf in der Mall of America bekam er eine Rolle in einem Kurzfilm einer lokalen Produktionsfirma – ein kleiner Schritt hin zur Verwirklichung seines Lebenstraums und ein großer, um die Miete für den nächsten Monat zu sichern.

Er staunte nicht schlecht, als er Dulce hinter der Kamera entdeckte.

»Du konntest es wohl kaum erwarten, dich wieder mit mir anzulegen, was?«, scherzte sie.

Dulce *scherzte.*

Er musste ein paarmal blinzeln, um sich zu vergewissern, dass er nicht halluzinierte.

Noels Pfeil kam unerwartet.

Er durchbohrte ihn so schnell, dass er es fast nicht mitbekam. Als hätte der Pfeil schon immer in seiner Brust gesteckt.

Und er saß tief!

Der Spinner war verliebt bis über beide Ohren. Er hätte sich den Brustkorb aufgerissen und ihr sein Herz auf einem Tablett serviert, wenn Lola es verlangt hätte.

»Du siehst toll aus«, hauchte sie und fuhr mit der Hand über den Rand des Handtuchs, das er sich um die Hüften geschlungen hatte.

Lola und er hatten sonntags frei – manchmal auch schon am Samstag –, also holte er sie jedes Wochenende bei den Nightingales ab. Sie hatte für den Kurztrip jedes Mal einen schweren Koffer dabei, als ginge sie auf Weltreise, und machte sich in seiner Wohnung breit, als wäre es ihre eigene. Nicht dass ihn das gestört hätte, im Gegenteil, es fehlte nicht mehr viel und er hätte sonntagnachts angefangen zu jaulen wie ein Welpe, wenn der Platz im Bett neben ihm wieder kalt und leer war.

An diesem Samstag hatte er arbeiten müssen, weil der Regisseur des Kurzfilms den prächtigen Abendhimmel nutzen und ein paar Szenen drehen wollte. Als er danach müde nach Hause kam, hatten sie beschlossen, noch eine Kleinigkeit zu essen und sich dann auf der Couch in eine Decke einzukuscheln und einen Film zu schauen, das machten sie am liebsten.

Nach der Dusche fühlte er sich wie neugeboren.

»Wow, ich staune immer wieder«, sagte sie und fuhr über seine gestählten Muskeln. »Wie kann man nur so gut aussehen? Du bist echt 'ne Elf von zehn.«

»Hab doch nur geduscht«, wiegelte er mit einem geschmeichelten Schmunzeln ab. »Ich bin doch nur nackt.«

»Deshalb ja.« Sie drückte zärtliche Küsse auf seine Wange, die Lippen, das Kinn, den Hals, das Schlüsselbein, die Brust …

»Was hast du angestellt?«, fragte er alarmiert.

Lola hielt inne.

*Ich wusste es.*

»Hast du irgendwas verbockt?« Sie nickte und schloss die Augen, während ihm Unheil schwante.

Lola trat zurück und kratzte sich verschämt am Hals. Auch wenn ihn das nun folgende Geständnis gewiss nicht erfreuen würde, amüsierte ihn die Situation. Er war sich sicher, dass Lola das auch an seiner Miene ablesen konnte und ihre Scham reines Theater war.

»Ich hab den Deckel entfernt, ohne die Hinweise zu lesen«, erklärte Lola kleinlaut, bevor sie ihm den Rücken zukehrte und in die Küche marschierte.

Er folgte ihr und sah die Katastrophe sofort.

Die Mikrowelle stand offen und war komplett mit Tomatensoße, geschmolzenem Käse und Nudelstücken vollgespritzt. Ein Teil der Mahlzeit war sogar auf dem Marmorboden versprengt. Inklusive der Verpackung, die aussah, als hätte man sie durch den Fleischwolf gedreht.

»Sie ist einfach explodiert.« Lola presste betreten die Zähne aufeinander und zog vorsichtshalber schon mal den Kopf ein.

»Wie hast du das denn geschafft? Du solltest die Lasagne

doch einfach nur warm machen.« Konsterniert suchte er im Mülleimer nach dem Deckel mit der Zubereitungsanleitung. Ihm entfuhr ein müdes Lachen. »Lola, meine Liebe, hier steht eindeutig: Den Deckel nicht entfernen!«

»Das wusste ich nicht!«

»Deswegen steht es ja auf dem Deckel drauf!« Er hielt ihr die Kunststofffolie vor die Nase und warf sie dann wieder weg.

»Babe, du bist eine wandelnde Katastrophe«, schnaubte er verzweifelt.

»Niemand ist vollkommen.« Sie zuckte mit den Achseln. »Das mache ich mit anderen Qualitäten wieder wett.«

Sie schwang die Hüften. Das sollte sinnlich wirken, doch in ihrem scheußlichen Pyjama mit den Chilis sah es eher aus, als vollführte sie einen Regentanz für eine gute Ernte der scharfen Schoten.

Ich sagte es schon: Der Pfeil durchbohrte ihn so schnell, dass er es kaum mitbekam. Als hätte er immer schon in seiner Brust gesteckt. Doch erst als er an diesem Abend an sich heruntersah, wurde ihm klar, dass er verloren war.

Der Pfeil mit Lolas Namen steckte so fest zwischen seinen Rippen, dass man sie einzeln hätte brechen müssen, um ihn wieder herauszuziehen.

»Ich liebe dich, weißt du das?« Das hatte er vorher noch nie gesagt.

Lola hielt in ihrem Tänzchen inne und sah ihn überrascht an. Sie strahlte so sehr, dass er wusste, ihr ging es genauso, auch wenn sie es noch nicht offen aussprach.

Sie trat auf ihn zu, umschlang seinen Hals und küsste ihn zärtlich. Er umfasste ihre Taille und zog sie an sich.

»Du liebst mich? Wirklich?«, fragte sie wie ein kleines Kind.

Er grinste wie ein Volltrottel.

Lolas Lächeln verzog sich zu einer süßen Schnute. Das war mehr als verdächtig.

»Was hast du sonst noch angestellt?«

Sie brachte ihn mit einem Kuss zum Schweigen.

# Ein Pfeil für Lola

Lolas Pfeil legte ich in ihre Hände.

Nicht freiwillig, sondern weil ich echt Schiss vor ihr hatte.

Ich will nicht lügen, nach allem, was ich gesehen hatte, wusste ich, dass Noels Name längst in ihr Herz geritzt war. Und das bestätigte mir auch Fortuna an einem Abend, als sie ein paar Margaritas zu viel und ich es nicht eilig hatte, nach Hause zu gehen.

Ich wusste, welchen Namen Lolas Pfeil trug, aber ich wartete gespannt, was sie mit ihm anstellen würde. Würde sie ihn ablehnen? Ihn verstecken oder zerstören?

Angesichts ihrer Schusseligkeit war ihr sogar zuzutrauen, dass sie ihn einfach verlor.

Lola war ein Mensch mit starken Gefühlen, aber ihr Herz zu gewinnen, war nicht leicht.

Sie war total verpeilt, aber sie hatte ihr Herz noch nie in Hände gegeben, die seiner nicht würdig waren. Lieber hatte sie es sicher unter Verschluss gehalten, statt es zu verlieren. Schon immer hatte sie fest an die große Liebe geglaubt und an all das Schöne, was mit ihr verbunden war, doch sie hatte auch schon unzählige Tränen bei geliebten Menschen getrocknet, die sich der Liebe wegen selbst verloren hatten.

Sie schätzte die Liebe, aber sie lechzte nicht nach ihr.

Ihr Herz war mehr als erfüllt von der Liebe zu ihrer Familie, ihrem Kater, ihren Freundinnen und sogar zu den durchgeknallten Kindern, die ihre Welt auf den Kopf gestellt hatten.

Wie gesagt, sie schätzte die Liebe, aber sie lechzte nicht nach ihr.

Bis *er* auftauchte.

Mit Zipfelmütze, spitzen Ohren, weitem flauschigem Kostüm, Glöckchen an den Schuhen und einer liebevoll ausgestreckten Hand, als sie es am meisten brauchte.

Ich glaubte, Lola würde deutlich länger brauchen, um zu entscheiden, was sie mit dem Pfeil tun sollte, doch ich irrte mich.

Keine Ahnung, warum mich das überraschte, so verdammt impulsiv, wie sie war.

Manchmal dringt die Liebe in uns ein wie ein unbewusster Atemzug, nur selten entscheiden wir uns aktiv dafür, sie einzuatmen.

Lola tat Letzteres.

Zum ersten Mal ließ sie jemanden an sich heran und unterdrückte nicht ihre eigenen Gefühle, zum ersten Mal warf sie sich mit voller Kraft ins Leben.

Lola bohrte sich eigenhändig ihren Pfeil in die Brust, und zwar an dem verdammten Abend, an dem sie in das argentinische Restaurant fuhren und es nach dem Entrecote gleich noch mal auf dem Parkplatz zur Sache ging. Mit vollem Bauch und rundum befriedigten Bedürfnissen ging sie danach ins Bett, bereit, den Pfeil anzunehmen, den ich ihr gereicht hatte.

Aber dass sie ihn annahm, heißt nicht, dass sie sich gleich am ersten Abend bereitwillig öffnete.

Nun, körperlich vielleicht, aber darum soll's jetzt nicht gehen.

Lola passte auf ihr Herz auf, auch wenn es längst vergeben war, und wartete auf den passenden Moment, um es zu verschenken.

Der kam kurz nach dem Unglück mit der Lasagne.

Sophie und Finn waren zum Kindergeburtstag eines Schulkameraden eingeladen, und weil beide Eltern keine Zeit hatten, bat Lola Noel, sie zu dem leidigen Event zu begleiten.

Es war ein Graus, den ganzen Nachmittag in einem Indoorspielplatz verbringen zu müssen, noch dazu mit entnervten Müttern und Vätern mit schütterem Haar. Da kam ihr Noels Gesellschaft gerade recht.

Außerdem konnten sie sich so dabei abwechseln, auf Olivia aufzupassen, und auch mal mit Finn und Sophie im Kletterlabyrinth herumtoben, worüber sich die Eltern hinter vorgehaltener Hand das Maul zerrissen. Was für ein Spaß!

Noel befand sich gerade mit Oli im Bällebad für die Kleinsten, und Lola robbte durch eine gepolsterte, nach Fußschweiß stinkende Röhre und spielte mit den Zwillingen Verstecken.

Was dann kam, war wie ein schlechter Scherz.

»Passwort oder Ende Gelände«, fuhr sie ein vorlauter Vorpubertierender am Ende des Tunnels an.

Sie wollte schon mit einem ihrer derben Sprüche kontern, da fiel ihr Blick auf seinen Pullover.

Ein absolut scheußlicher Weihnachtspullover.

Er war grün, obwohl er einen Sternenhimmel darstellen sollte. Ein riesiger, Feuer speiender Tyrannosaurus mit Rentiergeweih, der zwei Stücke Peperoni-Pizza überflog, nahm den gesamten Brustbereich ein. Über dem Dinosaurier, der eine Girlande als Kette trug, befand sich ein Weihnachtsmann mit einem riesigen Sack voller Geschenke, die er über ein klobiges Metallrohr in den Himmel schoss.

*Mein Gott, der ist ja noch schlimmer als meiner mit dem schlaffen Penis.*

Voller Begeisterung wollte sie gleich Noel davon erzählen, damit er sich das Grauen anschauen konnte.

»Du ahnst nicht, was ich gerade gesehen habe!« Mit diesen Worten überfiel sie ihn von hinten, während er in das Spiel mit Olivia versunken war.

Er fuhr herum. »Musst du mich so erschrecken?«

»Schau mal unauffällig zu dem Jungen, der sich gerade an den Geburtstagstisch von dem Teenager mit den roten Haaren setzt.«

»*Oh no*, das ist ja Horror!« Er kniff die Augen zusammen, um das Teil genauer in Augenschein nehmen zu können. »Ich weiß nicht, was schlimmer ist, der Pullover an sich oder die Tatsache, dass er ihn im Frühjahr trägt.«

Nachdem der Kuchen vom Geburtstagskind, dessen Namen Lola schon längst wieder vergessen hatte, aufgetischt und ratzfatz verputzt worden war, hatten die Zwillinge plötzlich keine Lust mehr zu spielen. Das kam Lola gerade recht. Sie verabschiedeten sich von den Eltern und suchten schleunigst das Weite.

Während sie Olivia im Autokindersitz festschnallte, beobachtete sie aus den Augenwinkeln, wie die Zwillinge versuchten, etwas in die Einrastvorrichtung des Gurts zu schieben.

»Was macht ihr da?«

»Nichts!«, riefen sie wie aus einem Mund und versteckten schnell die Hände zwischen den Beinen.

Noel klappte den Buggy zusammen und legte ihn in den Kofferraum, bevor er sich wortlos auf den Beifahrersitz fallen ließ.

Er kam ihr erschöpft und abwesend vor.

»Ist alles okay?«, fragte sie und strich über seinen Oberschenkel.

»Ja, schon gut.« Er lächelte ihr müde zu. »Ich bin einfach fix und alle.«

»Deswegen hat er so lange gebraucht, um uns zu finden«, sagte Sophie zu Finn. »Das hat gar nichts mit der Mausefalle zu tun.«

»Welche Mausefalle?!« Lola drehte sich überrascht um. Sie überlegte kurz, ob sie die beiden einen Kopf kürzer machen oder sie in eine Auffangstation für Wildtiere bringen sollte, und schnaubte genervt. »Wisst ihr was? Erzählt es mir lieber nicht. Ab nach Hause.«

Während der Fahrt blieb es im Auto still. Vielleicht zu still. Aber sie schob es auf den anstrengenden Nachmittag.

Zu Hause angekommen, stürmten Sophie und Finn mit dem Haustürschlüssel los und versuchten, die Tür zu öffnen, ohne ihn abzubrechen. Noel nahm die schlafende Olivia aus dem Sitz, und Lola wollte den Buggy aus dem Kofferraum holen.

Als sie ihn heraushob, staunte sie nicht schlecht.

In einer Ecke des Kofferraums, unter den Reifen des Buggys, lag ein Weihnachtspulli.

*Der* Weihnachtspulli.

»Wo hast du den denn her?«

Noel sah sie verschämt an. Er presste die Lippen aufeinander.

*Oh, mein Gott.*

»Du hast ihn dem Jungen geklaut?«, murmelte sie ungläubig. Sie streckte die Hand aus, um den Pulli aus der Nähe zu betrachten.

»Ich bin nicht stolz darauf.« Er zuckte mit den Schultern und unterdrückte ein Lächeln. »Aber es ist genau deine Größe … Als ich gesehen habe, wie er ihn vor der Hüpfburg auszog, konnte ich nicht anders.«

Hätte Oli nicht geschlafen, wäre Lola in schallendes Gelächter ausgebrochen. Sie hielt sich die Hand vor den Mund, um mit ihrem Jubel nicht die Aufmerksamkeit der Zwillinge auf sich zu ziehen, die immer noch mit dem Schlüsselbund beschäftigt waren.

»Ich fasse es nicht.« Sie schüttelte den Kopf. »Du klaust meinetwegen einem nach Schweiß stinkenden Teenager seinen Weihnachtspulli? Böser Junge!«, scherzte sie.

»Es ist mir ja schon ein bisschen peinlich, lass uns nicht mehr darüber reden.« Noel verdrehte die Augen und marschierte Richtung Tür.

»Weißt du was?«, fragte sie, bevor er außer Hörweite war.

Er runzelte die Stirn.

»Was?«

»Ich liebe dich. Weißt du das?«

Diesmal war er es, der ein Lachen unterdrücken musste,

um die Kleine in seinem Arm nicht aufzuwecken. Er ging schnurstracks zu Lola zurück und gab ihr einen Kuss, der nach Popcorn, Salz und Liebe schmeckte.

»Ja, ich weiß.«

# Epilog

# Ein Pfeil für Eric

Dein Kätzchen hält mich mit ihren ganzen Sonderwünschen ganz schön auf Trab«, scherzte er, obwohl er von der Plackerei im Restaurant hundemüde war.

»Komm schon, Bruder, bring uns den Buggy«, jammerte Noel, das alte Weichei. »Du hast doch jetzt frei und kommst eh runter, da kannst du uns doch den Gefallen tun.«

»Bitte, Eric!«, stimmte Lola am anderen Ende der Leitung ein. »Wir haben hier die Zwillinge, ein Kleinkind und einen Pimmelfisch an der Backe.«

»Einen was?«, fragte er perplex. »Hört auf zu flennen, ich komme ja schon runter.«

»Danke«, riefen sie erleichtert und legten auf.

Sie hatten ja recht. Seine Schicht war zu Ende, und in ein paar Minuten würde er eh nach Hause fahren. Es kostete ihn wirklich keine Mühe, ihnen den Buggy der süßen Kleinen runterzubringen, aber er hasste es nun mal, wenn Leute so rumjammerten. Er schnappte sich seine Jacke, überprüfte, ob er alle seine Habseligkeiten eingesteckt hatte, und ging in das Lager, wo die Verrückte am Mittag den Buggy geparkt hatte, um nach den vermissten Blagen zu suchen.

Als er ihn herausschob, traf er auf seine Grandma, die auf dem Weg zur Tür war.

»Du gehst schon?«, fragte er. »Soll ich dich nach Hause bringen?«

»Nein, mein Schatz.« Rafaela schenkte ihm dieses für sie so typische Lächeln, das von Herzen kam. »Ich bin mit meinen Freundinnen verabredet. Sie holen mich gleich ab.«

»Trink nicht so viel. Wir verstehen uns, ja?«

Seine Grandma lachte über seinen Scherz und drückte ihm einen sanften Kuss auf die Wange, der eine rote Lippenstiftspur hinterließ.

Eric beeilte sich, damit er den beiden Irren so schnell wie möglich den Buggy übergeben konnte. Er war müde, hungrig und wollte einfach nur nach Hause, duschen, zu Abend essen und sich in die Falle werfen.

»Kann ich dich mit ruhigem Gewissen in ihre Hände geben?«, foppte er Noel.

Das Kätzchen fuhr die Krallen aus und fauchte. Er musste schmunzeln.

Er drückte beide zum Abschied und begab sich zum Parkhaus des Einkaufszentrums, wo sein Motorrad stand.

Im Parkhaus herrschte striktes Rauchverbot, aber er war schon in Feierabendlaune und setzte sich darüber hinweg. Wer achtete nach einem langen Tag noch auf Schilder … Er blies genüsslich den Rauch aus. Alle Anspannung wich aus seinem Körper.

Da hörte er plötzlich ein leises Schluchzen. Als würde jemand die Hand auf den Mund pressen, um das Weinen zu unterdrücken, doch es brach sich immer wieder Bahn. Dazwischen herausgepresste Worte, die er nicht verstand.

Vorsichtig schlich er in die Richtung, aus der das Geräusch kam, und sah sich um.

Es traf ihn ins Herz, als er erkannte, wer die weinende Frau war, die an einem der Notausgänge lehnte, die Arbeitskleidung noch unter dem Mantel und das Handy am Ohr, in das sie verzweifelt etwas hineinstammelte.

Es war Cynthia, die bildhübsche und liebenswürdige Kellnerin vom Hooters.

Nicht dass sie eng befreundet waren, aber er kannte sie doch gut genug, um zu wissen, dass sie es nicht verdient hatte, um diese Zeit allein im Parkhaus zu stehen und sich die Augen aus dem Kopf zu heulen.

Um ihr ihre Privatsphäre zu lassen, blieb er ein paar Meter entfernt stehen und wartete, bis sie auflegte und das Handy einsteckte.

»Hallo, Prinzessin.« Er trat langsam auf sie zu und strich beruhigend über ihre Arme. »Alles okay? Kann ich dir irgendwie helfen?«

Cynthia schüttelte traurig den Kopf, wischte sich die Tränen von den Wangen und zwang sich zu einem Lächeln.

»Alles okay«, behauptete sie, auch wenn ihre feuchten Augen das Gegenteil bewiesen. »Ich war mit jemandem verabredet, mit dem ich … na ja, heute was angefangen habe. Er wollte mich nach Hause fahren, aber er ist nicht aufgetaucht, und er geht auch nicht ans Telefon.«

»So ein Arsch!« Eric schüttelte wütend den Kopf. Es konnte doch nicht angehen, dass eine so tolle Frau wie Cynthia wegen irgendeines bescheuerten Typs weinte. »Keine Sorge, Schönheit, ich bringe dich nach Hause.«

»Eric, du bist ein Schatz.« Ihr Lächeln wirkte schon weniger aufgesetzt. »Aber ich hab grad schon meiner Mitbewohnerin Bescheid gegeben, dass sie mich abholen soll.«

»Ist sie schon losgefahren?« Cynthia schüttelte den Kopf. »Sag ihr, sie kann zu Hause bleiben, ich fahre dich. Ich habe immer einen zweiten Helm dabei, für alle Fälle. Es könnte ja sein, dass sich die Gelegenheit ergibt, eine Prinzessin nach Hause zu kutschieren.« Er zwinkerte ihr zu, und endlich lachte sie wieder.

Cynthia wohnte weiter weg, als er gedacht hatte, aber das machte ihm nichts aus. Er hatte Sorge, bei dem knappen Outfit könnten ihre nackten Beine kalt werden, aber sie versicherte ihm, es sei alles bestens, sie liebe den frischen Abendwind auf ihrer Haut.

Vor ihrer Tür stellte er das Motorrad ab und half ihr dabei abzusteigen, ohne dass man ihre Unterwäsche unter dem Rock sah oder sie sich die Waden am heißen Auspuffrohr verbrannte. Er nahm ihr vorsichtig den Helm ab und strich ihr die vom Wind zerzausten Haarsträhnen glatt.

»Ich bin dir so dankbar, Eric«, sagte sie und umarmte ihn.

»Das habe ich gern gemacht.« Er tätschelte ihren Rücken, bevor er sich aus der Umarmung löste.

Eric nahm den Helm nicht ab, aber er klappte das Visier hoch, damit er eine bessere Sicht hatte. Dann schwang er sich wieder auf seine Maschine und beobachtete, wie sie nach dem Haustürschlüssel suchte. In dem Moment ging die Tür auf, und eine Frau erschien.

Nicht eine Frau, sondern *die* Frau.

Eine umwerfende Blondine in einem traumhaften, knappen weißen Pyjama sprach Cynthia an und strich ihr über die Wangen. Bestimmt in der Absicht, das verlaufene Make-up zu entfernen, was sich Eric nie getraut hätte. Das wäre viel zu übergriffig gewesen.

»Ist er das? Ist das dieser Bob? Ist er also doch noch aufgetaucht?« Die schöne Frau sah ihn direkt an.

»Nein, Brina, warte …«

Barfuß stapfte sie auf ihn zu. Ihre Augen blitzten vor Zorn.

»Du *figlio di puttana* …« Sie baute sich vor ihm auf und tippte an seinen Helm. »Hör gefälligst auf, mit ihr zu spielen, oder muss ich dir erst deinen Rückspiegel zertrümmern?«

»Brina, nicht!«, schrie Cynthia und rannte auf sie zu, um sie aufzuhalten. »Das ist nicht Rob!«

Eric nahm die Drohung gar nicht richtig wahr. Er war längst im tiefen Blau von Brinas Augen versunken. Das schien die aufgebrachte junge Frau jedoch noch mehr auf die Palme zu bringen. Vor allem, als sie sah, wie sich seine Mundwinkel hoben.

»Wenn es nicht Rob ist, was grinst der dann so frech?«, fuhr sie ihre Freundin an, die sich schützend zwischen sie und den Rückspiegel gestellt hatte. »Du bist auch nur ein *maledetto maiale* wie sie alle.«

*Hat sie mich da gerade verdammtes Schwein genannt?*

»Du bist Italienerin«, bemerkte er fasziniert. Der Akzent gefiel ihm. »Entschuldige, Prinzessin, ich wollte mich nicht über euch lustig machen. Ich bin ein Bekannter von Cynthia, ich wollte sie einfach nur nach Hause bringen.«

Die umwerfende Italienerin musterte ihn mit einem missbilligenden Blick aus ihren schönen blauen Augen. Er glaubte, nachdem das Missverständnis ausgeräumt war, würde sie sich für ihren Ausraster entschuldigen, doch stattdessen ging sie einfach zurück zur Tür und wartete dort auf ihre Freundin.

»Nimm's ihr nicht übel«, flüsterte ihm Cynthia peinlich berührt zu. »Sie ist erst vor Kurzem mit gebrochenem Herzen aus Italien hierhergekommen. Du weißt schon, sie muss sich erst mal selbst finden und so, na ja …« Sie blickten beide zu Brina, die schon ungeduldig die Brauen hob. »Sie ist noch auf der Suche, sie braucht Zeit.«

»Jetzt komm endlich, Cynthia«, drängte Brina. Der Ton ihrer Freundin gegenüber war weit liebenswürdiger, als er ihm gegenüber gewesen war.

Cynthia verabschiedete sich mit einem Lächeln und einem warmen Händedruck, bevor sie an der selbst ernannten Türsteherin vorbei ins Haus eilte. Die betrachtete Eric noch einen Moment mit ernster Miene.

»Ich finde, du bist nichts für Cynthia!«, rief sie unverblümt.

Durch die Art, wie Brina am Türrahmen lehnte, war das seidige Oberteil mit den Spaghettiträgern ein wenig hochgerutscht und gab den Blick auf ihren schönen Bauch frei. Er war wie gemacht, um mit der Zunge darüberzufahren und dann auch tiefer gelegene Zonen zu erkunden.

»Keine Sorge, *mi amor.*« Er lächelte, bevor er mit der Ferse den Motorradständer löste. »An Cynthia bin ich nicht interessiert.«

Er zwinkerte ihr zu, klappte das Visier herunter und ließ das Motorrad an.

Brina wartete nicht, bis er losgefahren war, sondern knallte zum Abschied die Tür hinter sich zu.

Es dauerte, bis der Pfeil Eric traf.

Welchen Namen er trug, könnt ihr euch denken.

# ANMERKUNG DER AUTORIN

Nach der Achterbahnfahrt der Gefühle, die *Donde no puedas encontrarme (Wo du mich nicht finden kannst)* in mir ausgelöst hat (solltest du den Roman noch nicht gelesen haben, lege ich ihn dir ans Herz, denn er ist wunderbar, und vielleicht triffst du die eine oder andere Figur wieder), brauchte mein Herz eine Verschnaufpause, ein befreiendes Lachen. Und so kam in mir der Wunsch auf, eine romantische Komödie zu schreiben, in die man einfach eintauchen kann, um herzhaft zu lachen und es sich gut gehen zu lassen.

Doch aus der sogenannten Verschnaufpause wurde ein Wettlauf mit der Zeit, damit du den Roman an Weihnachten in den Händen halten kannst, zusammen mit der Geschichte von Gala und Gael (lest *Donde no puedas encontrarme*, letzter Aufruf).

Aber tun wir einfach so, als wäre dieser Roman dasselbe für mich gewesen, was er hoffentlich für dich war: eine kleine Pause im Trubel, ein befreiendes Lachen, eine warme Umarmung und die passende Lektüre zu einer Tasse heißer Schokolade, eingehüllt in eine warme Decke.

Ich muss euch allerdings ein Geständnis machen: Ich liebe Weihnachten, aber ich mag keine romantischen Weihnachtskomödien.

Obwohl ich sie nach der Geschichte von Lola und dem Elfen mit ganz neuen Augen betrachte.

Frohe Weihnachten!

# DANKSAGUNG

Der Roman hätte ohne die bedingungslose Unterstützung meiner Eltern nie das Licht der Welt erblickt. Ihr Lieben, es ist mir immer wieder ein besonderes Vergnügen, meinen Namen in eurem Bücherregal zu finden. Das ist euer Verdienst.

Ich danke meiner Familie, meinem Zuhause. Dem verrücktesten und wunderbarsten Ort in meinem Leben.

Ich danke dir, Mario. Bei uns waren sich Cupido und Fortuna einig; deswegen steckt ein Pfeil mit deinem Namen in meiner Brust.

Ich danke meinen Mädels, meinen Freundinnen. Immer wieder finde ich eine von euch in meinen Protagonistinnen wieder, denn ihr alle steckt in ihnen.

Mein Dank gilt auch Adriana Criado und Eva López, Freundinnen, Schriftstellerinnen und Testleserinnen, die ihr Ordnung in das ganze Chaos gebracht habt. Danke, dass ihr Teil des Projekts seid.

Ich danke allen, die ihre Leidenschaft für Bücher in den sozialen Medien teilen; danke für jede Empfehlung meiner Bücher. Ihr seid unwahrscheinlich wichtig.

Auf ewig Dank schulde ich meiner Verlegerin Esther, weil sie meinen Geschichten eine Stimme verleiht und Rückhalt gibt.

Ich danke dem Team von Esencia und Planeta, weil ihr euch so liebevoll um jede Veröffentlichung kümmert. Danke für das Vertrauen in mich.

Ich danke dem Team der Literaturagentur Antonia Kerrigan, es ist mir ein Vergnügen, mit euch zu arbeiten.

Ich danke Lola, weil ich mich während der Arbeit an ihrer Geschichte königlich amüsiert habe. Ich habe sie sehr ins Herz geschlossen, aber meine Kinder würde ich ihr nicht anvertrauen.

Vor allem aber danke ich meinen Leserinnen und Lesern.

Ich danke dir. Ganz gleich, ob du durch diese Seiten schwebst, weil du mich aus den sozialen Netzwerken kennst (in dem Fall danke für deine Unterstützung, ich sende dir einen Kuss, *I love you!*), oder ob du durch eine Laune Fortunas den Weg zu diesen Zeilen gefunden hast: Ich möchte dir von Herzen danken, dass du dieser Geschichte eine Chance gegeben hast, die jetzt auch deine Geschichte ist. Ich hoffe, du hast sie genossen.

Auf bald.

## Fake-Dating, ein verschneites Landgut und die ganz großen Gefühle ...

Stadtpflanze Tia graut vor den Weihnachtsferien. Gerade ist ihre Beziehung in die Brüche gegangen und nichts findet sie schrecklicher, als ausgerechnet jetzt London verlassen zu müssen. Ihre sofortige Abneigung dem Landgut Saiyan Hedge gegenüber wird nur noch übertroffen von ihrer Abscheu vor Quincy, dem Sohn des Besitzers. Quincy wiederum ist wenig begeistert von Tia. Doch da er eine Alibifreundin für den Winterball braucht und Tia ihren Ex eifersüchtig machen will, gehen sie eine Fake-Beziehung ein. Als ein Schneesturm droht, den Winterball zu verhindern, wird ihre Beziehung auf den Prüfstand gestellt und die Grenzen zwischen Realität und Schein verschwimmen ...

Abiola Bello
**Only for the Holidays**
Aus dem Englischen von
Franziska Jaekel
Mit Vignetten von Nora Paehl
416 Seiten, Klappenbroschur
978-3-7335-0781-7

Weitere Informationen zum Kinder- und Jugendbuchprogramm von Fischer Sauerländer auf *www.fischer-sauerlaender.de*

## Im Fußball und in der Liebe ist alles erlaubt

Sadie hat nur ein Ziel: Sie will ihre Fußballmannschaft zur dritten Meisterschaft der Uni-Liga führen und ihren an Demenz erkrankten Vater damit stolz machen! Da kann sie Ablenkungen überhaupt nicht gebrauchen – erst recht nicht in Form des charmanten und unverschämt attraktiven Arlo Hudsons. Doch als der Trainer sie zum gemeinsamen Einzeltraining mit Arlo verdonnert, merkt Sadie schnell, dass das Herz nicht immer tut, was der Kopf ihm sagt. Und was passiert, wenn die beiden so viel Zeit miteinander verbringen? Verbessert sich ihre Technik – im Fußball? Oder im Küssen? Oder landet Sadie am Ende im Abseits?

Ivy Bailey
**Playing the Field**
Aus dem Englischen von
Barbara König
320 Seiten, Klappenbroschur
978-3-7335-0913-2

Weitere Informationen zum Kinder- und Jugendbuchprogramm von Fischer Sauerländer auf *www.fischer-sauerlaender.de*